私たち異者は

スティーヴン・ミルハウザー
柴田元幸訳

白水社

私たち異者は

装 丁
緒方修一
装 画
手塚リサ

ケイトに

目次

平手打ち

The Slap

ウォルター・ラッシャー　九月のある晩、一日の辛い仕事を終えて都市から戻ってきたウォルター・ラッシャーが自分の車に向かって駅の駐車場を歩いている最中、一人の男が二台の車のあいだから現われ、ラッシャーに寄ってきて、顔に思いきり平手打ちを喰わせた。ラッシャーは呆気にとられて動くこともできなかった。男は踵を返して足早に立ち去った。ラッシャーは一八五センチ近い大男であり、肩幅も広く首もがっしり逞しい。六年生のとき以来、彼に手を出そうとした者は一人もいなかった。そのときのことはいまも覚えていた。ジミー・クーベックに胸を押されたラッシャーは力一杯腕を振り下ろし、クーベックの鼻の骨を折ってしまったのである。ラッシャーはあたりを見回した。男はいなくなり、通勤客が数人、のんびり自分の車に向かっている。一瞬、何もかも夢だったという感慨に襲われた――見知らぬ男の突然の出現も、平手打ちも、消え去ったことも。頬がひりひりした。力一杯の平手打ちだったのだ。ラッシャーは車に乗り込み、家路についた。鉄橋の下を抜けて、本町通りを渡り、カエデとスズカケの並木道を走りながら、駅駐車場での束の間の場面を何度も思い起こした。男はおよそ一七五センチ、体格はよく、タンカラーのトレンチコートを着て、帽子はかぶっていなかった。顔を思い出すのは難しかったが、相手はべつに隠そうとしたわけではなかったし、実際、ラッシャーの顔をまっすぐ見据えていたのである。際立っていたのは、目に浮かぶ何かだった。険しい、決然としたその表情は、憤怒というのとも少し違っていて、むしろ冷たい確信という趣だった。男はラッシャーを一度だけ、思いきり叩いた。そうして歩き去った。ラッシャーは道端に車を寄せ、バックミラーで顔を見てみた。断定はできなかったが、頬が心持ち赤いように思えた。車を道路に戻した。男は彼を誰かと勘違いしたにちがいない。きっと頭がおかしいんだ、おかしいのに薬も飲まずにいるんだ、ああいう輩（やから）は閉じ込めてしまうべきだ。でも見かけは狂っているようには見えなかった。ひょっとすると顧客だろうか。市場が停滞するなか、ラッシャーが組んだ資産運用（ポートフォリオ）の実績に不満を募らせたのか。それとも、自分でも知らないうちに誰かの機嫌を損ねて、その人物が都市から尾（つ）けてきたのだろうか。単にきつい一言、苛立った目付き、辛辣なフレーズ——馬鹿を相手にしてる暇はないんだよ——のせい、あるいは街なかで腕がぶつかったせいなのか。男はラッシャーをまっすぐ見据えていた。これはひとつ、妻とじっくり話してみないと。ここに住みはじめて二十六年になるが、こんな目に遭ったことは一度もない。だいたいこういうことがあるから都会を避けて、長時間の通勤も我慢しているのに。海岸から二、三ブロックのところで、自宅のある、すでに街灯も灯った通りに入った。駅から車を走らせている最中に、町じゅうでいっせいに灯ったにちがいない。どうして気づかなかったのだろう？　あの男には不意を衝かれた。とっさに反応する暇もなかった。男の目付きは嫌な感じだった。自分があそこで何もせずつっ立っていたと思うとそれも嫌だった。いまさら警察を呼ぼうにも手遅れだ。相手はもうとっくに遠くへ行ってしまっている。どうしたらいいかアンナが考えてくれるだろう。ラッシャーは家の前に車を入れ、暗くなっていく車の中でじっと動かなかった。男はまじまじとラッシャーを見ていたのだ。人違いではない。口に一発お見舞いしてやるべきだった。ジミー・クーベックは二週間顔に包帯を巻いていた。ラッシャーは石畳を通り、玄関への階段をのぼって行った。家のなかに入るとローストビーフとバジルの匂いがした。災難の話は夕食後に取っておこう。男は目の前まで寄ってきて平手打ちを喰わせたのだった。力一杯。帽子を掛けながら、自分がこの話をアンナにしないことをラッシャーは悟った。彼女がこっちへやって来る。「ケイティが電話してきたわ。土曜日に来たいって。いいわよって言ったわ、だってほかに言いようがないでしょ？　あ、それと留守電にジェンコヴィッチのメッセージが入ってたわ。あなたにいくら連絡してもつかまらないって。折り返し電話くださいって。さ、それ寄こしなさいな。今日一日どうだった？」

私たちの町　私たちの町は、南の端は海水浴場でロングアイランド海峡に面し、北の端は松と楢(なら)の林がのびている。東には工業都市が広がり、崩れかけて窓ガラスも割れた煉瓦造りの工場が並ぶ通りが何本もあって、その向こうでは新築十階建の建物が集まった団地が、一、二階ともに玄関ポーチのある改修済み二世帯住宅群を見下ろしている。一方西には、表通りから引っ込んだ田舎風の小径に五寝室の屋敷が建つ裕福な町が広がり、プライベートビーチ、屋内・屋外練習場がある乗馬学校、モーターボートやレース用ヨットが浮きドックに停泊している港のヨットクラブがある。私たちは自分たちが両者の中間に位置していると考えたい。まあ一応豊かで、海岸沿いとサスカタック・ヒルには富裕な地域も点在しているが、つましい界隈もたくさんあって、人々が懸命に働き、何とかやりくりしようと頑張っている。こういう考え方がある種の自己欺瞞であることは、私たちも十分自覚している。

統計を見れば、一人当たりの収入が全国平均よりずっと上を行っているのは明らかなのに、自分たちを中流として私たちは考えたがるのだ。ここはマンハッタンに直通で行ける通勤電車が走っているにもかかわらず、私たちの多くは地元か、三十分とかからないいくつかの小都市で仕事をしている。家々の芝生はおおむね小綺麗だし、道路はきちんと舗装され、木々は年一度、オレンジの作業帽をかぶった男たちが、クレーンで高く上げられたゴンドラかごに乗って剪定する。町の学校組織は郡でも屈指の質の高さである。教育の価値を私たちは信じ、教師への給料も惜しまない。活気ある本町通りにはカフェ、レストランが並び、七号線に新しいモールが出来たにもかかわらず大きなデパートも健在だ。マンハッタンへの通勤圏に入っているので、ヴァーモントやメインに引っ込んだみたいに世の中心から遠ざけられている気はしないが、と同時に都会の外にいるのは嬉しいし、木が蔭を作る街路、ヤードセール、毎年恒例の消防団ディナーなどから成るスモールタウンの雰囲気を私たちは誇りに思っている。だが誤解されては困る。この町は古めかしさばかりが味だなんてことは毛頭ない。半導体会社の本社も新たにいくつか出来たし、高級ブティックもたくさんある。まあたしかに十七世紀からある共有緑地には、ジョージ・ワシントンが泊まったと言われる十八世紀の宿屋が復元されていたりするが。犯罪率は低いし海にも車ですぐ行ける町に住めることの幸運を私たちの大半は自覚している。その一方で、よそから来た人、失望や不幸を抱えている人、人生がいまひとつ上手く行っていない人から見て、この町がある種の自己満足に、さらには独善に浸っているように見えかねないことも私たちは認識している。そういう人にとって、こういう町には嫌悪の種がいろいろあるかもしれないことを私たちは認識している。

夜　真夜中に妻の隣で目を覚ましたとたん、四十二年前に運動場で起きたことをウォルター・ラッシャーは思い起こした。ジミー・クーベックの姿が驚くほどはっきり見えた。濃くて黒い、櫛で撫でつけた油っぽい髪、のらくらと粋がった歩き方、嘲るような口許、睫毛の長い切れ長の目。二の腕の筋肉は引き締まり、どちらの腕にも血管が一本浮き出ていた。ブラックジーンズをはいて、ぴっちりした白いTシャツの袖を肩までまくり上げている。ウォルターの方に歩いてきたクーベックは、からかうような薄笑いを浮かべ、近づいてきながら片方の手のひらをかざして、空中で押すようなしぐさをやってみせた。ウォルターに触りはしなかったが、嘲りと挑発をウォルターは嗅ぎとった。この夏でウォルターは背が十五センチのびていた。肩にも肉が付いてきて、ほとんど怒りのような活力を両腕に感じていた。侮りのしぐさはガラスのように体に切り込んできた。ウォルターはクーベックの方へ歩いていき、その顔を殴りつけた。クーベックの黒い目に驚きと痛みが浮かぶのが見えた。折れた鼻から血が流れ出し、なんでこんなことするんだよ？　とその目は言っているようだった。クーベックには友だちがいなかった。それ以降ウォルターに近よらぬようクーベックは努め、校庭の隅にある木のそばに一人で立つようになった。ラッシャーはベッドに横たわり、ひょっとしてあれはクーベックだったんだろうか、と考えた。馬鹿げている、もうずっと昔のことなのに。トレンチコートの男は砂色の髪で、目鼻立ちはくっきりしていて、目は灰色っぽかったか、あるいは青っぽかった。誰か違う人間だったに決まっている、誰か別の、ラッシャーに恨みを持つ人物だったのだ。もう一度見えた――こっちへやって来るジミー・クーベック、両腕に浮かぶ血管、空中を押すような小さなしぐさ。

クーベックは彼に触れなかった。すべては別の時代、別の人生での出来事。アンナは彼に背を向けて横たわり、髪が枕の上で波打っていた。通りを車が一台過ぎていき、一筋の光が壁をよぎり天井を走っていった。

ロバート・サトリフ　およそ十六時間後、午後7時38分着の電車でロバート・サトリフは駅に着いた。いつもより一時間遅い。空はまだ夕方最後の光で淡い灰色だったが、駐車場にはすでに明かりが灯っていた。今日は遅くまで仕事をした。明日は大事なデザインのプレゼンテーションがあるのだ。夕食のあともまだ二、三時間、微調整に費やさないと。三つのロゴをそれぞれ、図や字が入った六枚のプレゼンテーション・ページを添えて見せるつもりであり、その最後の仕上げが要るのだ。そうやって連中に、自分も決定のプロセスに関わったのだ、最終的な製品作りに貢献したのだという錯覚を与えつつ、彼らをゆっくり、三つ目のロゴへと導いていく。このロゴには誰も抗えまい。どっしりした濃いコーヒー色の円を囲む黄金色の輪。まさにコーヒーカップを上から見下ろしているイメージで、その中央には、古典的にシンプルな模様――太い線五本で、地平線と、昇る朝日を表わす半円と、太陽の光線三本。コーヒーと朝、コーヒーと新たな一日の活力、新しい始まりの活力、すべてが視覚的インパクトのある、くっきり際立つ、汎用性の高いデザインで表わされている。五センチの名刺でも完璧だし、三メートルの広告板や大型トラックの車体でもまったく同じように効果的なはずだ。サトリフはプラットホームの階段をそそくさと降りていった。階段の石がオレンジの照明を浴びて鈍く光る。まずは最初の二つのデザインを持ち上げる。大人しすぎるのと、突飛すぎるのを一応押して、それから本命をぶつけるのだ。車は駐車場の奥、照明柱からさして遠くない場所に駐めてある。キーを出そうとポケットに手を入れたところで、誰かが近づいてくるのが聞こえた。サトリフはふり向いた。男は片腕を上げてサトリフの顔に振り下ろした。平手打ちの鋭い音が、銃声のように耳に響いた。「おい！」とサトリフは叫んだが、男は大股で立ち去っていくところだった。頬が熱かった。思いきり叩かれたが、とはいえパンチではなかった。こぶしを作ってはいなかった。サトリフはカッとなって男を追いはじめ、もう一度叫び、立ちどまった。こういうやり方は僕らしくない。自分のやり方はちゃんとわかっている。サトリフはあたりを見回し、頬をさすって、車に乗り込んだ。急いで駐車場を出て、本町通りに曲がり、左折してサウスレディングに入って、警察署の前で停まった。トレンチコートを着た男、帽子はなし。一七八センチ、一八〇センチ。髪は短く茶色がやや濃かったと思うが確信はない。髭はきれいに剃って、三十代なかば。見たことのない人物。ではすぐパトカーを出します。サトリフは警官に礼を言い、家に向かった。全体何が腹立たしいかといって、自分は人に好かれているのだ。みんな彼を好いてくれる。それが成功の秘訣だ。幼稚園のころからずっとそうだった。高校に上がって、百メートル走で新記録を作り、『ガラスの動物園』でトム役を演じ――蠟燭を拭き消すんだ、ローラ！――春のダンスパーティのあとにサンドラ・ハーディングの家のリビングの暖炉の前で彼女をモノにして、すべてがまとまった。ペンシルベニア大学、ハーバード・ビジネスクール。いまは一目置かれる男、前途洋々たる人物、それでいて誰にでも気さくに挨拶しみんなに優しい言葉をかける。なのにあの男は、怒りの目で彼を見ていた。いったい誰なのか考えてみた。顔の記憶はいい方だ。知っている誰の顔とも違う。サトリフは妻を愛し、娘を愛し、仕事を愛している。エイミーが生まれる前の数か月に一度だけ束の間の関係があったが、それも二年前であり、夫だの兄だのは絡んでいない。相手は潔くあきらめてくれた。失望はしていたけれど、恨みはしなかった。サトリフには自分を責める理由などない。誰がこんなことをするのか？　頬が熱かった。男は強く振り下ろしたがこぶしは作っていなかったし、彼から何かを奪おうともしなかった。とんでもない人違い。警察が片を付けてくれるだろう。

朝食の席　朝食の席で『デイリー・オブザーバー』をめくっていたウォルター・ラッシャーは、小さな記事に目をとめた。グリーンフィールド・テラス二三三番地在住のロバート・サトリフさんが午後7時41分に駅の駐車場で未知の人物に顔を平手打ちされた。警察は一七八センチから一八〇センチくらいの、濃い茶の短い髪、タンカラーのトレンチコートを着た男を捜している。ラッシャーが顔を上げてみると、妻はコーヒーのお代わりを注いでいるところだった。ラッシャーは強い、爽快な安堵感を、ほとんど感謝の念を感じた。あの男は自分一人だけを選び出したわけではないのだ。自分だけを襲ったのではない。ラッシャーはサトリフのことを知っていた。そんなによくは知らないが。向こうの方が年も若いし、つき合うグループも違う。たしか二、三年前に都会から越してきたのだ。朝のプラットホームで会釈し、金物店で会えば挨拶する仲。突然、ラッシャーの安堵感に不安がみなぎった。男の髪は明るい色で、濃い茶ではなかった。やはり自分も公の場に出て報告しないと。サトリフは目の色については一言も言っていない。細部が一気によみがえってきた。色の薄い怒った目、険しい口許、肩のストラップに付いたボタン、バックルに通さずに結んだベルト。警察に行くのは難しい。

これまで黙っていた理由を説明させられるだろうから。あと一、二日考えた方がいい。ああいう人間は止めないといけない。この手の厄介なんかなくてもみんな心配の種はたっぷりあるのだ。ラッシャーはコーヒーに手をのばし、把手を摑みそこねてカップがソーサーの上でかちゃかちゃ鳴った。アンナが顔を上げた。「何でもないよ」とラッシャーは言った。「私、何も言ってないわ」とアンナは言った。

チャールズ・クラウス　〈スポーツウェア・ウェスト〉の営業部長チャールズ・クラウスは黄昏どきに都市から帰ってきて、階段を降りて駐車場へ入っていった。その朝に朝食を食べながら新聞を読んだので、都市へ行く列車の中でチップ・ハインズ、ボブ・ザスマンと例の一件を話題にした。「いつだって陰にご婦人がいるのさ」とザスマンは言った。どうかなあ、とクラウスは思った。「ご婦人（デイム）」なんて言葉を遣うのがザスマンらしい。駅の建物から、向こう端の金網まで広がった車の列にクラウスは目をやった。日はもう沈んだが、空はなお薄い灰色だった。照明はまだ点いていない。五、六十センチ離れたところで、ＳＵＶのテールライトがいきなり赤く灯った。クラウスは立ちどまり、バックする車を通してやった。こういう場所で車にはねられる人間って年にどれくらいいるんだろう、と改めて考えた。駐車場というのは効率的だが欠陥あるデザインの一例だ。限られたスペースにできるだけたくさん車を入れる方法は考えついたわけだが、車から行き来する人間はつねに、バックで出てくる他人の車にぶつけられる危険にさらされている。どんな解決法も非現実的だ。と、ある晩彼はひらめいた——それぞれの車への階段が別々に付いた高架通路網。特許を取って一財産稼げるぞ。朝になって、自分を嗤（わら）うしかなかった。クラウスはあたりを見回した。隠れる場所も大してなく、何列も車があるだけだ。あそこの柵に沿ったニワウルシの木、ウルシの藪、向こうの斜面のそばの大きなゴミバケツ。誰かの不意を衝こうと思ったら、二台の車のあいだにしゃがみ込むしかないだろうが、そんなのは簡単に人目につく。特にこの時刻は、二十人ばかりがあちこちの方向に歩き、横切り、あたりを見回しているのだから。夜は話が別だ。立て溝入りスチールの照明灯は間隔が空きすぎているし、高圧ナトリウム灯は公共事業課が希望したハロゲン灯ほど明るくない……まあでも予算なんだから仕方ない。完全に人目を逃れるのはそんなに難しくあるまい。そう思うと腹が立ってきた。安全だからこそ十年前この町に越してきたのに。子供たちのためのいい学校、たくさんの公園、海岸、そのすべてが安全だったのだ。だからみんな郊外に移るんじゃないか。そのために太いピクルスの瓶がカウンターに置いてあるデリもあきらめたのに。日没後に駐車場で何が起きるか心配しないとならないんなら、ブルックリンに戻りたくなるというものだ。まあ来週シカゴへ出張に行くころにはすべて収まっているだろう。ホテルには全米でも指折りのジムがあって、大きな窓からは湖が見下ろせる。

すぐ先で一人の男がバンの後部席から出てきた。クラウスはチラッと目をやった。男は大股で寄ってきて、片手を上げ、クラウスの顔に思いきり平手打ちを浴びせた。そして一瞬クラウスを見てから、早足に立ち去った。その表情は冷たく、敵意に満ちていた。クラウスは男の姿が消えるのを待ち——きっと並んだ車の陰に引っ込んだのだろう——携帯電話を取り出して警察に電話した。

コーヒーショップやレストラン　私たちは翌朝『デイリー・オブザーバー』の第一面で記事を読ん

だ。ロバート・サトリフが通報した最初の事件もすでに注目していたが、そのときは何かの誤解、じきに説明されるたぐいの奇怪な間違いだろうと思えた。第二の攻撃の方がずっと深刻だった。今回ははっきり意図的な計画の一環であるように思われたのだ。が、では何が危険にさらされているのかを考えるとよくわからなかった。町じゅうこの話で持ちきりだった。コーヒーショップやレストランで、ガソリンスタンドで、郵便局やドラッグストアで、高校の廊下で、モールの鉢植えの木のかたわらに置かれたベンチで。いったい何者なのか、怒れる目をたたえて私たちの中に現われたこの謎の男は誰なのか。この男は精神不安定なのであり何か自分一人のドラマを勝手に演じているのだ、とある者は唱えた。犠牲者たちの知りあいであって彼らのことをずっとつけ狙っていたのだという声もあった。また、少数ながら、これは何らかの社会的発言だと論じる人々もいた。夕方のラッシュアワーの、ノートパソコンを手に都会から緑深い郊外の町へとビジネスマンたちが帰ってくる駅の駐車場が選ばれたのは偶然ではない、と彼らは説いた。とにかく由々しき事態である、駅駐車場は二十四時間警察の監視が必要だという主張には誰もが賛同した。

二つの証言　二つの証言から、襲撃者は身長一七五センチから一八〇センチの白人男性であり、がっちりした体格で綺麗に髭を剃っていることを私たちは知った。髪は短く、色は明るい茶か濃い茶で、きちんと梳かしてある。目は茶色か灰色か青色で、鼻はまっすぐで形もよく、あごはわずかに突き出ている。歳は三十から三十五。男が怒っているように見えるという点で被害者二人の意見は一致している。ベージュかタンカラーの、ダブルのトレンチコートを着ている。クラウスによればベルトは縛ってあって、バックルで留めていたのではなかった。サトリフはベルトについてははっきり言っていなかったがコート全体についてはかなり詳しく覚えていた。列車に乗っていた、二十五歳から六十歳のあいだの誰が着ていたとしてもおかしくない、高価な、仕立てのよい、落着いたスタイリッシュなコート。

リチャード・エメリック　翌朝の6時45分、リチャード・エメリックは駅のいつもの場所に駐車して、ドアの把手に手をのばし、そこでピタッと止まった。腕時計に目をやる——もう戻るには遅い。間違いを犯したが、少なくとも大事に至る前に気づきはした。愚かにも、何も考えずに、いつものトレンチコートを羽織ってきてしまったのだ。天気予報は午前中雨、時々強く降り、正午近くに弱まる、と報じていたのである。連続平手打ち犯（シリアル・スラッパー）が現われて以来、トレンチコートは疑いの目で見られている。まあたしかに自分は金髪で、特に短くもないが、どのくらいなら「短い」のか。第一、人はいちいち細かいことまで考えない。エメリックはトレンチコートを脱いで、腕に掛け、車から歩み出た。これはもっと悪かった。こういう肌寒い朝、脱いでいるコートはかえって人目を惹く。まるでどうにかして隠そうとしているみたいだ（事実隠そうとしているわけだが）。彼はさっとあたりを見回し、コートを四角ばったかたまりに畳んで、すばやく脇に抱えた。これは輪をかけて悪かった。コートが皺になってしまうし、目立たなくなるということも全然ない。空は前よりも暗く、明らかに雨が近づいている。エメリックはドアを開け、トランクの蓋を上げて、そちらに歩いていった。トレンチコートを振って開き、二つに畳んで、トランクの中の、黄色い野の花が咲く原っぱの模様が付いた食品用エコ袋二つの上に置いた。そしてトランクを閉じ、キーのロックボタンを押して、雨の最初の粒が落ちてくるなか、駅へ向かって歩き出した。

レイモンド・ソーレンセン　その日の午後、一時少し前、昼休みの終わり近くに、電線修理工のレイモンド・ソーレンセンはファーストピューリタン貯蓄銀行のバーチウッド・アベニュー支店から出てきた。たったいまATMで、給料の小切手を入金して八十ドルを引き出したところだった。これだけあれば、宝くじの当たり券も一枚あるし、二日はやって行ける。日曜の造園の仕事で週の残りは切り抜けられるはずだが、自動車の支払いは一月分遅れているし、クレジットカードの負債を解消するのに貯蓄預金の方から少し移さないといけないかもしれない。空は曇っていて、降水確率は五十パーセント。これから車で町の外へ出て、湖のそばの私有地の送電線を調べに行く。自分のトラックの方に歩いていくと、コンクリートの分離帯から生えている高い藪の並びから男が一人歩み出てきて、駐車している二台の車のあいだを抜け、銀行の方に曲がってきた。ソーレンセンの方に近づいてくると、いきなりさっと彼の方に向き直り、片方の腕を上げはじめた。そこでようやく、その朝新聞でざっと見た記事をソーレンセンは思い出した。読んだときは愉快に思っただけだった。自分には関係ない話だし。平手打ちはあまりに突然で、あまりに力強かったので、一瞬、何が起きたのか理解できなかった。「何すんだよ！」と叫んだころにはもう、トレンチコートの男は立ち去りかけていた。ソーレンセンは男を追って走り出した。男は分離帯に踏み込んで、高い藪の蔭に消えた。のちにソーレンセンは警察に、見知らぬ男はあっさり宙に消えたように見えたと語った——ただし、駐車場の向こう側に渡って、土手とその先の家とを隔てている柵を乗り越える時間はあったかもしれないが。分離帯の上の藪の蔭もソーレンセンはくまなく探した。駐車場を歩きまわり、土手を一周してから、トラックに乗り込み仕事に向かった。5時45分に帰宅してやっと、もう一度新聞を見た。そしてじっくり考えた末、警察に電話したのだった。

駅で　ファーストピューリタン貯蓄銀行の外の分離帯に生えた藪の蔭から一人の男が歩み出てくるのにレイモンド・ソーレンセンが気づいたころ、一台のパトカーが駅駐車場の中をゆっくり流していた。その二、三時間後、第二の警官が駅のプラットホームに現われて、ホームの上を行ったり来たりしながら、向こうに何列も広がる駐車した車の連なりを見やっていた。5時ちょうど、線路をまたぎ越す高架道に第三の警官が立ち、線路、信号橋、煉瓦造りの駅舎、道端に並ぶタクシー、線路に沿って何ブロック分かのびている駐車場を見下ろす場から、鋳鉄製の手すりに両肱で寄りかかって下の動きを見渡していた。空は晴れてきていた。男も女も足早に自分の車へと向かいながら、注意深く周りを見ていた。集団で動く人たちも多かったが、それぞれが自分の乗り物にたどり着くとともに集団もだんだん小さくなっていく。6時に、いつもより一時間早く安全灯が点灯した。淡い色の空と、ほのめく安全灯の光の下、居並ぶ車の屋根やボンネットにキャンディのような艶がかかっていた。最終列車が午前2時57分に着いた。暗い青色の空に半月が、もうひとつの安全灯のように掛かっていた。

翌朝　翌朝の『デイリー・オブザーバー』でレイモンド・ソーレンセンへの襲撃の記事を私たちは

読んだ。それが真っ昼間に、駅から遠く離れた場所で起きたことに私たちは衝撃を受けた。それ以上に心乱されるのは、もうひとつの要素が崩されていることだった。すなわち今回、被害者は都会での高給の仕事から帰ってきたビジネスマンではなく、町で昼休み中だった作業服の労働者だったのである。それまで自分たちが、日没後の駅駐車場の、高級スーツを着た通勤客たちが夕食の待つ自宅へ帰っていく場に襲撃が限られていると考えてある種の気休めを見出していたことを私たちは思い知った。突然私たちの怒りが、私たちの不安が、狭い領域に限定されていたそれらが、激しい活力を伴ってあふれ出てきた。この謎の男は、次はどこに出没するだろう？　銀行の外での襲撃は、これが無差別な行為だという意見を補強しているように思えた。が、むしろその正反対だという声もあった。いや、この襲撃者は一貫して舞台を駐車場に限っているではないか。社会的抗議の一形態としてスーツにネクタイの通勤者を狙っているのだと唱えた者たちは論の放棄もしくは修正を迫られた一方、知りあいを襲っているのだと論じた人々は説を放棄する必要を感じなかった。新しい意見として、謎の男の本当の関心は秩序を攪乱し、恐怖心を広め、警察を愚弄することにあるのだという声が上がった。

コート　コートは誰にも答えられない疑問をいくつか生んだ。もし仮に、ロバート・サトリフとチャールズ・クラウスを襲った際に男が爪先を鋼で覆った作業靴とジーンズをはいていて、Tシャツの上に開襟のチェックのネルシャツを着ていたなら、私たちも抗議説に与(くみ)したかもしれない。襲撃者はブルーカラーの労働者であって、この町に住むホワイトカラー層に恨みを抱いているのだ、と。だが男はベルトを前で結んだファッショナブルなコートを着ていたのであり、まさに私たちの町に住んで私たちと同じ通勤電車に乗る羽振りのいいビジネスマンのような服装だったわけだから、社会的・階級的抗議の説は通らない。もちろん、駅の駐車場で人目を惹かない衣裳をわざわざ用意したのだとすれば別だが。第三の襲撃は（私たちはまだウォルター・ラッシャーについては知らなかった）、ただでさえ複雑な私たちの感慨をいっそう複雑にした。ビジネスマンの服装をした男が、作業服を着た電線修理工を襲ったのだ。いったいどういう意味か？　職を失った人物だろうか、と私たちは考えた。憤怒の念に燃えていて、己の無力感をぶつけられれば、職がある幸運な人間なら誰でもいいのだろうか。あるいは、コートは男にも男の狙いにもまったく無関係だということもありうる。ただの衣服に、無意味な意義を私たちは読み込んでしまっているのかもしれない。

金物店で　土曜の午後、『デイリー・オブザーバー』がレイモンド・ソーレンセンの被害を報じた六時間後、ウォルター・ラッシャーは金物店の店内に立ち、並んでいる電灯スイッチ板を吟味していた。古風な真鍮のスイッチ板と、明るい色の新型スチール板とをラッシャーが比較検討している最中、三軒先の住人で、すきまテープを見に行こうとしていたジョーン・サマーズが通路を通りかかり、ラッシャーがそこに立っているのを目にとめた。ジョーン・サマーズは躊躇した。相手がスイッチ板を一心不乱に見ているものだから、挨拶の声をかけて邪魔するのもためらわれたのだ。と同時に、もうこうして立ち止まってしまったのだから、無視するのも失礼に思えたし、すでに目の端で気づかれているかもしれない。そこで、めざす通路へ入っていく代わりに、曲がり角から「あら、こんにちは」と声をかけた。次に起きたことは彼女を驚かせた。ウォルター・ラッシャーはさっと、ほとんどこっそりという感じに彼女の方を見て、一瞬会釈すると、またスイッチ板に目を戻してしまったのである。たしかに、親しい友人同士というわけではないが、長年の隣人なのだし、いつも愛想好く挨拶を交わしてきたのだ。一階のバスルームの窓に必要なすきまテープのある通路に向かって、ジョーン・サマーズは毅然とした足どりで立ち去った。ラッシャーのふるまいはほとんど無礼であったが、無礼というのとも少し違っていて、むしろ特異という感じだった。そしてウォルター・ラッシャーは特異な人物ではない。ジョーン・サマーズはこの出来事を頭から追い払ったが、ラッシャーがもう店を出たとはっきり思えるまでレジには行かなかった。

わずかな失望　何ら事件なしに週末が過ぎると、警察が見張っていることで男が怖気(おじけ)づいたのか、あるいはしばし大人しくして次の好機を待っているのか、私たちは決めあぐねた。あるいはまた、どういう恨みであれこれでもう恨みは晴らしたという可能性、やろうとしたことはすべてやり永久に私たちの町を去ったという可能性もある。私たちの感じた安堵には、わずかな失望がさざ波のように混じっていた。謎の男がいなくなったことは――本当にいなくなったとして――嬉しかったが、自分たちが彼を捕まえられなかったことには苛立ったし、男が何者で、何をやろうとしていたのか、いっさいわからなかったせいで心中穏やかではなかった。私たちの多くは、男が消えたことに表向き喜びながらもひそかに認めていたのだ。すなわち、この町でもしもっと悪いことが起きたとしても、それが自分たちに理解できるものであるなら、その方が嬉しかっただろう、と――もっとずっと悪いこと、たとえば殺人が起きたとしても。

被害者　これらの事件に関し「被害者（ヴィクティム）」という言葉を使うのに慣れていきながらも、実際に起きた出来事に関する実感にその言葉がどれくらい相応（ふさわ）しいのか、私たちは疑問を抱きはじめた。何か許容しがたい、非道とさえ言える行ないが三人の人物に対して為されたことは誰も疑っていないが、と同時に、襲撃が注意深く限定されていたこともまた確かなのだ。強盗行為はいっさい為されていないし、男は何ら肉体的損傷を加えずにすぐさま立ち去ったのである。私たちの町が、暮らすには非常に安全な場所であることは言っておくべきだろう。自分たちの安全を私たちは誇りにしているし、犯罪を許容する気はまったくない。とはいえ私たちも世界の一部なのであり、深刻な厄介事はこの町にも降ってくる。幼児虐待、重罪暴行、強姦、過去七年で殺人も二度起きた。顔の平手打ちのごとき犯罪は、せいぜいクラスAの軽罪でしかない。したがって、「被害者」という言葉を使うのは、まあたしかに不快ではあれ全体から見ればごく些細なものでしかない行為の重要性を誇張しているように見えかねない。だとしても、襲撃が突然だったこと、平手打ちが非常に強かったこと、どうやら対象が無差別であること、そして平手打ちを受けた人物の胸中に生じた怒りと無力感等々に鑑みて、打たれた人たちはやはり被害者ではないか、と私たちの大半には思えた。まあたしかに、いまひとつ捉えがたい奇妙なタイプの被害者ではあるのだが。

多数の平手打ち　ロバート・サトリフ、チャールズ・クラウス、レイモンド・ソーレンセンの顔に浴びせられた三つの平手打ちをめぐる記事を私たちは読んだわけだが、平手打ちの総数は新聞で報じられたよりはるかに大きいことが私たちにはわかった。三つは目に見える、公式の平手打ち、警察の記録に残され『デイリー・オブザーバー』の紙面にも現われた平手打ちである。だがそれらと並んで、多数の見えない平手打ち、いわば地下の平手打ちが存在し、もっぱら私たちの心の中で起きているのだ。そうした「その他」の平手打ちは、ロバート・サトリフ、チャールズ・クラウス、レイモンド・ソーレンセンの顔を何度も何度も叩き、私たち自身の顔も同様に叩く。持ち上がる手、振り下ろされる腕、頬の表面を打つ手のひらを私たちは想像した。平手打ちから生じる奇妙な音、鞭のように柔らかくかつ硬いパリッとした響きを私たちは聞いた。ぱちんと割れる木、砕ける氷を私たちは思い浮かべた。遠くの戦争のテレビ報道、夜の銃撃の鋭い炸裂音を思い浮かべた。モールの衣料品店の通路を歩いているとき、町のコーヒーショップでブースに座っているとき、周りじゅうから衣ずれのような平手打ちの音を私たちは聞いた。夜、自宅のベッドの中でも、通りがかりの車、遠くのラジオ、高速道路を走るトラックの轟音で聞こえにくくはあっても、その音を私たちは聞いた、私たちの町のその他の平手打ちが、一個のコーラス全体が、闇でパチパチ燃える炎のように静寂の中から立ちのぼるのを。

シャロン・ハンズ　月曜の午後、パトカーが銀行、スーパーマーケット、自動車販売店、医療関係の建物の駐車場から出入りするなか、アンドルー・バトラー高校最上級生シャロン・ハンズはメープルとペンローズの角でケルシー・ドナヒューにさよならと手を振り、家路に向かった。今夜は学校の講堂で演劇部の練習はジャンプショットを二度へマしたけれどまあまあ上手く行った。バスケットのミーティングがあるし、その前は家に帰ったら母親を手伝ってカタログの山を漁ってデブラ伯母さんに贈るケーブルニットのセーターを一緒に選ぶ約束だ——伯母さんときたらただでさえ好みがうるさいのに、誕生日となるともうどうしようもないのだ。ほんとに一日中、一分も暇はない。君ってどうしてそう何事にものめり込んじゃうんだい、と一度ならずボーイフレンドに文句を言われたけど性分なんだから仕方ない。将来はどうなるのかわからないが、いまはとにかくそうなのだ。でもこうやって家までの長い道のりを歩くのは好きだ。一日のうちで一人になれるのはこの時間だけの気がする。朝からずっと授業を受けて、バスケットを二時間練習したあとでも脚に力を感じられたし、体にはエネルギーがみなぎっている。高速道路の歩道橋を渡った向こう側の小さな公園を抜けて近道するときも、三つ並んだブランコ、塔のあるアスレチック遊具、縄梯子、滑り台、背もたれに栗色のマフラーが掛かっているベンチを彼女はいい気分で眺めた。みんな私のことわかっていると思ってるけど、わかってやしない。あの子は友だちに囲まれていれば、大勢の友だちに囲まれていれば満足なんだってみんな思ってるし、たしかに友だちのことはみんな好きだ、一人残らず好きだ、年中はてしなく問題を抱えていて文句ばかり言っているジェニー・トレッドウェルでさえ好きだ、けどこうやって学校から家まで一人で歩くのも好きなのだ、携帯も切って、教科書の鞄を肩にかけて、長い髪が背中で跳ねて、両腕を振って、タイツが脚を見せびらかして、べつにいいじゃない、綺麗なら見せればいい、綺麗なのはわかってる、だから教室の移動で廊下を歩くのも好き、ストレッチトップスにジーンズで町を歩いたり、夏にビーチへ行ってピンクのストリングビキニで水際に沿って硬い砂の上を歩くとみんながこっちを向いて友だちが手を振ってカモメが水面をかすめて、そうして公園を出てウッズエンド・ロードを歩き出し、コニャック色のブーツが木蔭になった歩道をコツコツ打つ音をいい気分で聴いた。ウッズエンド・ロードの家々は大きくて通りからずいぶん奥に引っ込んでいる。高い木が芝生の庭に生えていて、鎧戸が窓から翼のように広がっている。古いスズカケの枝の下を彼女は歩き、幹はすごく綺麗な緑色とクリーム色で、思わず手をのばして撫でてみたくなる、何だか大きなすべすべした動物みたい。うーん、あたしってときどき変なこと考えるんだよね、誰にも言ったりしない変テコなこと。腕時計をチラッと見る。あと五、六分で家に着く、夕ご飯前に友だち何人かにショートメール送ってモリーに金曜の夜のこと電話して『アメリカの民主主義』を一章読む時間がギリギリある。メドウブルック・レーンに近づいてくると、リスが一匹、電話線をせかせか進んでいき、男の子がスケボーで道路から自宅までの道を疾走し、彼女の前方左側、ハンサムな男性が木の蔭から歩み出てきた。年上の男性の笑顔には慣れている。男はシャロンの方に歩いてきて、立ち止まり、彼女の顔に平手打ちを浴びせた。叩かれて痛かったし、頭が横にがくんと倒れるのを感じた。わっと泣き出すか、空に向かってわめくかしたかった――ただ大声でわめきたい。シャロンは片手を頰に、あたかも痛みを和らげようとするみたいに持っていった。いままで誰かにひっぱたかれたことなんかない、一度も。助けを求めて叫ぼう、と思ったときにはもう男の姿はどこにもなかった。

大胆不敵　ウッズエンド・ロードの出来事は、銀行の駐車場での襲撃をひとまず把握した気になっていた私たちを芯まで揺さぶった。黄昏どきの駅駐車場から、真っ昼間の銀行の駐車場への飛躍は、不安な気持ちながらひとまず私たちも受け容れたのであり、高収入通勤者から二職かけ持ち労働者への変化も承服しはじめていた。それがいま、ふたたびルールが変わり、新たな被害者は女性、現場は静かな住宅街の路上。謎の男は活動の場を、どうやら計画的に、一種の芸術性すら添えて広げているらしい。この最新の動きは、もはや誰一人安全ではないという宣言ではないだろうか？　もちろん私たちは、シャロン・ハンズへの襲撃を卑怯者の行為として非難し、その不当さに憤慨した。が、そこにもっと暗いものを感じとった者もいた。すなわち、傲慢な大胆不敵さを。大胆不敵だというのは、それが私たちの家により近いところで、あたかも襲撃者が私たちの家々の玄関や窓に接近しつつあるかのように起きたからであり、何にも増して、被害者が力において襲撃者にとうてい敵わない人物だったからである。もうこれからは自分で自分を護れそうな人物に限定しない、と言明しているみたいではないか。

アンナ・ラッシャー　キッチンカウンターの上で、桜材のボウルの中のサラダを混ぜながら、夫の車が道路から入ってくるのを聞くのを自分が楽しみにしていないことをアンナ・ラッシャーは自覚した。前にも関係がぎくしゃくしたことはあったけれど、今回の沈黙は、心配事を知らせてくれないのは……そりゃまあ、元々何でも打ちあける人じゃないことは承知している。外に見せる顔の下には、何かと秘密にしたがる性癖が昔からあったのだ。その意味ではいままでと変わらない。じゃあ何が新しいかといえば、あのそらした目、陰気に遠くを見るまなざし、会社での出来事を少しも楽しくなさそうに冷たく語る態度だ。夕食のあとウォルターはテーブルの上を片付けて、洗い物を食洗機に入れて、書斎に引っ込んだ。これがひょっとして、世に言う中年のメルトダウンなのだろうか。冒険に憧れ、スパイクヒールのブーツを履いた金髪の秘書との情事に焦がれる。二、三か月前に夫から見せられた一コマ漫画をアンナは思い出した。オチの一言がウォルターは気に入ったのだったが、彼女の目にとまったのは、ボスの膝の上に乗った頭からっぽブロンド女の、暴力的に突き出た胸だった。サラダのボウルをアンナはダイニングルームに運んでいった。壁にはウォルターの母親の絵が飾ってある。首には二連の真珠が掛かっている。ダイニングにこんな絵を飾る人間なんてどこにいる？　ひょっとして何もかも、自分が引き金になっているんだろうか。最近彼女はいつも疲れていて、不機嫌で、少し怒りっぽくなっていた。キッチンに戻っていくとともに車が入ってくるのが聞こえた。あたかも危険を察知したかのように、体じゅうの筋肉がこわばるのをアンナは感じた。

無力　『デイリー・オブザーバー』の記者から受けたインタビューで、襲われたときに感じた無力感についてシャロン・ハンズは語っている。「自分にできることは何もないような気がしたんです。まるっきりあの男のなすがままでした」。さらに彼女は、男に不当に扱われるというのがどういうことかこれで想像がつくようになりました、世界中の女性に連帯しますと語った。この男は社会の脅威であって、ぜひとも皆さん警察にご協力くださいと彼女は呼びかけ、ブログを立ち上げたのでご覧になってください、皆さんのコメントをお待ちします、と促していた。記事にはシャロン・ハンズのカラー写真も載っていた。まっすぐな金髪、大きな茶色い瞳、気さくそうに微笑む可愛い女の子。頰には赤っぽいほのめきがあって、平手打ちのことを私たちに思い起こさせた。シャロン・ハンズに対する襲撃に私たちはいろんな理由で動揺したし、彼女の恐ろしい無力感も理解できた。と同時にインタビューからは、自信のある、冷静な、人の気を惹くことを少しも嫌がっていない若い女性が窺えた。

平手打ちの分析　私たちの中の、個々のドラマから距離を置き、平手打ちそれ自体をひとつの現象として捉えようとする者たちは、そこに二つの、相反する特質を見る傾向があった。まずある意味で、平手打ちとは何かを与えないこと、拒むことの一形態であるように思えた。それは、より破壊的な殴打の意図的不在として立ち現われる。その目的は骨を折ることでも血を流すことでもなく、どちらにも至らないことである。平手打ちの物理的証拠、すなわち頬の赤さがその意味を余すところなく伝えている。それは血のない血の符号なのだ。同様に、平手打ちの痛みは、加えられなかった、より大きな痛みの符号である。が、別の観点から見るなら、平手打ちは与えないというだけでは済まない。それは何かを伝達もする。何を伝達するかというと、行使されなかった、より大きな力をめぐる情報だ。その情報にこそ、平手打ちの何より絶妙な、それが押しつけてくる深い屈辱がある。それは、もっとひどかったかもしれないのにそれで済んでいる罰を受け容れるよう被害者を誘う。そして実際、もし平手打ちを受け容れなければ、罰はもっとひどくなるだろう。平手打ちは被害者に、揺るぎない服従を、全面的な降伏を求める。被害者は支配者の前で精神において屈服する。この意味で平手打ちとは内面的なものである。それは殴打よりも言葉に近い。痛さはいずれ消えるし、赤さも失せるが、傷は見えないまま残る。そこにこそ平手打ちのもっとも深い意味がある。その真の作用は秘密裡に、見えないところで、内面で為されるのだ。

ヴァレリー・コズロウスキー　二日後の午後9時05分、ヴァレリー・コズロウスキーは自宅のキッチンテーブルに座り、ミントティーを飲みながら朝食のときにはじめた今日のクロスワードパズルを再開していた。毎日7時に帰宅すると、郵便と、やりかけのクロスワードが待っていることが彼女は嬉しい。朝食のときには曖昧で捉えがたく思えたカギが、店で九時間働き片付けに一時間を費やしたあとでは明白になることが時おりあるのだ。彼女は週に六日、姉と共同で経営している委託販売店〈ほら見えるでしょ〉（ナウ・ユー・シー・イット）で働き、さらに副職で不動産査定もやっていて、そのため夜や日曜にせかせか出かけることになったりもする。店では手伝いの女の子を一人雇う必要があるのだが、売上げがいまひとつなので、もう少し様子を見ようと姉は言う。もう少し様子を見ようと姉はいつも言うのだ。本当に必要なのは大幅な並べ換えだ。ヴィンテージドレスは奥の壁の方に追いやられているし、一脚テーブルや鏡台の上は砂糖壺や蛇革のハンドバッグや象牙のミニチュア戦士と漁師に覆われてしまっているし、隅に置いた脚付きたんすは毛皮を並べたラックになかば隠され、両壁沿いに置いた特価品テーブルには磁器のティーポット、アンティークのバター皿、風景を描いたシェードの付いたランプなどがゴチャゴチャ載っている。もっとすっきり陳列しないといけない。とはいえ、店の狭苦しいスペースの中でそれをどうやるかはまた別問題。思いきって決断するしかない。表にあるシェーカー家具の揺り椅子と、入れ子式テーブル四点セットをうしろに動かして、一番高級なコートやジャケットを並べたラックの場所を作ればいいのだが、そんなこと姉に言ってみるがいい。だからこそヴァレリーはパズルの許に帰ってくるのが嬉しいのだ。パズルに没頭して、寝る前にクールダウンしつつ、どれだけ疲れていてもいつもしっかり残っている知的エネルギーを発散させる。もちろん一日の終わり、くたびれてはいる。骨の髄までくたくた、特に姉が威張り口調だった日には。あの口調は本当に嫌だ。まるでいまだにソフィアが十三でヴァレリーは十一みたいではないか。二人とももう四十に迫っていて、ソフィアは見るからにそうだというのに。鼻の脇からほうれい線が彫り込まれているのが見える。ヴァレリーの肌は少女のように滑らかだ。べつにそれで何の足しにもなっていないけど。彼女は不機嫌な気分で帰ってきた。残り物を温めて夕食を済ませ、郵便物に目を通したが、前から見に行こうと思っていた新しいキッチン用品店の十ドルクーポン以外はどれも無用だった。それから父親と電話でいったい何分話しただろう、誰も電話してこないと父は文句を言ったけどこっちは毎晩、どんなに疲れていたってかならず電話しているのだ。そしていま彼女は座ってミントティーをちびちび飲みながらパズルを解いている。9時15分、流しにカップを置き、畳んだ新聞を手にとって、リビングルームに通じる自在ドアを押した。パズルを終えるときは、リビングの肱掛け椅子に座って、両足をクッションに載せているのが好きなのだ。部屋に足を踏み入れると、人影が彼女の方に寄ってきて片手を上げ、恐怖の波が押し寄せてくる直前に彼女ははっきりこう思った——こんなの不公平だ、あたしは善人なのに、何で姉さんじゃないのよ？

いい妹　翌日は町じゅうその話で持ちきりだった。ヴァレリー・コズロウスキーへの襲撃、屋内への侵入、何か最後の一線が踏み越えられたこと。男が家を外からじっくり見張る姿を私たちは想像した。男は夜の訪れを待ち、横の庭を進んで、裏口への階段をのぼって行く。警察の報告によれば、鍵のかかっていない窓から忍び込んだということだった。これがどういう意味なのか、私たちはみな理解した。男はますます近づいてきているのだ。これだけで十分不安にさせられる事態である。だがもっと悪いことに、私たちの多くがヴァレリー・コズロウスキーを知っていて、彼女の店に行ったこともあったのだ。彼女は「いい妹（グッド・シスター）」で通っていた。中国製の花瓶や一九五〇年代のレコードプレーヤーについて訊きたいときに話し易い方。見るからに気立てもいい。どうして彼女を痛めつけたいなんて思う人間がいるだろう？　けれども、そうした問いを自らに投げかけるさなかにも、この時点まで自分たちがひそかな望みにすがっていたことを私たちは認識した。ヴァレリー以外の人たちに関しては、もしかしたら何かの理由が、私たちの知らない何かがあって、襲撃もそれで説明がつくのかもしれない。皆それぞれ、シャロン・ハンズでさえも、何か罰に値することをやったのかもしれない。けれども「いい妹」への襲撃は、どうにも説明しようのない、掛け値なしの非道である。何だかまるで、私たちがいままで幻想を抱えて過ごしてきたように思え、「いい妹」への襲撃も彼女にではなく私たちに、私たちの幻想に向けられたもののように思えた。私たちは説明を、楽な出口を望んでいた。だが謎の男は、私たちのそんな感傷を戒めているのではないか？　もしそうだとしたら、企ては成功していた。私たちは彼を憎んだ。彼が死ねばいいと思った。

コート再考　襲撃者をめぐるヴァレリー・コズロウスキーの証言によって、男が同一人物であり、同じコートを着ていることが明らかになった。実際、あまりにも明らかなので、どうして外見を変えようとしないんだろう、と首を傾げたくなるほどだった。「平手打ちを浴びせる者」として認知させようというのだろうか？　はじめは駅にいる通勤客たちの中に溶け込むためにトレンチコートを選んだのかもしれないが、いまではもうコートの目的は正反対になっている。それは危険の象徴そのものであり、一目で目に飛び込んでくるしるしである。いまや私たちの町からトレンチコートはほぼ消滅した。これも男の大胆不敵さの一端なのだと私たちは考えた。男は警察の目を逃れ、私たちの家に、これ以上はないというくらい目立つ衣裳で入り込んでいる。こうした考察から、ひとつの問いが生じた。なぜこのしるしであって、ほかのではないのか？　ウィンドブレーカーとスキーマスクだっていいではないか。何だっていいではないか。トレンチコートは郊外の通勤者のシンボルである。ということは私たちの町のシンボルだと言ってもいい。自分は私たちの一員だと男は言っているのか？　それとも私たちの一員などではなく、コートを軽蔑的に、パロディとして用いているのか？

平手打ちされざる私たち

もちろん私たちは平手打ちされた人たちに同情の念を抱いた。その瞬間を想像せずにいるのは難しい。突如現われた見知らぬ男、一気に高まる危険、打ちかかろうと振り上げられる手。音が響きわたり、見知らぬ男が立ち去るなか、彼らが、彼ら不運な人たちがどう感じただろうと私たちは考えた。目に怒りを浮かべて男が寄ってくるとき、自分だったらどうしただろうと私たちは考えた。被害者への自分たちの共感には、幸運な者がそれほど幸運でない者たちに対してつねに感じるわずかな優越感が、見下す気持ちが混じっていることを私たちは認識した。彼らの災難を自分が免れていることをあまり喜びすぎぬよう私たちは気をつけた。そしてもうひとつのことを私たちは認識した。災難を被らなかったことは嬉しいし、何ら醜悪な目に遭わなかったのは自分たちの方であるわけだけれども、それでも時おり私たちは自問したのだ、本当に幸運なのはむしろ彼らの方ではないかと。何といっても彼らの苦難はもう済んだのであり、彼らはすでに試され、これ以上恐れるものはないのに対し、私たち無罪の者たち、平手打ちされざる者たちは、危険みなぎる世界を歩いている。あたかも私たちの知らない何かを彼らは知っているかのようではないか。時として私たちは、彼らをいくぶん妬（ねた）みさえした。

ウォルター・ラッシャーと足音　ウォルター・ラッシャーは駅のプラットホームを、片手にノートパソコンを、畳んだ『ニューヨーク・タイムズ』をもう一方の小脇に抱えて歩いていた。日はほぼ暮れていた。今日は遅くまで仕事していたのだ。午後に机に向かっている最中またもうとうとしてしまった。幸い完全に寝入ったわけではないが、その寸前まで行った。椅子に座って、なかば閉じた目で、ずきずき疼（うず）くこめかみを抱えていた。この時間にはまだ人も多いが、駐車場への階段に近づいていく人々のあいだに不安げな用心深さが感じられた。オレンジの照明もすでに点いていて、すべてが役者を待っている舞台セットのように見えた。駐車場に入ってセクションBの方へ歩き出しながら、ラッシャー自身はべつに不安もなく、鈍い、重たい苛立ちを感じるだけだった。警察はまったく役立たずで、これまで何の手掛かりも見つけていない。町はもう以前と変わってしまった。彼が都会からここへ越してきたときには、通勤路線の終点に隠れた小さく古風な場所という趣がまだあった。いまでは高級な店が一等地を取りあい、昔ながらのドラッグストアはなくなり、ニューススタンドもなくなり、企業の本社が次々に建ち、壊された古家の代わりに境界線ギリギリまで建てた醜悪な家が現われた。新しい地区にアジア系の人々が入ってきて、その誰もが知的職業に携わり、みんなおそろしく洗練されていて、ちょっとインドっぽい雰囲気もあって、ワインショップから出てきたあの薔薇色のサリーを着た女性は外国の女王みたいな身のこなしだ。コートを着た謎の男も、なぜかこうした変化の一部である、あたかもほかのいろんなものと一緒に流されてきたみたいに……ああ何馬鹿なこと考えてるんだ、まともに頭使ってないぞ。三列先に駐めた自分の車にラッシャーが歩いていくなか、うしろのそれほど遠くないところから足音が聞こえた。この駐車場でこの時間、うしろのそれほど遠くないところから足音が聞こえるのはまったく普通のことだ。だが昨今は普通の時ではない。緊張がさざ波のように背中に広がるのをラッシャーは感じた。足音はさらに近づいてきた。ラッシャーは重たいおもりでも運んでいるかのようにゆっくり首を回した。長いコートを着た男がすたすた寄ってくるのが見えた。ラッシャーは体を回した。前に歩み出て、開いた手を思いきり振って相手の顔に叩きつけた。手のひらが頰を直撃し、男の顔ががくんと横に動いて体が近くの車に倒れ込むとともに、ラッシャーは気持ちがすーっと和むのを感じた。辛い一日のあとに温かい風呂に身を沈めたような気分だった。次の瞬間、コートがダブルのウールのコートで、色は黒っぽく、ベルトはなく、顔も違っていて、より老いていることを彼は見てとった。これもすべて避けがたい流れの一環なのだ、とラッシャーは認識し、一歩前へ出てひどく早口で喋り出すさなかにも疲れがどっと押し寄せてきた。

沈黙　『デイリー・オブザーバー』で、駅駐車場で襲撃がありどちらの男も即刻連行されたことを私たちが読み、ウォルター・ラッシャーは以前に平手打ちを喰らったにもかかわらずそれを公にしていなかったと知ったとき、私たちは自分でも、どちらにより心乱されているのかわからなかった――

ママロネックにある姉の家への訪問から帰ってきたドクター・ダニエル・エトリンガーを彼が襲ったことか、それとも、警察にとって有用だったかもしれぬ情報が長期間隠されていたことか。もしウォルター・ラッシャーがただちに警察へ行っていたら、トレンチコートの男は逮捕されたかもしれないし、少なくとも警察が監視し人々が意識することによって一連の襲撃は食い止められたかもしれない。まあたしかに、ロバート・サトリフが迅速に対応しても謎の男の動きが止められたわけではまったくなかったし、実際、じっくり考えてみると、仮にウォルター・ラッシャーが報告したところで出来事の流れは変わらなかっただろうと私たちは確信した。にもかかわらず、彼の沈黙に、自分でも上手く言葉にできない不安を私たちは覚えた。それはつまり、沈黙によってウォルター・ラッシャーが、私たちの多くがこれらの襲撃の暗い真実だと感じているものを明らかにしたからなのだろうか——すなわち、この襲撃はあまりに耐えがたい、深い屈辱だということを？　パトカーが町じゅうあらゆる界隈をパトロールし、市民による監視委員会が見知らぬ人間の存在を逐一報告し、日々の社説も安全対策を拡大するよう町当局に促すなか、ウォルター・ラッシャーが来る日も来る日も秘密を抱えていたその胸の内を私たちは想像してみた。仕事を終えて電車に乗っている、胸に秘密が重くのしかかったウォルター・ラッシャーのことを私たちは考えた。その秘密を小さな、毛深い、尖った歯の動物として私たちは思い描いた。どういう感じだろうか、顔を強くひっぱたかれてそれについて何も言わずにいるのは？　毎夜毎夜、ベッドに横になって、秘密が己の内側をもぞもぞ噛むのを感じながら、ウォルター・ラッシャーの胸にはどんな思いが去来したのだろう？

不可避　私たちはいまや次の、不可避と感じられる襲撃を予期しつつ暮らしていた。両親は子供たちを車で学校に送り、通りや駐車場から校舎に入るまで一緒について行った。終業のベルが鳴るとき、両親たちは校門の外で厳めしい顔で待っていた。近所の自警団のメンバーたちが歩道を行き来し、いまやわが町の警戒のシンボルとなった黄色と黒の腕章をさらしていた。パトカーが町なかを流し、時おり停まっては、何か変わったことに気づきませんでしたか、何でもいいんです、と私たちに訊ねた。住民は玄関と窓をつねに施錠しておくよう勧められ、日没後は家から出ず、可能な限り集団で移動し、夜どおし自宅内外の電灯を点けておき、つねに警戒を怠らずに、怪しい行動を見たらすぐに通報するよう促された。そうした対策が功を奏したのか、それとも男が単に時機を窺っているのかは知りようがなかったが、とにかく日々は何事もなく過ぎていった。男の次の一手を私たちは先取りしようと努めた。それはこれまでよりもっと大きな侵犯だろうと私たちは想像した。夜遅くに寝室に侵入してきて、眠っている私たちを平手打ちするとか。私たちが目を覚ますと、怒れる目の男が私たちを見下ろしているだろう。それとも、女子高校生と一人暮らしの女性をひっぱたいたいま、今度は子供を狙うだろうか。家の庭で一人で遊んでいる小さな女の子を男は見つけるだろう。男は片手を宙高く上げ、女の子の顔を力一杯叩き、女の子は吹っ飛んで地面に叩きつけられるだろう。私たちは緊張して朝食を摂り、町なかでは足早に歩き、ほんのわずかな物音にもふり向いた。

ポケット　現在の雰囲気のなか、トレンチコートを着るのは愚かであり危険でさえあると認識された。そういうコートを着ている人間はかならずや疑惑を招く。かくして私たちの町の見捨てられたトレンチコートたちは、玄関脇のコートラックに掛けられたまま、あるいは廊下のクローゼットに水平に渡したポールから吊されたままだった。ピカピカの鉄の回転フックが付いたラッカー仕上げの木製ハンガー、細い針金ハンガー、頑丈なクロームのハンガー。コートたちはそこに、フリースジャケット、ナイロンのウィンドブレーカー、フェイクファーの襟が付いたキルトのコート、ウールのセーター、革のボマージャケット、ピーコート、フード付きパーカ、コーデュロイのブレザーに囲まれて、ほとんど忘れられ、だが完全には忘れられずに下がっていた。時おり、見捨てたトレンチコートのことを考えるとき、不思議な幻想に私たちは駆り立てられた。トレンチコートがクローゼットを出て夜の町をさまよう力を持っていると私たちは想像したのだ。落着かない、不幸な幽霊のようにコートたちが町を漂っている姿が私たちには見えた。気分によっては、彼らが強い風に吹き上げられるところを私たちは想像した。彼らは渦を巻いて空にのぼっていく、私たちの町の見捨てられたトレンチコートが、そして彼らはぐるぐる回りながら、腕が揺れ、裾がめくれ、ポケットの中身がこぼれ、放たれる、夜の屋根のはるか上で、誰もいなくなった救命員スタンドのある暗いビーチの上で、本町通りの信号の上で、二十五セント貨や十セント貨が大量に降り注ぐ、半分に減った咳止めドロップ、ランチのレシートが、懐中電灯付きチェーンに付けた家の鍵、チューインガム、畳んだ時刻表、カシューナッツの小袋、蠟紙に包んだ半分に切ったサイダードーナツ、地下鉄カード、サングラスケース、エナジーバー、紙切れに書いた電話番号。

マシュー・デニス　チャールズ・クラウスが警察に通報したあとにこの事件の担当となった二十五

歳の『デイリー・オブザーバー』記者マシュー・デニスは、列車が駅に入っていくとともに勢いよく席を立った。今日の午後はマンハッタンで過ごし、ラッシュアワーの真っ最中に帰ってきたのだ。すべては上司の思いつきだった。朝の通勤客と一緒に電車に乗って都市へ行き、人々の話に耳を澄まし、気分を捉える。帰りの電車に乗ってしっかり聴くんだ、列車の様子を伝えろ、駐車場の様子を伝えろ。新聞の売上げはめきめき増えている、誰もが話を追っている。マシューはこんなやり方には反対だった。そんなことをするより、あちこちの界隈を回って、サスカタック・ヒルで管理職の人間にインタビューし、サルズ・ピザの隣のガソリンスタンドで町の声を聴く方がいい……でも都市にただで行ける話を断れるわけがないし、それに行きも帰りもいい会話が周りから聴けて、その大半をノートパソコンに打ち込むことができた。誰もが自説を持っていた。謎の男は次は午前零時に現われる、謎の男は元警官である、謎の男はリアリティショーに出たくて人目を惹こうとしている。マシューの意見では、襲撃者はひとつのパターンに従っているのだが、そのパターンを特定するのは容易でない。まずは男四人から始めて、次に女たちに移った。まず駅駐車場から始めて、町なかの駐車場に移り、住宅街の路上に、そして夜のリビングルームに移った。どうやらこの男がやりたいのは、まず予想を煽っておいて、突然さっとそこから逸れることらしい。町の不意を衝くのが楽しいらしい。マシューはプラットホームを歩き、チャールズ・クラウスと二言三言話した。それから少しのあいだ階段のそばに立って、駐車場を見下ろした。照明は灯っているが、空はまだ黄昏の青さを残している。人々は用心深く集団を作って歩き、ぬかりなくあたりを見回している。一人の男がマシューに近づいてきて、火を貸してくれないかと言った。マシューは一年前に煙草をやめていた。男は三十代なかばで、目鼻立ちはくっきりしていて、がっちりした体格である。ジッパー付きのジャンパーを別とすれば、謎の男であったとしてもおかしくない。女性が誰か、声を上げて笑った。甲高い、不安そうな、芝居のために稽古したみたいな笑いだった。「夫が迎えに来てくれるの」と誰かが言うのをマシューは聞いた。「もうここには駐車しないの」。マシューは階段を降りていった。けさはまず駅のそばに駐車したが、気が変わってもっと遠くの場所を選んだ。人々の流れに混じって歩いて、みんなが言っていることに耳を傾け、彼らの顔を観察しないといけないのだ。新聞社の仕事はあくまで一時的なものであって、もっといい口が見つかり次第、あるいは書いている本が軌道に乗ってきたらいつでもやめる。とはいえ、決して嫌いな仕事ではないし、何かにつながらないとも限らない。と、叫びをなかば押し殺したような声がしたのでさっとそっちを向いた。何のことはない、ヒールでつまずいてボーイフレンドの腕にしがみついた女の子だった。誰もが謎の男のことを考え、周りをキョロキョロ見ていた。マシューにも自説はあって、時には本気で信じもした。すなわち、人にはみな何か秘密があり、何か恥ずべきことをやっている。みんなが謎の男を恐れるのは、男がその何かを思い出させるからなのだ。マシュー自身、いまとなっては忘れてしまいたいことを大学時代に何度かやった。自分の車に彼は近づいていき、かがみ込んで窓から中を覗き込んでから――謎の男は車の鍵を開けるのが得意で、駐車している他人の車に身を隠しているかもしれないと彼は考えていた――ドアにキーを差した。一歩だけの足音が聞こえて、砂利がザッと一度音を立て、マシューは興奮と強い好奇心とを抱えてふり向いた。トレンチコートの男はすでに片手を上げていて、手のひらが頰を激しく打って目から涙が出てくるとともに、あたかも審判を下しているかのような激しい怒りの表情が男の目に浮かんでいることをマシューは意識していた。

高度に知的な　その「審判」について、私たちは翌朝の『デイリー・オブザーバー』で読んだ。マシュー・デニスは細大漏らさず語っていた。模擬通勤、漏れ聞いた会話、プラットホームで自分が抱いた思い、人々のふるまいの観察、車への歩み、襲撃の詳細。事件を報告しただけではない。謎の男が駅駐車場に戻ってきたのは、高度に知的な計画の表われだとマシューは論じていた。この男は私たちの家庭に侵入しようとしている、もっとも弱い住民を襲う気だ、私たちのプライバシーの奥深くまで侵害する気だと襲撃者は私たちに思い込ませた。そして私たちが襲撃に対して身構え、警察や自警団が街路や家庭に全面的に注意を集中するなか、もう捨てたかと思えた第一の現場へ大胆にも戻っていったのだ。この策略によって、見つかることを免れたばかりか、襲撃の意味を私たちが考え直すよう男は強いた。予測のつかない恐怖を広げるのではまったくなく、ひとつの主張を平手打ち（スラッパー）の男は行なっている。すなわち、彼の標的は特定の人々ではなく、町自体なのだ。襲撃者の頭の中で、この町は主として、全面的にではないが、通勤者たちによって代表されている。ゆえに、七回のうち四回は駅の駐車場が現場となった。予測不能な恐怖を打ち建てようとしたなら、襲撃の場をひたすらもっと拡張したはずだ。さらに、七人の被害者は、一見したほどたがいに違ってはいない。シャロン・ハンズとヴァレリー・コズロウスキーへの襲撃はむろん容認しがたいが、シャロン・ハンズが企業弁護士の娘であって、資金も潤沢で評判もいい、コミュニティへの帰属の象徴とも言える公立高校に通っていることも忘れてはならないし、ヴァレリー・コズロウスキーにしても、健康保険も手当もない最低賃金の労働者などではなく小さいながらも店舗の共同経営者なのだ。マシュー・デニス本人も地元紙の記者、すなわち町の自己像作りの一端を担っている。一番そぐわないと思える被害者はレイ・ソーレンセンだが、そこがまさにポイントだ。ソーレンセンはこの繁栄している町の、その他大勢の代表、社会の下層を占めていて生活費を得るため時には二つの仕事を掛け持ちすることを余儀なくされる人々の代表なのだ。罪ある者すべてを罰することが襲撃の目的である、とマシュー・デニスは唱えていた。単にトップの連中だけではない。被害者たちの罪とは、この町に住んでいるという罪なのだ。人々が己の安全のことばかり考えず、こういう町に住むことがいかなる意味において罪となるのかをもっと考えていただきたい、と長い記事は締めくくっていた。私自身、何も憤りは感じていない、より善良な人間になることを誓うのみである、とマシュー・デニスは述べていた。

罪はない　マシュー・デニス襲撃の細部を私たちは夢中で読んだが、記事の読後感としては、苛立ちと憤慨といったところが大半であった。マシュー・デニスは襲撃者に対してねじくれた共感を抱いていると私たちは感じた。謎の男の動機をめぐる彼の分析に私たちは不信の念を抱き、記事を再読しているうちに襲撃自体の細部についても不信を感じはじめた。夜に駐車場で怒った顔の男を見て、その男が私たちの顔を叩こうとしていたら、私たちの大半は「強い好奇心」など感じたりはしないだろう。マシュー・デニスが憤っていないことに私たちは当惑し、苛立った。そうした怒りの欠如は分析においても明白であり、何だか私たちよりもむしろ、私たちの隣人たちを襲い私たちの子供たちを怯えさせる男に共感しているみたいではないか。翌朝、怒りの投書が何通も『デイリー・オブザーバー』に掲載された。投書した人々はマシュー・デニスを糾弾し、記事を載せた編集デスクの判断に疑義を唱えていた。とりわけ私たちを苛立たせたのは、私たち全員に罪があって全員が罰に値するのではないかと記事が示唆している点だった。私たちはべつに、どこかの革命組織のメンバーなどではない。敵の町を襲撃して強姦や殺人を犯したりはしていないし、強制収容所の煙突から煙が上がっても顔をそむけていた受け身の市民でもない。いや、私たちは平和を愛し法を遵守する郊外の町の住民なのであり、困難な世の中で子供を育てながら、芝生の手入れも怠らず雨樋に落葉が詰まらぬよう努めている。男は犯罪者であり、投獄されるべきなのだ。翌朝の社説は、抗議の嵐を受けとめて、記事で述べられた意見はかならずしも『デイリー・オブザーバー』の意見ではないと記していた。考えれば考えるほど、マシュー・デニスの陳述を私たちは不快に思い、憤慨のあまり、謎の男がふたたび平手打ちを浴びせたという事実をほとんど忘れてしまっていた。

待つ　ふたたび私たちは、嵐はどこかと空を見上げる人々のように待った。今回私たちは違いを感じた。いまやこの町には怒りの念が漂っていて、それが風のように感じられたのだ。町の街路に危険が存在していることに私たちは怒っていたし、警察に怒っていたし、私たちに事実を伝えるのが仕事であって阿呆な考えは胸にしまっておくべき新聞記者のせいでムキになって反論する破目に陥ったことに怒っていた。公共の場では緊張が、夕食の席には不安が感じられた。町の中央の郵便局の向かいの角で、十人あまりの人が町を安全にともっと警察力をと書いたプラカードを掲げていた。ポニーテールにあごひげの男が、大きな赤い活字体で審判の日は近いと書いたプラカードを持っていた。人々は怒りっぽくなった。図書館の駐車場で、誰かの車がバックして別の車にぶつかって喧嘩になった。私たちは早い時間に寝床に入り、横になって耳を澄ませた。闇の中で目覚め、ブラインドを脇へ押しやり、光を放っている家々を寝室の窓から眺めた。玄関灯、リビングルームの明かり、ガレージの扉の上の投光ランプ、芝生の上のランタン。まるで町じゅうが夜どおしでパーティをやっているみたいだった。

天罰　小康状態から生じた奇怪な展開のひとつが、一部に現われた声高で狂信的な、謎の男を神の意志の伝達者と見る声だった。『デイリー・オブザーバー』の投書欄に載った、ベヴァリー・オルシャンと署名された手紙は、私たちの町は己の罪を罰せられているのだと論じていた。〈ジェリコの娘たち〉、〈天の主人の預言者たち〉といった名の、どうやらずっと前から存在していたらしい小さな集団が私たちの目にとまりはじめた。後者のメンバーたちは、謎の男は主によって、私たちが行ないを改めなければ主の怒りがもたらされることを警告すべく送り出されたのだ、と断じていた。そういう考えを無知と幼児性の産物と切り捨てる者たちでさえ、謎の男が私たちを罰しているという思いからは逃れられなかった――怒れる父のように、私たちが何かをしたことを、あるいはしなかったことを男は罰しているのだ、あるいは何かほかの、私たちがわかってしかるべきなのにわかっていないことを罰しているのだという思いから。

小包　マシュー・デニスが襲われた七日後、午前零時から5時までのどこかで、警察署に宛てた一個の小包が、郵便局の正面階段の上に置かれた。午前5時に仕事を開始した郵便配達人が、トラックの中からその包みに目をとめたのである。朝のうちに郵便局の幹部が集まってしばし協議し、警察に連絡することにした。この一件に関する噂はまず、マシュー・デニスが新設したウェブサイトに現われたが、信頼できる報告は翌日の朝刊まで待たねばならなかった。茶色い紙で包んだ包みに差出人の住所は記されていなかった。怪しげに見えるが危険はない、と警察は判断し、署に持ち帰って慎重に茶色い紙を剝がすと、白い紐で縛った無地のダンボール箱が出てきた。箱の中にはきちんと畳んだタンカラーのトレンチコートが入っていた。手紙は添えられていなかった。証拠はないが、これが謎の男のコートであることは間違いないと思えた。衣服の専門家が呼ばれ、ラボで綿密な検査が行なわれ、徹底的な捜査が進められた。その間私たちは、男は私たちにどう考えさせようとしているのだろう、と首をひねった。襲撃はもう終わったと告げているのか、それとも、違う変装を使った新しい襲撃を覚悟せよと警告しているのか？　一週間、二週間のあいだ私たちは不安な日々を送り、どんな小さな徴候にも目を光らせていた。三週間目の終わり近くになり、木の葉が紅葉しはじめ、寒い青空から陽が照るなか、肩から重荷がゆっくり下ろされるのを私たちは感じた。

不満　慣れ親しんだ楽しみや心配事を伴ういつもの生活へと自分が戻っていくのを感じることはできたものの、と同時に、不完全燃焼の気分からも私たちは逃れられなかった。正しい終わり方は、やはり謎の男の逮捕ではなかったか。そして私たちが聞きたくてたまらない説明を男が行なって終わるべきだったのだ。きっと私たちはじっくり耳を傾け、考え深げにうなずき、法に照らして最大限に男を罰しただろう。そうして、彼を忘れただろう。だが代わりに、正しくない終わり、不確定要素だらけの、すなわち全然終わりとは言えない終わりしか私たちには与えられなかった。警察の捜査も何ら成果は挙がらなかった。私たちは自問した。謎の男が去ったのは、捕まる大きな危険なしに襲撃を続けるのはもはや不可能と判断したからか、それとも、七人の人物を襲う周到な計画を完了したからか？　仮に男が去った理由がわかったとしても、そもそもなぜ彼が来たのかはやはりわからなかっただろう。男は私たちから何を望んだのか？　私たちが何をしたというのか？　ある意味で、襲撃の終わりの方が、襲撃それ自体以上に心乱されるものだった。なぜなら襲撃にはつねに逮捕と解明の希望が伴っているが、襲撃の終わりはそうした希望の終わりでもあるからだ。この意味で、襲撃の終わりとは、襲撃を続けるもうひとつのやり方にほかならない――それも、決して止めようのないやり方に。

平手打ちされた七人　こうして、不安ながらもかつての気分が戻りつつあるさなか、町じゅうで集会が発生しはじめたのである。これまでの出来事を討論し、分析するのが目的の集会である。町庁舎と、二つある高校の一方の講堂で大きな公開集会が開かれ、ビジネスマンたちの団体、友愛組織、〈アメリカ革命の娘たち〉（全国的な愛国婦人団体）の地方支部、倫理文化協会、ユダヤ・コミュニティセンター、第一会衆派教会、無原罪の御宿り（おん）の聖母教会等々で人々が集い、むろん個々人の家のリビングルームや仕事部屋や内装された地下室などでも私的な会合が持たれた。これらの集会にはしばしば、平手打ちを浴びた七人のうちの誰かが特別ゲストとして登場したが、ウォルター・ラッシャーだけはそうした依頼をいっさい引き受けなかったし依頼に返事すらしなかった。ゲストは十五分から二十分喋ってから聴衆の質問に答えた。謎の男が現われたときどんな気持ちがしたか？　平手打ちはどれくらい痛かったか？　殺されるかも、という不安はあったか？　男は何を主張していたのか？　ヴァレリー・コズロウスキーすら、ひとたび当初の気後れを克服してからは、驚くほど精力的に人前に出るようになった。人気の双璧は、肩の下まで流れる長い金髪がサクランボ色、エメラルド色、まばゆく白い絹のブラウスを撫でるシャロン・ハンズと、さんざん物議を醸したマシュー・デニスだった。古いスポーツコートを羽織り、黒いシャツの襟元を開け、ベルトなしのジーンズと白いランニングシューズを履いたマシュー・デニスは、私たちの前を右へ左へ歩き、手で空気を切るようなしぐさで言葉にメリハリを加えては、さっと聴衆の方に向き直るのだった。時おり、メンバーを増やしつつありホールなどを借りて公開の会合を開くようになった〈天の主人の預言者たち〉のような、かなり小さな集団の会合にもゲストは現われた。観客席に座ってゲストを見守りながら、私たちは時に、妙なたぐいの妬みを感じた。まるで、平手打ちされなかったことによって深遠な瞬間に参加しそこねたような気がし、用心深さのせいで冒険への呼びかけを避けてしまった気がしたのである。と同時に、あの心穏やかでなかった日々の正確な感触を自分たちがすでに忘れつつあることを私たちは自覚した。あの日々はいまや歴史の中に消えかけ、銀行、病院の待合室、オフィスのロビーなどの壁に相応しい感傷的な田園風景の絵（「赤い納屋と雲」、「朝の橇（そり）滑り」）と同じ温かく穏やかな色を帯びはじめていた。

開花　ある朝、駅の駐車場で、あたかも秘密の合意によるかのように、トレンチコートたちが戻ってきた。タンカラー、ベージュ、トープのコートが続々とあちこちの車から、早朝の光に開く淡い色の花のように現われた。リチャード・エメリックはその朝、玄関広間でトレンチコートを着てみたが、しばし止まって、真剣に考え、結局脱いで、代わりに、例年はもっと遅い時期まで取っておく、ラムスキン襟の黒いウールのコートを選んだ。駐車場で車から歩み出たとたん、自分の間違いをエメリックは見てとった。指先に、前で結ぶときのベルトの端の圧力が感じられた。明日の予報は朝早くに小雨。明日こそ。

成功と失敗　一連の平手打ちが遠のいて、私たちの心の中で聞こえるその反響すらどんどんかすかになっていくなか、自分たちはあの試練を成功裡にくぐり抜けたのだろうか、と私たちは自問した。もちろん試練と呼ぶのはいささか大げさである。私たちはべつに殺されたわけではない。強姦されたのでも、叩きのめされたのでも、刺されたのでも、金品を奪われたのでもない。ただ単に平手打ちされただけなのだ。とはいえ、私たちは侵入されたのではなかったか、街路や自宅でも脅威を感じたのではなかったか。何か確固とした、だが謎めいたやり方で私たちは侵犯された。したがって、襲撃が終わったと思えたとき、自分たちの気持ちもいまだよくわからなかったものの、ひとつの試練をくぐり抜けたと私たちは感じたのである。時おり、怒れる目の謎の男は私たちに関し、私たち自身が知らない何かを知っているのではないかという気がした。時おり、私たちをめぐる彼の見方は正しかったんだろうか、と何に関して正しかったのかもわからないまま私たちは考えた。だが多くの場合、そういった考えを私たちはうっちゃり、彼を捕らえられなかった、彼がくり返し私たちを襲うのを食い止められなかった自分を責めた。おおよそこのころ、『デイリー・オブザーバー』にある社説が現われた。

編集デスクと署名されたその記事は、謎の男の一件を論じ、これはもう終わったことである、私たちは「そこから学んで先へ進まねばならない」と結んでいた。町にもっと大きな警察力が必要だということ以外、私たちが何を学べばいいのか記事は述べていなかったし、また、どっちの方向へ進むべきかも示してくれていなかった。したがって、襲撃が終わったように思えたときに私たちが感じた安堵感は、実のところ非安堵感でもあった。成功したという思いは失敗したという思いでもあった。そしてこれは、この町のやり方ではない。ここでは成功は成功であり失敗は失敗なのだ。両者のあいだに混同はない。失敗でもある成功なんて、まったく何の意味もない。そんなもの、どう捉えたらいいのかわからないではないか。ゆえに私たちは問う。この件から、私たちは何を学んだのか？　私たちにわかるのは、この町で何かが、なかったことにはできない何かが起こったということだけだ。晴れた春の日、こうしたいっさいが過去となったとき、私たちは街路を歩き、頭上ではカエデやシナノキの枝が芽吹きはじめているだろう。家々の玄関先に目を向ければ、ポーチの柱や木の枝が、まだ網戸に取り替えられていないガラスの玄関ドアに映っている。思いが訪れる――あの木のうしろにあの男が立っているかもしれない。そして私たちは、歩道の方へ波打ってのびている木の根をじっくり見てから、草、街路、遠くの家を背景にくっきり浮かび上がる樹皮の縁に目をやる。いつそこから肩が現われても、腕が上がっても、手が私たちの顔めがけて乱暴に振り下ろされてもおかしくない。そのかたわらを私たちは歩き、頭上には枝が芽を吹きはじめ、青空を背景に黄緑の花を咲かせているだろう。

闇と未知の物語集、第十四巻「白い手袋」

Tales of Darkness and the Unknown, Vol. XIV: The White Glove

1

高校の最終学年で僕はエミリー・ホーンと友だちになった。それはあっという間の出来事だった。ある日には英語の授業で一緒の物静かな女の子だったのが、次の日には僕と友だちになっていたのだ。それまでの一年かそこら、彼女は僕の関心領域から出たり入ったりしていたが、それが突然、僕が彼女の方を向いたという感じだった。僕は彼女の落着きが、自分のことを冷静に捉えている雰囲気が気に入ったし、足の下の地面をしっかり感じとっているような立ち方も好きだった。僕はと言えばフラフラと腰の定まらない、雲のような人間であり、ピリピリとして、猫のように疑り深く、神経と骨しかないみたいな落着かなさだった。過去一年は別の女の子にどうしようもなく恋して、あまりに熱く入れ込んでいたため、幸福な気分さえも不幸のように思えたものだった。エミリー・ホーンの静かさは、ずっと僕を待っていたかのようにすんなり僕を引き入れてくれた。僕を惹きつけたのは彼女の落着きだけではなかった。そう言ってしまったらフェアじゃない。僕は彼女を見るのも好きだったのだ。多めの、茶色っぽい、短めの髪に、陽を浴びてキラッと光る、色の薄い筋が交じっているのを見るのが好きだったし、爪を短く切った小さなこざっぱりした手、片方に青白い水疱瘡の痕がある丸っこい手首、表情を少し眠たげに見せているわずかに重たげな瞼、ゆっくり浮かぶ笑みを見るのも好きだった。彼女を見ていると、僕はいろいろ好きなものを思い出した。夜の街灯、平穏な部屋。彼女の服も好きだった。小綺麗な、さわやかな匂いのするパステルカラーのシャツ、黒か深緑のウールの膝丈スカート、ボタンは留めず袖を肱近くまでまくり上げたカーディガン、幅広い革ベルトは暗い赤か黒で、大きな四角いバックルは額縁を思い起こさせた。何か考え込んでいるときに眉をひそめるのもいい感じだったし、時おり右手をのばして指二本で左手の甲を掻くのを見るのも楽しかった。何よりもまず、僕を興奮させて落着かなくさせたりしない――ある種のやり方で体を動かしたりしない――ところが僕は好きだった。僕はそういうのにはもううんざりしていた。何か頼れるもの、当てにできるものを僕は求めていた。彼女の動かなさが僕には有難かった。

　ある日、夏のように思える暖かな十月の午後に、僕は彼女を家まで送っていった。木漏れ日のなか、僕たちはサトウカエデやベニカエデの枝の下を歩いた。動かない空気のあちこちで、黄色っぽい紅葉がひらひらと降ってきた。僕は教科書の束を腰に抱え、秋用の上着を肩に掛けていた。エミリーは橙色（だいだいいろ）のセーターを、エプロンをうしろに着けるみたいに腰に巻き、青い石目（いしめ）模様の三リングバインダと、ぴっちりカバーを付けた教科書とを傾いた山にして白いブラウスに押し当てて運んでいた。歩いていく彼女の上で日差しの斑点が、葉むら越しに光の粒子が投げつけられたみたいに舞った。

　彼女の家は町の古い地域の、家々の玄関ポーチがよそより広く、木の根が歩道のあちこちを押し上げている通りにあった。彼女の家のポーチには、色褪せた花柄のピンクのクッションを敷いたブランコ椅子があり、かたわらには緑の籐製テーブルがあってレモネードのグラスが置いてあった。熊手が窓の鎧戸に立てかけてある。自転車がクッションを載せた籐椅子に寄りかかっている。家の何もかもが僕を喜ばせた。灰色の玄関ドアに付いた、変色した真鍮のノッカー。紺色のカウチと、深々とした肱掛け椅子のあるリビングルーム。椅子のかたわらに置いた古いモカシンのスリッパ。パンを焼いた甘い感じの匂いと混ざりあった家具磨きの香り。明るい色の磁器の雄鶏が窓辺に置いてある日当たりのいい黄色いキッチン。冷蔵庫の上にはお腹を抱えた熊をかたどったクッキー壺が載っている。エミリーの母親は流しに立って、パンだねがこびりついた大きなパンこね台を洗っていた。花柄のワンピースの上に、あざやかに赤い、それぞれ緑の葉が二枚付いたリンゴの模様のエプロンを着けている。彼女はこっちを向いて、手をささっとリンゴで拭きはじめた。「いまねえ、ちょっと握手できないのよ、何しろ――エミー、このお若い方の上着をお預かりしなさい。私、エミリーの母です、あなたはきっと――ウィルね。さて、ウィル(ウェル)。何か飲み物はいかが？　ラズベリーパイは？」

僕はその日の午後、玄関ポーチの暖かい日蔭でブランコ椅子をギシギシ鳴らしながら、ルートビアを飲んでラズベリーパイを食べた。エミリーは僕の隣に座って、開いたフランス語の文法書を伏せて膝に置き、片足でブランコを漕いでいた。日なたに出て日陰に戻り、日なたに出て日陰に戻る。時おり彼女の母親が玄関のドアを開け、パイもうひと切れいかが、それともウォールナッツ入りのブラウニーかオートミールクッキーは、と訊いた。通りの向こうで女の子が何人か縄跳びをしている。もっと遠くから、バスケットボールが車寄せのアスファルトに落ちる、ドスッというくっきりした音が響いてきた。と同時に、熊手で落葉をかき集める音も聞こえた。子供のころに戻っていくみたいに、それらの音に自分がなじんでいくのが感じられた。暖かさ、縄跳びの縄がピシャッと鳴る音、ブランコ椅子の軋み、水がぽたぽた落ちる陽を浴びたミセス・ホーンの手、四角いポーチ柱、電信柱と電信柱のあいだで垂れている電線、そのすべてが、目を閉じかけた僕には、エミリー本人の一部であるように思えた。彼女自身が、十月の午後ののどかさの中に流れ込んでいくように思えた。

2

僕は毎日彼女と一緒に歩いて帰るようになった。まだ熊手で集められていない落葉に足をつっ込みながら歩くと、寄せ返す浜辺の波のような音が立った。寒くなってくると僕たちは家の中に入るようになった。リビングルームに行って、肱掛け椅子の横の紺のカウチに座ることもあれば、花柄のクッションを縛りつけたメープルウッドの椅子があるキッチンテーブルに行くこともあった。しばらくすると二人でエミリーの部屋に上がって、僕は木のデスクチェアにまたがって彼女の方を向き、彼女は大きなベッドに座ってヘッドボードに寄りかかりピンクのベッドカバーの上に両脚を投げ出した。彼女の机は、小さな分類棚のある、書く面に蝶番（ちょうつがい）が付いていて手前に倒して開ける古風な造りで、僕はこの机が大好きだった。部屋の隅には僕の腰くらいの高さしかない本棚があった。棚の中には薄い青の革の宝石箱、本が八、九冊、片腕しかないジニー人形、そしてパズルの箱がたくさんあった。本の少なさに僕は驚いた。僕の部屋には大きな本棚が二つあって、タンスの上も本が並び、机のかたわらの床にも山が出来ていたからだ。けれど僕はすぐに、そうした物のなさを、エミリーの静かな落着きと結びつけて考えるようになった。本を持つことと、ピリピリしていることがつながっているように思えたのだ。僕たちは話し、笑い、宿題をした――僕は机で、エミリーはベッドで。時おり僕は首を回して、ただ単にエミリーを見た。彼女は落着いてベッドに座って本を読み、かかとの低い黒い靴は床に置き、足首をくるぶしで交叉させ、時おり右手をのばし指二本で左手の甲を掻いた。

四時に半開きのドアをノックする音がして、ミセス・ホーンがさっそうと、ミルクのグラスを載せたトレーとチョコチップ・クッキーを盛った皿を手に入ってくる。五時半にエミリーの父親が玄関のドア二つ――金属の防寒ドアと木のドア――を開けるのが聞こえ、十分後に車で僕を家まで送ってくれるのだった。ミスター・ホーンは穏やかな、禿げかけた、憂いを帯びた大きな目に悲しげな笑みを浮かべている人だった。何か保険関係の仕事をしていて、新しいアメリカ切手が出るたびにプレートナンバー付きブロックと初日カバーを欠かさず買っていて、僕が読んでいる本についていつも本気で質問してくれた。彼はよく「そこのなんたらかんたら、取ってくれるかい?」とか「それって言えてるよな」といった緩い喋り方をした。僕はホーン一家にとことん歓迎されている気がした。一家の雰囲気にすっかり浸ったものだから、自分の家に帰ってきて、いくつもの本棚や、黄色い楽譜本を積んだ磨かれた黒いピアノや、かすかなパイプ煙草の匂いなどと向きあうたび、いつも一瞬、どこか知らないところに来た気分に襲われ、慣れ親しんだ感じが戻ってくるのに少し時間がかかるのだった。

エミリーを僕の家に招待しよう、とずっと思っていたのだけれど、結局いつまでもそうしなかった。僕の家に来ていたら、僕がいつもやるようなことを二人でやっただろう。彼女に僕の本を見せて、レコードを見せて、二眼レフを見せて、コネチカットじゅうの石切場から集めてきてラベルも貼った鉱石のコレクションを見せたことだろう。彼女のためにピアノを、ショパンかドビュッシーを弾き、自分が堅物でないところを示そうとクラレンス・パイントップ・スミスのブギウギを弾いただろう。両親も彼女を歓迎して、彼女がくつろげるようにしてくれたことだろう。いままでに何度もあったそういう出来事を想像していると、何だかたったいま上演を終えた芝居のリハーサルをまたやっているみたいな気になって、どっと疲れが湧いてくるのだった。自分の家にいると、ピアノ、僕の部屋の読書用椅子、玄関広間のマホガニーの本棚などからたえず柔らかなプレッシャーが発していて、僕は僕という人間であるよう、なぜか僕がそうならなければならないと思える人物になるよう強いられている気がした。エミリーの家が好きなのは、そこでは僕は何者でもなくていいからだった。

週末には父さんは家でレポートを採点するので、僕に車を使わせてくれた。門限は、と僕が訊くと父さんはランプテーブルのそばの肱掛け椅子から顔を上げ、「君の母さんと私としては、年が明ける前には君に帰ってきてほしいと思っている」と言った。毎週金曜の夜、僕は車でエミリーの家に行き、毎週土曜もお昼前に行って午前零時過ぎまで帰らなかった。僕たちはエミリーの部屋で宿題をした。僕はミスター・ホーンを手伝って熊手で落葉を集め、屋根の雨樋を掃除した。キッチンでミセス・ホーンがポットローストやローストラムを作っている横で人参の皮を剝き、サヤエンドウのへたをとった。夕食が済むとエミリーが皿を洗い、僕が小さなルリツグミの模様が付いた厚手のふきんで拭いた。それから四人でダイニングルームのテーブルを囲み、炎の形をした細長い電球の付いた小さな真鍮のシャンデリアの下でスクラブルをやった。ミセス・ホーンはよく片手を胸に押しあて、まったくねえ、私がいれば辞書なんて要らないわよと言ったが、プレーヤーとしても巧みで容赦なく、たいていは彼女が勝った。僕と彼女とでつねに一、二位を占め、エミリーと父親をはるかに引き離した。ミスター・ホーンのプレーに感じられる、優しくて攻撃的でない、憂いを帯びた目を思い起こさせる何かが敗北を招いているように思えた。でも僕は無慈悲だった。「うわすごいこれ、信じられない」とミセス・ホーンは手元のタイルを見ながら呟いたり、エミリーが右手をのばして左手の甲を掻くたびに「エム、やめなさい」と言ったりした。ミセス・ホーンは勝つことを楽しんだ。僕と彼女はたがいに相手の中に友好的な闘争心をかき立てた。時おり、ミセス・ホーンに競争心を煽られた僕は、穏やかな顔で自分のタイルに見入っているエミリーの方にちらっと目をやった。一瞬、彼女の落着きぶりを見て、あたかも自分たちが違うゲームをしているような戸惑いに僕は襲われるのだった。やがて笑い声が上がり、やれやれと首が振られるとともに戦いは終わり、ミセス・ホーンがクッキーとサイダーとアップルクラム・ケーキを出してくれて、表では十一月の風がダイニングルームの窓をがたがた揺すった。

ある土曜の午後に裏庭で、壁から外して立てかけた木枠の防寒窓をミスター・ホーンが修理するのを僕も手伝っていると、ミスター・ホーンが顔を上げて、「こいつはかんなが要るな」と言った。「ここで待っててくれ、すぐ戻――いや、一緒に来なさい」。地下に向けて斜めに作ったドアを彼は開け、僕を連れて六段の階段を下り、手をのばして赤い地下室のドアの上の棚に隠した鍵を取った。深い地下室に入ると、僕を連れて炉とボイラーの前を過ぎ、丸頭ハンマー、アルコール水準器、木のつまみが付いたピカピカの黒いかんなの載った棚の前に来た。「せっかく来たんだから」と彼は言って、人差指を二度くいっくいっと曲げて僕を招き寄せた。僕たちは箱を高く積んだ壁の前に来た。両開きの扉がある背の高い金属キャビネットが隅に立っていた。ミスター・ホーンが両方の金属扉を開けた。小さなドレスがいくつも、小さな白いプラスチックのハンガーに掛かって並んでいた。「エミーのだ」と彼は言った。一つをハンガーごと取り出し、かざしてみせた。白い襟の付いた、小さな青いドレス。「三歳」。そう言って肩をすくめ、首のうしろをさすり、ドレスを掛けた。「人にやってしまおうといつも思うんだが、なぜだかどうも――」ため息をついた。「さて！」と言って扉を閉めた。さっと向き直って、僕を連れて階段をのぼり、裏庭に戻っていった。

学校では、一日が終わってエミリーと一緒に帰れる時間になるのを僕は待った。授業が一緒のときは、彼女を眺めることを僕は楽しんだ。いつも落着かない、いつも少し退屈している僕と違って、エミリーはしっかり集中して先生を見ているか、ノートの上にかがみ込んでこつこつ何かを書くかしていた。時おりあくびを隠すと、目の下の肌がわずかにこわばるのが見えた。時おり右手をのばして二本指で左手の甲を掻いた。

3

ある日カフェテリアで、シェパーズパイとデビルドッグを前に座っていると、エミリーの左手の甲が少し赤いことに僕は気がついた。「手、どうかしたの?」と僕は訊いた。彼女はすぐさま手を膝に載せた。そして「大丈夫よ」と言った。「暖房で乾燥してるせい」。シューシュー音を立てているスチームを彼女は指さした。

クリスマスの休みが始まる少し前の物憂い月曜の、空があまりに灰色で暗いせいで学校の窓が夜のダンスパーティみたいに黒光りしている朝、僕は遅れてロッカーに着き、ベルが鳴る数秒前にホームルームに駆け込んだ。エミリーの席は空だった。彼女がいないと机は、シェードのないランプみたいにそれ自身に注意を惹いているように見えた。彼女がいままで一度も欠席したことがないことに僕は思いあたった。そういうのは彼女らしくないのだ。一日じゅう、彼女の不在が僕にのしかかっていた。不在の彼女は、実際にそこにいるときよりずっと強烈に存在しているように思えた。天井の蛍光灯の下、彼女は目に見えて、まぶしくいないように思えた。僕は自分の家に帰り、鍵を開けて中に入った。キッチンテーブルにどさっと教科書を下ろし、教科書がゆっくり崩れていくなか、エミリーの家の番号をダイヤルした。教科書がテーブルの上に滑り落ちると同時にミセス・ホーンが電話に出た。エミリーは元気よ、心配は要らないわ。検査を受けにお医者さんに行ったのよ。いまは休んでるわ、たぶん明日は学校に行けると思う。ねえ、「活気づける（エンライヴン）」の意味の六文字の言葉、思いつく?

翌朝ホームルームに入っていくと、エミリーは席についていた。足首を椅子の下で交叉させていた。シャツの黄色い襟が、深緑のセーターの上に小綺麗に垂れていた。左手の甲に小さな白い四角いガーゼが貼ってあって、四隅をテープで留めていた。

英語の授業へ行く途中、「掻いちゃ駄目だって言われたの」と彼女は言った。軽く肩をすくめた。

「皮膚がちょっとね。恥ずかしいわよね」

「そんなことないさ」と僕は言った。「全然そんなことないよ」

クリスマスの休みのあいだ、僕があまりにホーン家に入りびたるものだから、母さんから「あなた、このごろめったに見かけないわね」「あちらに長居しすぎて嫌われたりしてないでしょうね」などと言われるようになった。一度など、母さんは怖い顔で僕を見て、「大丈夫なの、ウィル?」と訊いた。毎朝僕は、長い寒い道を歩いてエミリーの家へ行った。夜になってやっと、ミスター・ホーンの車に乗せてもらって帰ってくる。ある日の夕方近く、空が暗くなって、大雪が降り出した。僕は二階のゲストルームに泊まっていきなさいと言われた。部屋には空色の、グレーの猫と赤い毛糸玉の絵に覆われたキルトがあった。ミスター・ホーンの洗い立てのフランネルのパジャマを僕は着たが、白と紺のストライプが入ったその寝巻は僕には太すぎたし短すぎた。様子を見に来たエミリーが「それって――それって――」と言ってプーッと吹き出し、あわてて手で口を覆った。「何か必要だったら言ってね」とミセス・ホーンが言ってドアを閉めた。

静かな家の中、しんしんと積もっていく雪の下で僕はベッドに横になった。ツルゲーネフの小説が開いて伏せたまま腹に載っていた。タンスの上にはフィドルを弾いている小さな陶器の男と青いガラスの鳥がいて、さらに、半ダースばかりの小さな人形が二つの木のベンチに座り、黒板の前に立っているミニチュアの先生と向きあっていた。その上には森で鹿が陽のあたる小川から水を飲んでいる絵が掛かっていた。ナイトテーブルに置かれたランプを消すと、閉じたブラインドの向こうで雪が斜めの線を描いて降りしきるのが感じとれた。街灯の光が降る雪を照らし出すさまを僕は思い描いた。

長いあいだ闇の中で目覚めたまま安らかな気持ちで横たわり、壁の床近くの通風口から噴き出てくる温風の音と、屋根裏で床板がかすかに軋む音を僕は聴いていた。やがて興味を抑えきれなくなって窓辺に行き、引き紐のすぐ上に横棒を通した、重たくて硬い布のロールブラインドを横にのけた。澄んだ夜空が見えて僕はハッとした。街灯の光を浴びてほのめく雪が、歩道や茂みに積もっていた。通りの向こうの消火栓も雪に包まれ、木の枝に載った雪がでっぷり盛り上がり、角の郵便箱の上まで続いていた。

翌朝遅く、僕は暖かい黄色のキッチンで、ジャガイモの皮を剥いてはペーパータオルの上に落とし、ミセス・ホーンは鶏の中に手を入れて、濡れた石みたいに黒っぽく光る臓物を取り出していた。エミリーと父親はそれぞれ用があって出かけていた。「エミリーの手のこと、つい考えちゃうんです」と僕は言った。「僕、思ったんですけど――」

「心配すること何もないのよ、ウィル」とミセス・ホーンは言った。「ちょっとした湿疹よ。ねえ、そこの大皿下ろしてくれるかしら、風車が描いてある骨灰磁器(ボーンチャイナ)のやつ。何考えてるのかしらねえ、巨人向きの高さの棚なんか作って」

4

学校は僕を驚かせた。その雪降る、炎の形をした電球の下でホーン家の人たちとスクラブルに興じる長い晩と、裏庭でエミリーと雪だるまを二つ作ったある日のまぶしい青い午後から成っているように思えた休みのあいだ、学校のことなどほとんど忘れていたのだ。雪だるまの片方は頭につば広の赤い帽子をかぶって胸に紙の薔薇を挿し、もう一方は口にパイプをくわえて頭にキャンベルのトマトスープの空き缶を載せていた。学校は草緑色のロッカーがガチャガチャ鳴り、机がこすれてキーキー言う場所だった。僕はもうすでに夏が待ち遠しかった。彼女の家の裏庭の暑すぎない日蔭で、座り位置を六段階変えられるアルミの長椅子に僕はエミリーと並んで座っているだろう。スタンプが押された貸出カードをしおり代わりに使って図書館の本を僕は読み、かたわらの丸くて白い錬鉄の、天板に細かい穴がたくさん開いたテーブルには、レモンのスライスを入れた手作りレモネードのグラスが、焼き立てのクルミ入りブラウニーを盛った皿と並べて置いてあるだろう。

一月も終わり近いある朝、ホームルームに入っていくとエミリーはそこにいなかった。失望が疲労のように自分の中で広がっていくのがわかった。とはいえ、その失望の核で、かすかな満足感が刺すのを僕は意識していた。なぜなら僕は、彼女がきっとまた欠席することを知っていたのではなかったか？　その日一日じゅう、僕は彼女の不在を味わおうと努めた。そうした方が、彼女が来たときにその存在がいっそう鮮烈で劇的なものになるのだと自分に言い聞かせた。翌朝、ホームルームに入ったとき、彼女の机の方を見ることを僕は己に許さなかった。その代わりに、エミリーがそこに座っている姿を想像した。深緑か、橙色のセーターを着ている彼女は、袖を前腕半分まくり上げ、シャツの襟が首の両側に垂れている。進まぬ気持ちを克服して、やっと彼女の方を向いてみると、誰もいない机を見たあまりのショックに、僕は思わず腕時計に目を落とした——まるで、彼女が本当にいなくなるまで、あとどれくらい時間が残されているか見ようとするみたいに。

家に帰ると、キッチンと裏手ポーチのあいだの木の階段に僕は座り、閉じたドア越しにコードを引っぱってきた電話でエミリーに電話した。ミセス・ホーンが出た。エミリーは元気よ。ちょっと手を治療してもらう必要があったの。いまは休んでいるわ。治療ってどういう治療ですか、と僕は訊いた。

「簡単な外科処置よ――心配要らないのよ、ウィル。あの子は立派に耐えて、最高にいい結果になったのよ。私、あの子のことが誇らしいわ。いまは休んでいるの。二、三日で学校に戻れるはずよ。あなたが電話をくれたって伝えるわ。きっとすごく喜ぶわ」。部屋に入って、机の隣に置いたガタガタの金属テーブルに置いたタイプライターの上にかがみ込んでいる最中、自分がミセス・ホーンに何と言いたかったかを僕はやっと理解した。なぜ教えてくれなかったんです？　なぜ？　心の中で僕は受話器に向かってどなった。怒りが僕の内側で、高熱のように燃えさかった。

彼女は翌日欠席し、その次の日も欠席した。僕は毎日午後に電話した。ミセス・ホーンはいつも、エミリーは休んでいるの一点張りだった。薬のせいで少しぼうっとしてるのよ、そういう副作用が出るかもしれないってモリソン先生にも言われたの、じきまた元気に動きまわれるようになるわ。その次の日もまたエミリーは欠席した。僕は家に帰って、寒いポーチの木の階段に、膝に電話を載せて座り、電話しなかった。ミセス・ホーンは何も教えてくれないのだ。質問しても彼女に気まずい思いをさせるだけだ。僕は友人のダニーに電話して、うちでチェスをやろうと誘った。

翌日彼女は、ロッカーの前にいなかった。僕は驚かなかった。あまりに全然驚かなかったので、何の失望も感じなかった。ホームルームに入って、彼女の机がある方に疲れた視線を向けた。誰もいないとその机は、古いビューマスターで見る椅子みたいにくっきり際立って見える。エミリーがそこに静かに座っていた。いないと決めてかかっていたので、一瞬僕は不安になった――見慣れたドアを開けたら別世界がそこにあるといったたぐいの、よくあるテレビドラマの中に迷い込んだ気がした。

彼女はじっと、ぴくりとも動かずに座っていた。教科書は椅子の下のラックにきちんと二山に積んであり、前腕は両方とも薄い色の机の上に載せている。タンカラーのプリーツスカートをはいて、暗い赤のウールのセーターは手首と肱の真ん中あたりまでまくり上げている。左手には白い手袋をしていた。手袋は手首のところがきつく締まって、そこから下は少し広がっている。手袋をはめた手は動かずに横たわり、下を向いた指はカーブを描いてわずかに開いている。彼女は背をのばして座り、まっすぐ前を見据えていた。手袋の白さ、両腕の動かなさ、首筋に見てとれるわずかな緊張、そのすべてに僕は、これはきっと別の女の子だという気にさせられた。別の女の子がエミリーの服を着て、エミリーの席についているのだ――本物のエミリー、白い手袋なんかしていないエミリーが、あとで僕にも説明してくれるはずの事情ゆえに、別の場所で自分の生活を続けられるように。

僕は自分の席に座って彼女の方を見た。僕の右隣の、二つ前の席。彼女は僕の方を見向きもしなかった。複雑な細かいウェーブがかかった豊かな髪が顔の大半を隠していて、見えるのは小さな丸みのあるあごと、ややとんがった鼻先だけだった。誰だろう、片方だけ白い手袋をした、この彫像の女の子は。僕はちらっと壁の時計を見た。自分の左手を見下ろしてみると、いつの間にかそれは手袋の手と同じ姿勢を採っていた。僕は彼女に視線を戻した。彼女がいつの間にかこっちを向いていて、いつものゆっくりした笑顔を僕に向けていた。僕は感謝の念で胸が一杯になって、何だかまるで、僕が彼女に悪いことをして、それを許されたような気になった。

廊下で僕は、手袋の方をさりげなくあごで指した。「で、それってどういうことなの？」

「何でもないのよ」と彼女は言った。「簡単な外科処置ってだけ。全然大事（おおごと）じゃないの。覆っておけって言われたのよ」彼女は右の肩をすくめた。「心配は要らないわ」

センテンスの途中で止まったかのように、彼女がもっと何か言うのを僕は待った。

「じゃあ心配しない」と僕は言い、頭の中で父さんが「一件落着」と言うのが聞こえた。

エミリーは何も言わなかった。僕は肩をすくめて「一件落着」と言った。

その日彼女と一緒に、自分も厚い青い手袋を両手にはめて歩いて帰る道すがら、僕は心配していなかった。暖かい黄色いキッチンに足を踏み入れ、ミセス・ホーンに挨拶したときも心配していなかった。ミセス・ホーンは晴れやかな笑顔を僕に向け、「お帰りなさい、ウィル。あなたがいないとこの家、違う場所みたいで」と言った。エミリーの簡単な外科処置もすでに過去のこととなり、僕は追放の日々を終えてこの平和な地に帰還したわけだが、とはいえ手術はつい最近のことであって保護の覆いは必要なのだった。おそらく中には何か包帯のようなものがあって、それはそれで望ましからざる注意を惹いてしまいそうなのだろう。すでに白い手袋はそれほど奇妙には見えなかった。慣れるのに少し時間がかかる新しいヘアスタイルのようなものだ。

二階のエミリーの部屋で、僕は木のデスクチェアにまたがって両の前腕を背もたれに載せ、彼女はベッドの上で脚を投げ出し二つの枕に寄りかかっていた。白い手袋をはめた手はかたわらのピンクのベッドカバーの上に載っている。僕はそれを見ないよう努めた。自分が休んでいたあいだ英語の授業とアメリカ民主主義の諸問題の授業がどうなったかを彼女は詳しく聞きたがった。僕はそれぞれの授業を一日ごとに再現し、そのあとラリー・クラインの最新の奇行を報告した。授業をさぼって誰もいない講堂に座っているのを見つかって校長室に連れて行かれたラリーは、最上級生は自由裁量で授業を抜けていいと思ったんですと言った。「そう言ったんだ――『自由裁量で』って。サンダーズ校長、目を丸くしてたってさ」。手袋は動かなかった。部屋のドアをノックする音がした。ミセス・ホーンがチョコチップ・クッキーのトレーとレモネードのグラス二つを持って入ってきた。「さあ、二人でリラックスしてね」とミセス・ホーンは言った。「何か欲しかったら、声張り上げてね」。五時半に防寒ドアと木のドアが開くのが聞こえた。手袋がわずかに動いた。僕は立ち上がって、教科書をまとめた。「じゃ明日」と僕は言って、いつの間にかベッドカバーからエミリーの膝の上に移動した手袋をちらっと見た。

ミスター・ホーンが車で家まで送ってくれた。街灯はすでに点いていたが、空には光が残っていて、道路の一方の側はもうほぼ夜だったけれどもう一方はまだ夕方だった。ランプの灯った家々のポーチの窓の向こうに、カウチやテーブルランプやゆらめくテレビ画面が切れぎれに見えた。ミスター・ホーンは黄色っぽい茶色の手袋でハンドルを握っていた。手袋のそれぞれの指の背に、細かい穴の模様がある。「考えてたんです」と僕はその曲げた指をじっと見ながら自分が言うのを聞いた。「エミリーの手、どうなのかなって」

「手術は上手く行った」とミスター・ホーンは道路から目をそらさずに言った。「まあ少なくともそれはよかった」。――「手術」という言葉を聞いてエミリーの手から血がたらたら流れているさまを僕は思い浮かべた。

「ミスター・ホーン」車が僕の住む界隈に入っていくとともに僕は言った。「エミリーの手、要するに何が悪いんですか？」

「うん、それは」と彼は、頭を動かさないまま物憂げなまなざしをさっと僕の方に向けて言った。

「いい質問だ」。そしてさっとまなざしを戻した。「非常にいい質問だ」

5

僕たちは、エミリーと僕は、以前の習慣に戻っていった。何も変わっていないかのようだった。でも僕はあらゆる瞬間、白い侵入者を意識していた。侵入者はそれ自身に注意を喚起し、意識を強要していた。手首のところで、二つの小さな白いボタンで留めてある。それらはごく普通のボタンのように見え、陽があたると虹色にきらめいた。その左側で布が小さく重なり、そこに薄暗いすきまが生じていたが、そこから何かが見えるわけではなかった。手袋はしっかり固定されているようだった。滑ってずれたりしてはいけないのだろうか。これでは手首を曲げるのも、指を動かすのだって苦労するんじゃないだろうか。夜は手袋を脱ぐのだろうか。少しでも脱ぐときはあるのだろうか。

教室で、僕はエミリーが席につくところを観察した。手袋をした手をすごく慎重に机の上に載せ、極力そのまま動かさないようにしていた。一度、鉛筆が転がって机から床に落ちて、拾おうとかがみ込んだときも、左手は机の上に置いたままにしていた。一瞬、体が不自然にねじれた。

手袋がエミリーの動きの優雅さを損ねている、彼女をわずかなぶざまさで浸している、と思えた。教科書を両腕で抱えて歩くときも、手袋をした手が教科書に触れないよう気をつけていて、本の重さを左の前腕でややぎこちなく支えていた。時おり、ノートの縁が押しつけられていたのか、腕の裏側に赤い跡が見えた。家に帰って、ミセス・ホーンがシュガークッキーとレモネードを持ってきてくれると、エミリーは右手でグラスを持ち上げ、一口飲んでグラスを置き、クッキーを手にとった。手袋をした手は、指がわずかに曲がり、膝の上にこわばって載っていた。

あっという間に、僕はその手袋のあらゆる細部を知るに至った。親指にはぴったり合っているが、ほかの指はそこまでしっくり収まっていない。小指側を下にして机に置いていることも多く、そこがほんの少し黒ずんでいた。親指と人差指の境目は、小さな皺が集まって三角形を作っていた。ブルーブラックのインクのしみが一点、指関節に見えた。

時おり、授業中に手袋をじっと見ていると、僕自身の手の上で、白いコットンが僕を締めつけているのが感じられた。そんなとき僕は指をくねくねすばやく動かすか、右の手のひらで左手の甲を何度もさするかした。

だが手袋のほかの何かが、それがそこにあるという明確な事実を超えて、僕の心を乱していた。エミリーと友だちになって以来、僕たちのあいだに気楽な流れがあるのを僕は感じてきた。開かれた、透明な空気がそこにはあった。この安らかな混じりあい、この静謐な絡みあいは僕にとってそれまで経験したことのない何かであり、陽を浴びた彼女の家のポーチや、街灯の下で雪が光る夜を僕に思い起こさせた。そういった流れを、手袋は損ねていた。手袋というものの本質ゆえに、それは隠す営みに関わっている。エミリー自身、手をめぐる問いをはぐらかすこと、白い布の下に何を隠しているのか明かすのを拒むことによって、僕が彼女について隠微に考えるよう強いている。手袋は彼女を変えつつある。彼女を一個の身体に、個人的な秘密や隠蔽を抱えた身体に変えつつある、そう僕は思った。手袋が新しいエミリーを、隠されたエミリーを作り出すとともに、それは僕にも何らかの作用を及ぼしていた。彼女と一緒にいるときいつも感じてきた平和な気分は、いまや猜疑の念に、ほとんど生理的な警戒態勢に取って代わられ、彼女のことを用心深く見張るよう、僕の体が僕に忠告しているかのようだった。と同時に、僕はもはやいつでも好きなときに彼女を見ることができなくなった。手袋以前は、何の迷いもなく彼女の方に顔を向けられた。それがいまは、禁じられた欲求に屈するよそ者のように、こっそりと視線を彼女に投げかけることを余儀なくされた。

ある日、キャリアチョイスについて死ぬほど退屈な講演を聞かされることになっている午後、二人で講堂の通路を進んでいると、エミリーの手袋が座席の背に軽く当たるところを僕は目にとめた。彼女の体がこわばり、一瞬彼女は目を閉じた。それからまた歩きはじめ、左手を前に出し、右手を何度も細かく動かして髪を撫でつけた。

時おりひとつのイメージが、僕の中に湧き上がってきた。手袋の下の、彼女の手。皮膚は燃えるように赤い。あるいは最近岩に潰されたかのように、紫と黄。何らかの瘢痕（はんこん）があるかもしれず、荒々しい赤い線が、一筋の炎のように手の甲を切り裂いている。いや、もっとひどいかもしれない――肉に深く食い込んだ、皮も剝けてぬらぬらしたピンク色の傷。自分がいままでやったことのないやり方でエミリー・ホーンに注意を集中していることを僕は了解した。僕を惹きつけているのはもはや彼女の静かさ、穏やかさではなく、彼女の手袋によって隠されたものなのだ。あの白い偽装を自分が破りとり、恐怖と高揚に包まれて、ずたずたに傷つけられた彼女の手を目のあたりにしているところを僕は想像した。

暖かい日が訪れて、誰もが不意を衝かれた。開いた窓を通って、学校の裏手で鋼鉄の梁を持ち上げているクレーンのエンジン音が聞こえてきた。その日のあとになって気温は下がったが、転換はすでに起きたことが僕たちにはわかった。軒先のつららがキラッと光り、ぽたぽた水を垂らした。ガレージの日蔭や、茶色い葉が垂れている藪の下で最後の雪が融けはじめた。いまだ黄色いヤナギの葉が陽を浴びて光った。窓辺の机の、一筋の日なたに置かれた白い手袋の、あまりに烈しい白さが目を刺した。その白さの中に皺もはっきり見えたし、かすかに変色したところも、ひとつのボタンの横の小さな黒っぽいしみも見えた。どこかで犬が吠えた。そして落着かない気分が僕を襲った——春が来る前の、そのはざまの季節にあって何かが起きるのを世界が待っているときの落着かなさが。

6

ある夜、僕は自分の暖かい寝室で目を覚ました。壁の床近くで、通風口を通って熱風が噴き出るのが聞こえた。それが僕に何かを思い出させる気がして、突然、青と白のストライプのパジャマ、木のベンチに座った小さな人形たち、ずっと向こうまで広がるほのかに光る雪が見えた。エミリーは自分の部屋で寝床に入り、ぐっすり眠っている。それとも彼女もやっぱり起きているのか? もしかしたら手袋も外していて、上掛けの上に置いてあって、五本の指はわずかに曲がっているのか? 手袋のことを考えると、親指がこめかみを押してくるような圧力が頭の中に感じられ、ベッドから飛び出て白いブラインドを脇へのけると、ブラインドがコート掛けみたいにガタガタ鳴って、空が濃い、内から光を発する青色、暖かい春の晩の青色であるのを僕は見た。

玄関のドアを開けて、外に出た。肌寒さは僕をハッとさせた。青い、ひんやりした夜の中、大きくて白い、さざ波が立ったように見える月は、冷蔵庫の霜を思い出させた。僕はシャツの襟を立てて、そんな月の下を速足で歩いた。重たくて冷たい石の月が、いまにも空をびりびり破って飛び出してきそうだった。遠くの方で、高速道路を走るトラックの音が低い雷鳴のように聞こえた。

長い道のりだった。しばらくのあいだ僕はすべてを忘れ、青い夜空を背景に並ぶテレビアンテナのくっきりした黒い線と、タイプライターの黒リボンみたいに道路の片側にのびている電話線のカーブを描いた影のことしか頭になかった。しばらくすると、見慣れた界隈に出た。あちこちの家のポーチの網戸が、月光を捉えて一瞬のあいだ不透明なアルミの壁に変わり、それがまた突然消えて、影に包まれた籐椅子と、壁に寄りかかった自転車をあらわにした。エミリーの家の窓は暗かった。僕は家の横壁と、ひび割れたアスファルトの車寄せとのあいだに生えた芝の帯の上を歩いた。裏庭に回ると、斜めに作ったドアを開けて、六段の階段を下りていった。地下室のドアまで来て上に手をのばし、隠してある鍵を探った。

月のほのめきの細長い長方形があちこちを照らす暗い地下室をゆっくり進んでいき、木の階段をのぼって上のドアの前に出た。開けるとそこはキッチンの脇の小さなスペースだった。皿が一枚、水切り台に立ててあった。僕はリビングルームに入っていき、絨毯を敷いた階段に上がった。半分のぼったところで片手を手すりに掛け、立ちどまった。その瞬間まで、この侵入がいかに容易であるかに僕は思い至っていなかった。そのあまりの容易さに僕は苛立った。家というものは侵入者から己を護るべきではないか？　この家は世界を信用しきっている。自分は害悪とは無縁であって、闇とは休息の始まりだと信じている。でももう物事はそんなふうではない。害悪が夜を歩いているのだ。手袋はあそこに、彼女の部屋にある。それはつねに彼女とともにあり、つねに彼女に触れている。白い付添い。

　ふたたび階段を上がって、ほぼ真っ暗な踊り場に達し、たしかここに赤い納屋の絵があるはずだと思ってから最後の三段をのぼった。それから、いや納屋じゃなくて納屋の前庭だ、女の人がエプロンに入れた餌を白い鶏たちに投げてやっているんだ、という気がしてきた。二階の廊下の闇の中、ホーン夫妻の寝室の前を過ぎ、壁を伝ってエミリーの部屋のドアを探した。慣れ親しんだノブは馬鹿みたいに簡単に回り、ドアは音もなく開いた。

　両開き窓のブラインドは閉じられていたが、ひとつの壁には、ぼやけた光の帯が斜めから当たっていた。エミリーは仰向けに眠っていて、顔は横を向いていた。上掛けの上に右腕が投げ出されて腹のあたりに広がっていた。左手はいまだ手袋に覆われ、枕の上、頭の横に載っていた。手のひらが上を向き、指はわずかに曲がっていた。僕は中に入り、そっとドアを閉めた。

　ベッドに寄っていって、ゆっくりエミリーの上にかがみ込んだ。そうしながら、改まったお辞儀をして自己紹介しているような錯覚に襲われた。手袋は動かずに横たわっていた。それは息をひそめているように見えた。ぼやけた光の帯で少し暗さが薄らいだ闇の中、手首のボタン二つが見えた。部屋には僕たち三者がいるのだと僕は悟った。手袋、エミリー、僕。もし僕がボタンを外して白い指先を引っぱっても、それを知るのは手袋と僕だけだろう。「エミリー」と僕はささやいた。「起きてる？」。でもエミリーは遠くにいた。

　手袋は枕の上に、じっと横たわっている。それは僕を待っているように、いくぶん僕をからかい、挑発しているようにさえ見えた。さあ、あなたと私でここにいる、あなたどうする気です？　僕は手をのばして、下の方のボタンに、人差指の先で触れた。ごく普通のボタンという感じで、縁がわずかに盛り上がり、真ん中が凹んでいる。四つの穴と、交叉している白い糸のまっすぐな線が見えた。手袋のボタン穴はボタンでほぼ隠れている。ぴんと張ったそのすきまにボタンを通すには相当強く押さないといけないだろうし、と同時に、手首を押してしまわぬよう気をつけないといけない。もし、狂気に近い忍耐力でもって、エミリーを起こさずにこのボタンを外すことができたとしても、同じ操作をもう一つのボタンでもやらないといけない。それでもまだ、ぴったりフィットした手袋は、手にはめられたままなのだ。むき出しになった手首を片手で押さえつつ、もう一方の手で手袋の指を引っぱって、とにかくものすごく丁寧にやらないといけない。いつ彼女の目が開いても不思議はない。暗い人影が自分の上にかがみ込んでいるのを彼女は見て、自分の肌に誰かの手が触れているのを感じるだろう。手袋はそこにあって、二つのボタンをさらしていた。ボタンたちは僕を見ていた。彼らはその小さな白い笑みで、さあ、やれよ、と僕をけしかけている。と、怒りの念が湧いてきた。ニタニタ笑っている白いボタンに対する怒り、横柄な白い手袋、太った白い月、夜に身を委ねきった不用心な家、眉間に若干こわばりが見られるもののあまりに安らかに横たわっている無邪気なエミリーに対する怒り、空に、星々に、ぐんぐん離れていく宇宙に対する怒り、ナイフを持ち上げた殺人鬼みたいに——両手に縄を持った絞殺者みたいに——森で迷子になった少年みたいに——暗い寝室につっ立っている独りよがりの阿呆に対する怒り。「エミリー」と僕はささやいた。「僕はここにいなかったよ」。そして僕は夜の中へ逃げていった。

7

春が来た。つぼみの開きかけた枝の下、僕はエミリーと二人で、刻まれた数字やこての渦の跡があちこちに見える四角い敷石の連なる歩道を歩いた。道路の両側、濃い赤と黄緑のカエデの花びらがあちこちに散らばっていた。午後によっては、玄関ポーチに座っていられるくらい暖かく、秋から残っていた茶色いパリパリのカエデの翼をミセス・ホーンが綺麗に掃き出した。エミリーと僕は手袋のことは何も話さなかった。ある日彼女は学校を休んだ。僕は放課後に電話しなかった。次の日、真っ白で清潔な新しい手袋を着けて彼女は現われた。前のとまったく同じ形で、二つのボタンが陽を浴びるとかすかに虹色に光った。手袋をした方の腕を彼女はすごく慎重に保っていて、ゆっくりとそれを机の上に下ろした。暑い陽光の中を一緒に歩いて帰りながら、手袋が新しい葉蔭や日だまりを通り抜けていくのを僕は見守った。ポーチでミセス・ホーンがルバーブパイとフルーツジュース・パンチを出してくれた。緑の籐製テーブルの上に、彼女は皿とグラスを置いた。「まだね」とミセス・ホーンは一束の郵便物を、トランプの札みたいに扇形に広げてかざしながら言った。エミリーも僕も、大学からの合格通知を待っていたのだ。大学なんて、考えてもものすごく遠く感じられた。子供のころ遊んだ、ジョージ・ワシントンとかベーブ・ルースとかの有名人になったふりをするゲームみたいに思えた。

僕は見守ることはやめなかった。僕にできるのはそれだけなのだ。手袋は机の上に動かず載っていて、陽の帯を浴びていた。わずかに曲がった指は日蔭に入っていた。突然、手袋が黒っぽくなった。窓の外でも芝生の上に影が広がった。次の瞬間、手袋はまばゆい白い光を放った。あるいはそれはエミリーの膝の上に横向きに置かれ、ブランコ椅子に座った彼女は両脚を下にたくし込み、膝小僧に陽があたっていた。

手袋は時に、あまりに長いことじっとしているものだから、そこに横たわっているのを見ていると、中に人工の手が入っているさまが思い浮かんだ。硬い、ぴかぴかの、何年か前にデパートのウィンドウで見た、赤毛のマネキンの足下に転がっていた手のような。また、彼女が時おりぞんざいに手袋を下ろすと、唇がこわばり、眉間に小さな線が見えた。そんなときは、鋭い痛みが手の中で稲妻のように枝分かれしていく感触を僕は想像した。

あるとき、彼女が教室で座って本を読んでいると、右手が机を横切り、手袋をした手の甲まで動いていき、掻きはじめるのを僕は見た。彼女はハッと目を覚ましたみたいにあわてて手を引っ込め、恥ずべき行ないを誰かに見られたかと思っているみたいにあたりをさっと見回した。一度、僕が彼女をポーチに残してキッチンへ水を取りに行き、しばらく座ってミセス・ホーンとお喋りしたあと戻っていくと、エミリーが手袋の甲をすさまじい勢いで掻いていた。短く切った爪で布全体を何度も引っかく彼女の頬のてっぺんに赤みが差し、首のあたりで髪が一巻き揺れた。

ある暖かい午後、僕はブランコ椅子に、開いた本を膝に置いて座り、通りの向かい側を見ていた。エミリーは僕の隣に座って、手袋をした手は膝の上に載っていた。ポーチの柱の向こうはまばゆく青い昼間だった。通りの向かいで女の子たちの小さな集団が縄跳びをしていて、縄が歩道を打つ音が手を鋭く叩くみたいに響いた。リスが一匹、ポーチの屋根をすすっと渡っていった。エミリーが両脚をもぞもぞ動かした。さっきから動いていない手袋を僕はちらっと見て、また通りに目を戻した。

「あなた、余計悪くしてるわ」と彼女がすごく静かな声で言うのが聞こえた。あまりに静かだったので、本当に言ったのかよくわからないくらいだった。ブランコ椅子がギイッと鳴った。

「余計悪くしてる！」と僕は声を殺して言った。「僕が何をしたって――」

「考えることで」と彼女は言ったか言わないかくらいの声を出した。彼女が僕の方を見ているのが、まるで顔に触れられているみたいに感じられた。

「考えてなんかいないよ」と僕は言ってさっと向き直ったが、エミリーは椅子の背に寄りかかり目をなかば閉じていた。

その夜、自分の机に座っているとき、僕は思いあたった。沈黙の中から辛うじて出てきたあの彼女の言葉には、別の意味があったのかもしれない。あのとき僕は、彼女が忘れたいと思っている何かに僕が注意を喚起することで事態を余計悪くしている、という意味だと思った。でもそうではなくて、手について考えることによって、僕が手を文字どおり悪くしているという意味じゃないか。僕の思いが、棒切れのように手をぐいぐい押して痛くしているのが彼女には感じられるということではないか。

何日かあと、エミリーと僕はカエデの木の下を歩いて帰るところだった。僕は喋りながら右手で身振りを加えていて、その手が突然エミリーの左の肱に当たった。「ごめん！」と僕はほとんど叫んだ。エミリーは僕に笑顔を向けた。「べつに私を殺したわけじゃないのよ」と彼女は言って、軽く声を上げて笑った。

僕も軽く声を上げて笑った。「それでさ」と僕は言った。「お医者さんは何て言ってるの？」

エミリーがこわばった。沈黙のなか、彼女が歩くのに合わせて幅広の革のベルトが軋むのが聞こえた。

「なんにも」と彼女は言った。

「なんにも？　じゃその医者、馬鹿みたいにつっ立ってるだけなの？」

「なんにもいいこと言わないの。なんにも役に立つことを。あの人たちなんにもわかってないわ。なんにも、なんにも、なんにも」

「わかった」と僕は言った。「わかったよ」

ある夜、エミリーが手袋をした手を僕に差し出している夢を見た。「脱げないの」と彼女は言った。僕はなかなか外れないボタンと格闘し、皮膚にぴったり貼りついた手袋を、巻物を広げるようにぎこちない手つきで剝がしていくと、滑らかな、ピンク色の、完璧な形の足が出てきた。

変化が僕には感じられた。教室で彼女は左手を、おずおずと、あたかもちょっとでも触れたら耐えられないかのようにそっと机に下ろした。廊下を歩くときは右腕でぎこちなく教科書やノートを抱え、無理に押しつけて持っている感じだった。時おり、一冊が山からゆっくり滑り出て、床に落ちて銃声のようにけたたましい音を立てた。すると、僕が飛んでいくよりも早く彼女はさっとかがんで、両のかかとを立て、片方の膝を上げてぎこちなくしゃがみ込み、膝の上に本を置いて落ちた本を右手で拾うのだった。

そういうところを僕は見た。でも僕が見なかったきまり悪い出来事、恥ずかしい瞬間もたくさんあったにちがいない。彼女はすでにタイプのクラスをやめていたし、体育の授業にも出なくなった。廊下ですれ違うと、いつも一人で歩いていた。みんな彼女から少し距離を置いていた。誰も白い手袋に接触したがらなかった。彼女がそこにいないふりをする方が楽だったのだ。

僕は彼女を見守った――手袋を見守った。それは皮膚に生えたもののように彼女の手に貼りついていた。エミリーの言うとおりだった。僕の思いが、爪のように、その白さを引っかいているのが僕にも感じとれた。時おり、ちらっと目を向けるとそこに白い傷が、肉の只中に明るい色の裂け目が見えた。そして僕は自分を責めた。しょせんそれはただの手袋なのだ。

ある雨の土曜の午後、僕は暗いリビングルームのカウチにエミリーと並んで座り、白黒の映画を観ていた。くしゃくしゃのスーツを着て、水の滴る帽子をかぶった男が、午前三時に人けのない道路を歩いていて、びしゃびしゃ撥ねるその雨は外で降っている雨の続きみたいに思えた。僕は夕食のあと、父さんのダッジに乗ってここへ来たのだった。ミスター・ホーンとミセス・ホーンはすでに十時のニュースが終わったところで二階に上がっていた。両親がいなくなるとエミリーはカウチと肱掛け椅子のあいだのテーブルに置いたランプを消した。彼女の父親はテレビを観るときいつも明かりを点けておきたがったのだ。部屋は真っ暗ではなかった。マホガニーのランプテーブルの上ではテレビがちらちら光っていたし、街灯の明かりもわずかに上げたブラインドの下から入ってきて、一方の壁に薄暗い縞を描いていた。エミリーは僕の左に座り、コードバンのローファーを脱いで脚を下にたくし込んでいた。膝が僕の方を向いていて、白い手袋は一方の太腿の上でぴんとのびていた。映画の画面が変わるにつれてその白さが明るくなったり暗くなったりした。

雨がポーチの屋根に降り、家の横の窓を垂れていくのが聞こえた。映画の雨が人けのない道路を打つ音も聞こえた。時おり雷が鳴ったが、それがどっちの場所から出ていたとしてもおかしくなかった。それは僕が一番好きなたぐいの夜だった。映画の雨の音、本物の雨の違う音、街灯の明かりに触れられた暗い部屋、脚をたくし込んで僕の隣で静かに座っているエミリー、平穏な家。だが手袋はそこにあって、夜に侵入し、その苛立たしい白さで闇をかき乱していた。エミリーが毛布で覆ってくれればいいのに、じゃなきゃもっと遠くに置いてくれればいいのにと僕は思った。それはすぐ近くにあって、手をのばせば、肩を軽く動かすだけでボタンが外せそうだった。

映画が終わった。最後のシーンは男のクロースアップで、男は酒場のカウンターに座って帽子から雨を滴らせていた。エミリーが立ち上がってテレビに歩いていき、スイッチを切った。そしてカウチに戻ってきて腰を下ろし、両脚をコーヒーテーブルの上に投げ出した。両の足首がアコーディオンを弾いている小さな陶器の男の横に下りた。暗いリビングルームで僕は雨の音を聴き、雨はずいぶん激しく降っていて、映画の雨の誇張された音だと思ったのは実は本物の雨が家のポーチの屋根を打ち窓のそばの藪に降り注ぐ音だったのだとわかった。僕たちはよくそうするように闇の中で座り、エミリーが、「いいわね、暗い中で座ってるのって」と言った。「うん、いいね」と僕も言った。手袋をした手は膝に載っていた。横向きになっていて、手のひらが僕の方を向いている。薄暗い光の筋が一本、むき出しの前腕と、手袋の手首の部分に触れていた。二つのボタンがすごくはっきり見えた。

「ねえ、そこ」と僕は言って、彼女の前腕の、薄暗い光がよぎっている部分にそっと触れた。彼女は自分の腕の、僕の指が二本載ったところを見下ろした。僕は二本の指をゆっくり、腕に沿って下ろしていき、やがて一本の指の横が手袋の端に触れた。僕はゆっくり指を一本持ち上げ、白い生地を撫でた。それは想像していたより柔らかだった。「何してるの」とエミリーがささやいた。「なんにも」と僕は言った。手袋の、手首の上に広がった部分を僕は撫ではじめた。エミリーの右手が僕の指に降りてきた。彼女は僕の手を持ち上げて自分の鎖骨の上に置いた。そして右手の指を使ってシャツの一番上のボタンを外した。それからその下のボタンを外した。僕は突然彼女の白いブラの縁と、鎖骨の下の肌を感じ、僕の親指はブラの左右をつないでいる小さなストラップに触れた。絶対的な明確さとともに僕は理解した。彼女は僕に、手の代わりに胸を差し出しているのだ。ものすごく大きな憐れみの気持ちが僕の胸に湧いてきた。エミリー・ホーンを、悲しい子供たちみたいにここで座っている僕たち二人を、暗い部屋と春の雨を憐れむ気持ちが。それから、怒りが僕を捕らえた。彼女は僕から何かを隠している。僕をはぐらかそうとしている。僕は手を下にのばして、手袋のボタンを外しはじめた。エミリーは叫び声を上げ――ただ一音の、高い、鋭い、動物が苦痛とともに上げるような声だった――それから僕の手を払いのけ、さっと脚を回してカウチから下りた。闇の中で彼女の髪は乱れて見え、一瞬のあいだ彼女が僕の上に立ちはだかると、彼女は雨の中に立っているのだ、雨の中で僕を上から睨みつけているのだという思いに僕は襲われた。彼女の髪からは水が滴り、顔はぎらぎら光って、僕は道端の水たまりに倒れて顔には雨が打ちつけていた。

8

彼女は次の日学校を休んだ。自分の家で僕は彼女の番号をダイヤルし、一回鳴ったところで受話器を置いた。僕はあらゆる意味で自分に腹を立てていたが、話はもっと複雑だった。前の晩僕は、重苦しい白い手袋によって、我慢の限界まで追い込まれた気がしていたのだ。この件に関し、エミリーに罪がないわけではない。彼女は何かを知っていて、語るのを拒んでいる。手袋を脱がせることによって僕は何を成し遂げたかったのか、もはや自分でも定かでなかった。だがとにかく手袋は僕たちのあいだにあった調和を乱したのであり、不確かさ、不透明さの要素を持ち込んだのではなく、下に何があるのか、僕が見たくてたまらないのは、いまやすさまじく膨らんだ好奇心を満たすためだけではなく、秘密がもたらす呪縛からエミリーと僕を解放して僕たちをかつての平穏に戻したかったからだ。もはや僕たちのあいだに平穏はなく、あざ笑う白い手袋があるだけだった。僕はその手袋を憎んだ。それが何もせずただそこにいることを憎んだ。僕はそれを剝ぎとって火を点けたかった。いや、僕の家の裏庭に埋める方がもっといい。そうすればそこから木が生えて、毎年春が来てカエデの木が黄緑と濃い赤の花を咲かせるとき、僕の木のつぼみはいっせいに開き、どれも白い手袋となるだろう。

翌日学校に現われた彼女は、執拗に僕の視線を避けた。彼女は疲れたように、やつれたように見えた。彼女の怒りは、もしそれが怒りだとすれば、ある種の悲しみのように思えた。僕は彼女に近寄らないように努めた。それで全然構わない。すべてブチ壊すこと、いっさい終わりにしてしまうことで。高校がじき終わり、頭を空っぽにするばかりの夏を何とかやり過ごし、それから大学に行って新しい生活を始めるのだ、ヘイホー。それで結構、まるっきり結構。彼女はすでにひとつの思い出だった。あの白い手袋の女の子。

一週間が過ぎ、だいぶ暖かくなった。学校からの帰り道、剪定ばさみや電気刈込み機の音が聞こえた。誰かが車寄せにタールを塗っていた。塗り立てのタールの匂いが刈られた芝から立ちのぼる香りと混じりあった。学校では窓が大きく開け放たれ、ナゲキバトの暗い鳴き声と、野球のボールがグラブの革にバシンと当たる音が聞こえた。ある日の午後、自分のロッカーの前にいると、声がした。

「私のこと、怒ってるの？」。僕は金槌で側頭部を殴られたような気がした。

「怒ってる？　そんな、どうして僕が、そんなことないよ、僕はてっきり君の方こそ――」

「じゃもしよかったら」――彼女は肩をすくめた――「だからその、うちへ来る？」

そうして僕は彼女と一緒に、ちらつく光と影の中を歩いて帰っていった。玄関ポーチのブランコ椅子に僕たちは座った。ミセス・ホーンが、真ん中にゼリーが載ったシュガークッキーを盛ったお皿と、アイスティーのグラスを持ってきてくれた。まるで何も起こらなかったみたいだった――え、何かが起きたの？――が、空気中に、何か口にされていないもの、ずっしりした重さのようなものがあるのを僕は感じた。僕はエミリーをちらっと見た。彼女はまっすぐ前を見据え、手に持ったクッキーを親指で撫でていた。砂糖の細かい粒が膝に落ちた。僕は四角いポーチ柱の向こう側を見据えていた。一方には陽があたって一方は影になっている。カエデの葉の影が陽のあたった側で動いた。エミリーが言った。「ずっとあなたに言おうと思っていたの。いろいろ考えてたのよ」

「考えてた？」

「だから――わかるでしょ」。彼女は右の肩をすくめた。すばやい、苛立たしげなすくめ方で、襟の右側が上がって落ちた。「あたしもう、覚悟できてるのよ」

「覚悟！　何の話だかさっぱり――」

彼女は僕を見た。「だから――その――あなたに見せる覚悟が」

燃えるような目が僕を見た。僕は目をそらさずにいられなかった。

「もし君がほんとに――」としか僕には言えなかった。

僕たちは土曜の夜に決行することにした。彼女の両親は出かける予定で、午前零時を過ぎないと帰ってこない。あの夜以来、彼女はずっとこのことを考えていて、そうするのが最善なんだといまはもう確信していた。彼女としては、知ってしまったら僕が二度と訪ねてこなくなるのが怖かったのだという。怖かったし、恥ずかしかった。でもいまはもうそうじゃない。母親はそれを秘密にしておきたがっている。母親にバレたら殺されるだろう。でもあなたのことを信頼する、とエミリーは言った。こうすべきなのよ、と。

「ひとつだけ確かめたいの」と彼女は言った。

「つまり？」

「あなたがほんとに確かかどうか」

「つまり僕がほんとに、君が――」

「あなたがほんとに見たいかっていうこと」

「どうして思うんだい、僕が――」

「とにかく、違うのよ――あなたが考えてるようなものじゃないの」

「僕、何も考えてないよ」

彼女はさっと僕を見た。「つまり、見たら本気で動揺するんじゃないかって。あなたが考えている以上に」

「でも君が——君の方から——」

「それはあなたが——あなたが——あなた、気に入らないわけでしょう、こうやって物事が——だから、物事が——」

「物事が——」

「物事がはっきり——はっきりと——あなたが望むように——」

苛立たしい気分に僕は襲われた。何だか僕の方が試されているみたいではないか。

「いや、僕のことなら心配要らない。でも君ほんとに、自分が——」

「ええ、ほんとよ——ほんとに——だからつまりあなたがほんとに——」

これが火曜日のことだった。その週の残り、僕たちは一種感謝の念とともに以前の習慣に戻っていった。六月の初旬だった。カエデの葉の下、エミリーは震える木漏れ日の中を、薄手の上着を腰に巻きつけて歩いた。僕はポーチから、通りの向かいで女の子たちが縄跳びをしているのを眺めた。頭上ではリスがせかせかと電線を伝い、木の枝に飛び移った。暖かい夏めいた空気の中、縄が地面を打つ音、バスケットのボールがバックボードに柔らかく当たる音、木の網戸がばしんと閉まる音がした。僕の隣、ブランコ椅子に、エミリーは両脚をたくし込んで座っていた。ヒールのない黒い靴はポーチの床に置かれ、手袋をした手は膝の上に載っていた。彼女は薔薇色のシャツを、袖を小綺麗に肱の上までまくり上げ、携帯用の櫛くらいある巨大な安全ピンで横を留めたタータンチェックのスカートをはいていた。緑色の籐製テーブルの上には、ピンクの花を描いた黒いブリキのトレーがあって、濃い黄色のレモンスライスが浮かんだ薄い黄色のレモネードのピッチャーが載っていた。僕たちは英語の授業のレポート、エミリーの友だちのデビーの家のもめ事、そして夏のことを話した。子供のころみたいに家族旅行に行きたい、ニューハンプシャーでのキャンプが恋しい、と彼女は言ったが、夏はまるっきり何もしないのに最適な時間だと僕は主張した。「どういう意味よ、『何もしない』って?」とエミリーが訊いた。縄がピチ、パチ、と鳴った。駐車したデソートのきらきら光るフロントガラスに、緑の葉、茶色い枝、青い空が完璧に映っていた。「何もしないっていうのは」と僕は言った。「最大限の時間の中で最小限の努力しかしないってことさ」。「それってすごく――」とエミリーは言って、それからゲラゲラ笑い出した。ブランコがギシギシ鳴った。陽の光が降り注いだ。

9

金曜の夜、僕はホーン一家とダイニングルームのテーブルを囲み、炎の形をした電球が六つある小さな真鍮のシャンデリアの下でスクラブルをした。テーブルのかたわらにはキャスターの付いたカートがあり、手作りのピーナツバター・クッキーと、残っている量はそれぞれ違うライムエードのグラスが四つ載っていた。「やめなさい」とミセス・ホーンがエミリーの方をちらっと見て言った。僕は有望とは言いがたい自分のタイルから目を上げなかった。やがて帰る時間になると、三人とも小さな玄関広間に立って見送ってくれた。木のドアは開いていて、網戸越しに、暗い色の葉が街灯のかたわらで緑に光っているのが見え、黒く並んだ屋根の上に空の薄い色の帯がのびていた。「お休み、ウィル」とミスター・ホーンが言った。「気をつけて運転しろよ」。「お休みなさい、ウィル」ミセス・ホーンが片手を肩の高さに上げて指を二度曲げた。「明日の晩もエムの相手をしてくれてありがとう。まあもちろん一人でもやっていける子ですけどね。しっかりした子だもの」。そう言って片腕をエミリーの肩に回し、優しい目で僕を見た。「あんたたちほんとに大人になったわねえ！　信じられないわ」

土曜の夕方に車でホーン家に行くと、エミリーが玄関のドアを開けてくれた。両親はもう出かけていた。少しのあいだ僕たちは、暖かい黄昏どき、ブランコ椅子の色褪せたピンクのクッションに座っていた。木の葉が暗い色に、空が水のように薄い色になる時間だった。世界が心を決めかねているかのように、いつ深夜になってても新しい一日になってもおかしくない時間。突然、街灯がいっせいに灯った。「初めて見た！」エミリーが叫んだ。僕は「思い出せないなあ、いままで見たことがあるかどうか。不思議だなあ。そういうのって覚えてるものだと思わない？」と言った。「私、小さいときに」とエミリーは言った。「道路の片側だけ雨が降ってるの見たことあるわ――あっち側――で、こっち側は降ってなかった。魔法みたいだった。駆けていって雨に触って、また日なたに戻ってきたの。それから、何年かあとに、たぶん七年生のとき、そのことを思い出したら、それが本当にあったことだっていう自信が持てなかったの。記憶が実感できなかったのよ、わかる？　そしていまでも確信が持てない。まあただ」――彼女は目の前でさっさっと片手を振った――「ああ、もう中に入りましょ。この虫たち、ほんとにうんざり」

僕は彼女のあとについてリビングルームに入り、紺のカウチに彼女と並んで座った。隣にあるミスター・ホーンの肱掛け椅子にはわずかに凹んだクッションが載っていて、片方の肱掛けに黄色い六角形の鉛筆があった。コーヒーテーブルの上に小さなアコーディオン弾きがいた。頭は横に傾いていて、狂ったニタニタ笑いで僕を見ていた。僕は深々と座ったが、エミリーは立ち上がって「二階に行きましょ！」と言った。僕は彼女のあとについて、暗い色の手すりに手を這わせながら、絨毯を敷いた階段をのぼって行った。踊り場まで来て、絵をちらっと見たが、ガラスのぎらつきに隠れてしまっていた。なぜだか僕は、もうこれで絶対にわからないんだ、と思った。エミリーの部屋に入ると木のデスクチェアを引き出し、両腕を背もたれで交叉させて座った。エミリーはベッドの縁に座った。足が床からわずかに浮いていた。手袋をした手は膝に載っていた。

彼女はベッドの、自分の横をぽんぽん叩いて、「ここに座りなさいよ」と言った。僕は用心深くベッドまで行き、座った。「ぐずぐずのばしたって意味ないわ」と彼女は言った。興奮していると同時に疲れているみたいな声だった。

手袋をした手を、彼女はゆっくり、まるですごく重いみたいに膝から持ち上げ、前腕を回した。二つの白いボタンが上に現われた。

「ひとつだけ約束してほしいの」と彼女は言った。

僕は考えた。「わかった、約束する」。僕は彼女を見た。「で、何を約――」

「私を憎まないって」

「君を憎む！」。こんな会話をしていちゃいけないんだ、物事が間違った方に向かっているんだという思いに僕は襲われた。「どうして僕が――」

「なぜなら、これは悪いものだから。あなたが考えてるようなものじゃないの。これは――間違っているのよ」

「間違っている？　そんな言い方、変――」

「あなたに知ってほしくなかったの。でもあなたは知りたいのよね。あなたは知りたい」

「いや、もし君の気が――」

「あなたいつもこれのこと考えてるでしょ。私を批判してる。これのせいで私を悪く思ってる」

「いや、そういう――悪くなんか――」

「いつも見てる。それでますます悪くしてる」

「でもべつにそんな――」

「約束して」

「約束する――約束するよ――でも聞けよ――エミリー――」僕は立ち上がって、彼女の前を、映画の中でホテルの部屋にいる男みたいに行ったり来たりしはじめた。「べつに無理して――もし君の気が――だからさ、僕はべつに――」

「でもそうなのよ。そうなのよ。知らずにいられないのよ。あなたっていう人、わかるのよ。そういう――そういう人なのよ。知らずにいられない。何もかも上手く行ってたのに、いまは――」

「いまも上手く行ってるさ。そして君はかならずよくなる、きっとお医者さんが――」

「そういうことじゃないのよ――あなたにはわかってない。あなたはすべてが思ったとおりじゃないと嫌なのよ。でも違うの。違うのよ。見て。見てよ。見せるから」

すばやく、怒ったように、彼女は白いボタンを一つ外した。手袋がわずかに膨らんだように見えた。いままではすごくきつく閉じられていたのだろうか。彼女は二つ目のボタン、手に近い方のボタンを外しはじめた。「つっ立ってないで、手伝ってよ」と彼女は荒々しい声で言った。僕は彼女の横に座って、ぴんとのびて細い線になっている穴にボタンを通していった。手袋はものすごくきつく閉じられていたから、きっと手首が擦れたのだろう、少し赤く見えた。もしかしたら、僕がぐいぐい引いたせいで血が表面にのぼって来ただけかもしれないが。

「これで外れたと思う――待って――エミリー――もうちょっ――外れた！」。手袋はいまや手首のところが開いていたが、手自体は全然見えなかった。「さ、これで楽になったよね。どうする、このまま――」

「これだけ手伝って――」

手袋は動いているように、少し波打っているように見えた。ボタンから解放されて、筋肉をのばしているように見えた。下の方の縁を僕は押さえ、エミリーが指を引っぱった。手袋は貼りついているように見え、これからもずっとこうなんだと僕は想像した。手には手袋がはめられ、エミリーと僕がベッドの縁に腰かけ、狂おしくぐいぐい引っぱっている、これが来る日も来る日も、永遠に続く――

だが突然、何かが外れて、手袋はするっと滑って手から抜けた。

「ね！」と彼女は言った。あたかも手に何かされるのを怖がっているみたいに顔を離していた。

手はちりちりの黒っぽい毛に覆われていた。指と手のひらは毛もいくぶんまばらだった。絡まった毛の奥に見える手の甲の皮膚は、濡れてでもいるみたいにすり剝け、ぬらぬら光って見えた。もっと小さな、細かくカールした毛のかたまりが、指と指のあいだや、指関節の溝から生えていた。軟膏だか分泌液だかが、親指の関節の上できらめいていた。ベッドの上、手から遠くない位置に手袋は横たわり、底の部分が口みたいに大きく開いていた。

「これでもうあなたは絶対――」彼女は叫んだ。一瞬、彼女が手をぐいんと振って僕の顔に叩きつけるのだと思った。僕は身をうしろに引いて上半身を彼女から離し、目は手袋に注いだままだった。抜けた短い毛や、濡れたようなしみがそこに見えた。「あなた、私を憎んでる！」と彼女は苦々しげに言い、僕が目を上げると、その顔には、ぞっとするような優しさが見てとれた――まるで、彼女が僕に、許してほしいと乞うているかのように。

10

日曜の朝遅く、喉にいがらっぽさを感じながら僕は目覚めた。午後なかばには目が燃えるように熱く、八度九分まで熱が上がった。その週ずっと僕は寝たきりで、ぶるぶる震え、汗をかいていた。重たい瞼を通して、母さんの華奢な指が、先端が銀色の体温計を目の前にかざしているのが見えた。何よりひどかったのが、体じゅうに広がる痒さだった。まるであちこちから毛のかたまりが生えてきているみたいだった。やがてそれも過ぎて、窓の網戸を通して、二台別々の芝刈り機の音が聞こえ、月曜日に僕は学校に戻った。エミリーの家に行ってから九日が経っていた。ホームルームに入っていくと、彼女がいつものように、まっすぐ前を見て座っていた。手袋をした手は、机の上に置いていた。僕は目を合わせようとしたが彼女はこっちを向かなかった。英語の授業中、何度も見てみたが、彼女はいつもよそを向いていた。ロッカーの前で、僕は彼女の方に行きかけて、途中で止まった。あの夜、彼女の部屋で、僕は何をしたらいいかわからなかった。少ししてから、あのおぞましい手袋を彼女がはめるのを手伝い、きっちりボタンを留めた。僕の両手は痒く、指先が割れかけているような、いまにも毛が飛び出そうとしているような感触があった。「もう帰らないと」と僕は出し抜けに言い、動かず、それからいきなり出ていった。家に帰るとシャワーを浴び、チクチクするタオルで両手と体をごしごしこすった。鏡で見てみると、胸が赤く、すり剝けたみたいに見えた。

学年はもうほとんど終わりだった。その後の一週間半、いつ見ても彼女はいくぶん顔をそむけていて、何だか横顔の彫像になったみたいだった。家に帰ると僕は一心に、何の熱意もなしに期末試験の勉強をした。自分の部屋に僕は倦んでいた。町に倦み、何もかもにうんざりしていた。さっさと高校が終わってほしかった。ある暑い夜、僕は突然、闇の中で目を覚ました。午前二時近かった。僕は急いで服を着て、部屋からそっと出て、家とくっついたガレージに入り、ゆっくりと扉を上げた。エミリーの家の窓はみんな暗かった。どの窓も街灯の光を浴びて、黒曜石のように輝いていた。僕は彼女の部屋の明かりが点いているとでも思っていたのだろうか？　彼女に僕を待っていてほしかったのか？　家に忍び込んで彼女の部屋に入った夜のことを僕は考えた。こうして父さんの車から玄関ポーチを眺めていると、今回はしばらくじっと見るために来ただけだ、かつてそこにあった何かを探すみたいにただ見に来ただけだと悟った。

八月のある午後、町の中心に新しく出来た本屋から僕が表に出ると、通りの向こうにエミリーが見えた。僕は店の入口の暗がりに引っ込んだ。彼女は僕も知っている女の子と一緒に歩いていた。二人ともジーンズをふくらはぎの真ん中までまくり上げ、かかとの低い白のスニーカーを靴下なしではき、チェックのシャツは袖を肱の上までまくっていた。エミリーは僕が見たことのない麦わらの日よけ帽をかぶっていった。彼女は笑っていた。屈託のない、気楽な笑い方だった。左手には白い手袋をしていた。僕は向こう側まで駆けていって彼女に向かって声を張り上げたかった。何もかも大丈夫だよ、もう僕を憎まなくていいんだよ、いまも前と同じだよ、そうだろう、いつもやってたみたいにカエデの木漏れ日の下の歩道を一緒に歩いて君の家の玄関ポーチの暖かい日蔭のブランコ椅子に永遠に座っていられるんだよ、と叫びたかった、でもエミリーと友人はどこかの店先のひさしの下まで来ると店に入っていき、その日の午後遅く、僕がビーチで両肱をつき両脚を投げ出して座り、白と赤のビーチボールが浮かぶ砂洲の方を見ていると、何かとてつもなく重要な事柄を自分がいまにも理解しようとしていて、僕にとってすべてがいまにも明らかになろうとしている気がしたが、そのとき一人の男の子が砂洲を走ってきてビーチボールを蹴り、僕はボールが気だるそうに青空に飛び上がっていくのを眺め、上がり方はだんだんゆっくりになってやがて停まり、ボールは一瞬そこに浮かんだように見えてから、浅い、緑がかった茶色の水の方へ落ちていった。

刻一刻

Getting Closer

こいつは九つ、もうじき十になる、ひょろ長の痩せっぽちで、紙袋に何か入ってるみたいに肩甲骨が突き出して、新しい青い水着はこのへんがきつきつでそっちはだぶだぶ、けどそんなことどうだっていい、大事なのはこいつがここにいること、ここにいてピクニックテーブルのそばに立って、陽が川面を照らして、松葉と川の水の匂いがぴりっと宙に漂って、どこかで叫び声、笑い声、ラジオの音楽の音がしてること。父親はグリルの灰を掃除していて、母親と姉はテーブルのそばの芝生に毛布を敷いてる最中、おばあちゃんもアルミの折り畳み椅子を土手の縁近くに立つ高い松の木の方へ運んでるけど、こいつは自分が一番好きなこと、本当に得意なことをやってる、つまり、そこらへんにつっ立って何もしていない。誰もが数秒間こいつのことを、ときどきあるんだけど、完璧に忘れていた。自分がここにいるってことを、人の意識から消そうとする人間っているのだ。こいつはこの場所が大好きだ。テーブルの上には、底の方に白い注ぎ口の付いた、でっぷりしたウォータージャグがある。泳いだあとにこいつは注ぎ口のボタンを押して、紙コップにピンクレモネードを一杯に入れるだろう。いい音がする——フシュー、プシュー。ピクニックバスケットを覗くと、中にはバーベキュー用ソーセージ二パック、ピクルスやマスタードの瓶、端っこだけ見える丸パン何個か、オレオクッキー一箱、マシュマロ一袋——あれっていかにもふわっと柔らかい(メロー)って感じなのになんでマローなのかね——、横につき出た紙皿、口を折った茶色い紙袋の中身はサクランボか。一週間ずっと、こいつはこの日を楽しみにしていた。夏に川べりの公園へ出かけて丸一日過ごす、何てったってこれが最高。見慣れた家や空地ももうただ手持ち無沙汰にそこにあるんじゃなくて車の窓の向こうからこっちへゆるゆる流れてくるし、陽に温まった座席の熱がジーンズ越しに体を焼いて、駐車場を出て土手の上のピクニック場まで歩いていきながら地面が早くも足の裏を押し返してくるのを感じる。でもいまはもうここにいる、しっかりここにいて、ジーンズは車の後部席に放ってきたしTシャツは母親の麦わらのバッグにつっ込んで、テーブルの一方の端を陽が照らし残りは松の影に覆われ、おばあちゃんはすでに椅子を開いて置こうとしてる。かくしてやっと一日が動き出そうとしている、暑い夜に通りがかる車の光の帯が寝室の壁を滑っていくのを眺めながらずっと楽しみにしていた一日、もうここにいる、やっと来たのだ、始める準備は出来ている。

　だけど何かがいつ始まるなんて、どうやって決める？　さっき、道路の真ん中に黄色の二重線があって、赤い反射鏡が付いた茶色い木の柱が道端に立ってるカーブで、**インディアン入江**っていう言葉とトマホークの輪郭を描いた木の看板の前を通ったときに一日は始まったとも言えるのでは。それとも、車がバックで家の前から道路へのぼり、膝の高さの茨の生垣にはさまれた歩道をタイヤがゴトンと越えたときにすべては始まったと。それとももっと前、こいつが朝目覚めて、一日が目の前に、ひと夏ぶんの青い午後みたいに広がってるのを見たときがすでにそうだとか？　でもこれって遊んでるだけ、ふざけてるだけだ、なぜっていつ始まるのかこいつにはちゃんとわかってる、こいつが水に入るとき始まるのだ。それが来る夏来る夏、こいつが自分相手に交わした合意。そうなってるのだ。一日は川の中で始まる、ほかはみんなそこへ行くまでの助走。

べつにこいつとしても、一刻も早くそうしたいってわけじゃない。もうここに来たのだから、待つことはほぼ終わったのだから、待ち望んでいた瞬間へと移っていく愉楽はむしろなるたけ延ばした方が楽しい。待ち遠しいのは泳ぐことそれ自体じゃない。ていうか、泳ぎさえしないのだ。浮輪につかまって脚をばたばたさせるだけ。それは好きだし、問題ない、それで構わない。いいや、こいつにとって大事なのは、毎回ゾクゾクするのは、これがそれなんだ、前もって自分と合意したとおりに待ちに待った川での一日が始まるんだって実感すること。すべてはそこへ行くまでの助走だったのであり、何かが別の何かへの助走になるその流れの中に、いわば電気が通っている、ブーンとうなってる。体じゅうにそれが感じられる。近づけば近づくほど強くなる。

ジュリア、十三歳、はそういう点こいつと違う。三枚の毛布を敷き終えたらすぐ、土手の縁までジュリアは飛んでいくだろう。そのまま駆け下り、短い地面を横切って川まで一気に行くだろう。前々からそんなふうに、物事の中にジュリアは飛び込んできた。ピアノのレッスン、ブルーベリー摘み、山歩き、プレジャービーチのぶつけ合い自動車（バンパーカー）。ジュリアはこいつを評して、用心深い、抑えすぎ、ほとんど臆病、ってまあたぶんそのとおりなんだけど、でもそれだけじゃない。つまり、こいつとしては、何事もゆっくり積み上げていきたいのだ、そうやればすべてのことが大切だと思えるから。これってつまり、こいつにはどこか大人っぽくないところがあるってことだろうか？　飛び出した肩甲骨とか、ごつごつの距骨みたいに、いつの日かなくなるはずのところがあるってこと？

「さあさあ、手ぇ貸してよ、大将（キャップン）」とジュリアが言う。もう透明ではいられない。人が何もしないでつっ立ってるのがジュリアは嫌なのだ。こいつが毛布の端っこを摑んだとたん、ジュリアはテーブルを回り込み、おばあちゃんが座ってる松の木の方に駆けていく、土手をせかせか降りていき姿を消す。一秒後に頭が現われ、それから足以外全部見えて、かかと、爪先も出てくる。止まらずに、膝の上まで一気に入り、かがんで両腕に水をバシャバシャかける。赤い水着が水に映ってバラバラに砕けるのが見える。川には細かいさざ波が立っている、白い樽が並んだ向こうにモーターボートがいるんだろうか。あるとき父親に、フーサトニック川は感潮河川（かんちょうかせん）だと教えられた。感潮という言葉をこいつは覚えてる。いま見てるのが潮なのかな、このさざ波が？　フーサトニック川。こいつはその名前を言うのが好きだ、「ウー」の音に寄っかかるみたいにして言うのが好きだ、古い映画でカーブを曲がってくる列車を思い出す。ジュリアが頭から水に入り、並ぶ樽めざして泳いでいく。

「さあ行きなさい、ジミー」とこいつの母親が言う。「ここはもうこれでいいから」。始める時だってことはこいつにもわかってる、いつまでも延ばしのばしにはできない。陽があたった浮輪の山に行って、ほかの輪の上に斜めに乗っかってるやつを持ち上げ、生温かい埃っぽいゴムをぎゅっと握って固さを確かめる。そうして芝地を転がし、ピクニックテーブルの端を回り込んでおばあちゃんが座ってる松の方へ行く。

　濃い影に木漏れ日が混じった中を歩く、いくらもかからない。フワフワっぽくパリパリっぽい松葉やスポンジみたいな松ぼっくりを踏んづける、松ぼっくりが足の裏を押し返してきて、丸めた靴下がそこらじゅう転がってる上を歩いてるみたいだ。土は弾力がある感じで同時に硬い感じ。高い、ある日倒れはじめたのだけど途中で気が変わったみたいに少し前に傾いてる松の横におばあちゃんは座ってる。左に松がもう一本あって、これまた前に傾いていて、二本の幹が、陽のあたる川と、向こう側の森深い丘とを枠みたいに囲んでる。何もかもに興味津々——濃い影に包まれているけど一方の端だけ陽を浴びて光ってるそこのデカい松ぼっくり、こぶだらけの根っこのそばに落ちてるサクランボ色のしみが付いたアイスキャンデーの棒。おばあちゃんの椅子は、いつもポーチに置いてある角度の変えられる重たい長いのじゃなくて、別の小さいやつで、まっすぐな背もたれを一回引っぱるだけで簡単に開く。おばあちゃんは紺の水着を着て、麦わらのサンダルをはいていて、足の爪はピンクのマニキュアを塗って、たっぷりある髪は何だか不思議な白っぽい黄色っぽいオレンジ。髪染めが上手く行かなくてねえ、っていつも笑ってる。土手の端からも近い日蔭におばあちゃんは座っていて、両脚は陽を浴びて、膝には本が載っている。指は関節のところで折れ曲がってる。おばあちゃんはよく手をかざしてこいつに見せる。ね、関節炎だよ。椅子の底の、十字に交叉した帯は白とライムグリーン。こいつが近づいていくとおばあちゃんは向き直り、開いた本が閉じないよう片手をはさむ。

「さて、お前さん（マイ・グッド・マン）、入るのかい？　ジュリアはもうあすこだよ」。こいつは人からそういうのを引き出すのだ、なぜかは謎——キャップン、マイ・グッド・マン。何かそういうところがあるみたいだ。姉はもう樽のそばにいて、背泳ぎで、キックし、両腕を振り上げてる。「そうだよ、マイ・グッド・ウーマン」と答えると、おばあちゃんはこいつの望みどおり、喉の奥からかかはとしゃがれた笑い声を上げる、是認の響きを含む笑い声。ウィットに富む一家なのだ、一瞬も気が抜けない。朝寝坊すると父親から「昨日はまた遅くまで飲んでたのかい、ジム？」とか、「見よ、息子が起きた（ザ・サン・イズ・リズン）」（「陽がのぼった」

とも取れる洒落）とか言われてしまう。おばあちゃんの横に立って、指先で浮輪を支えながら、こいつは何もかもを目にとめる。おばあちゃんの手首の腕輪二つ、ひとつはターコイズでひとつは銀、指はむくんで指関節はごつごつ、椅子の横を通って土手の縁までの一メートルばかりの地面にぽつぽつ生えた草は暑そうにだらんと垂れて、太い松の根が斜面からにょろにょろ飛び出てる。白い紐の切れ端が根っこに引っかかっている。こういうのを見るのっていい、けど目に入らないときもある。入るのはそれが何かの助走になるとき。

　何歩か進んで土手の縁まで、世界の縁まで行く。うしろには椅子に座ったおばあちゃんがいて、松葉の地面、ピクニックテーブルがある。そのうしろに、陽があたった毛布、野原、でもどうしてそこで止める？　もっとうしろにはコネチカットが広がってるのだ、ビアズリーパーク動物園の猿の檻、石橋がいくつもあるメリットパークウェイ、それから西一一〇丁目のおばあちゃんのアパートメント、そのままさらに行ったらミシシッピ川、パイクス山、カリフォルニア。これって楽しい。どっちの方向でもやれる。前を向けば土手の斜面、川べりの砂っぽい土っぽい場所、仰向けのジュリア。それから白い樽の列、向こう岸の森深い丘、その向こうはコネチカットの反対側、ミスティック海港の捕鯨船探訪、ケープコッドのどこだかの場所、大西洋、アフリカ。ここに立つのがこいつは好きだ、ここに立ってこういうことを考えるのが。頭の中にある自分自身の姿が好きだ——厳めしい顔で川向こうを見やり、日差しに眉をひそめ、指先は浮輪の上に置かれ、もう一方の手を腰に当てている、ミシシッピの川辺に立つハック・フィン、矢筒を背負ったインディアンの勇者がいまにもカヌーに降り立とうとしている。

だけど一日じゅうここに立ってもいられない。樽に寄りかかって休んでいるジュリアがこっちを見てる。片手を額にかざし、もう一方の手を振って早く来いと合図している。カモン、キャップン！おばあちゃんも本から顔を上げて見てる。それにこいつだって、インディアン入江での一日が始まってほしいのだ、ここへ来てからいままでずっとひたすら先延ばししかしてないけど本当にそうなのだ。川まで下りていく道は二つある。松の向こう側の硬い土の小径、大人はこっちを使う、それかこのままま っすぐ、柔らかい、土がぼろぼろ崩れる斜面を下るか。浮輪を脇に抱えて、縁の先へ踏み出し、半分滑って半分転げるみたいに、暖かい砂っぽい土が足の上に降りかかるのを感じながら降りていく。塩を手に振りかけるみたいな感じ。降りた——来た——ビーチと呼ぶには狭すぎる、オレンジ色っぽい砂っぽい地面に立っている。いつも行くビーチにはちゃんと本物の砂が、それもたっぷり、あって、毛布があちこちに敷かれパラソルが立ち、水は塩水、ジューススタンド、カモメ、蟹の死骸、砂洲、波。ここは川の岸辺であり、それぞれの場所でそれぞれ違っていて、こっちは砂っぽいオレンジ色の土、もっと先は大きな石とガマ、そこらへんの水際は木々と草。この名前もない場所はビーチより穏やかで、もっと静かで、もっと閉ざされていて、うしろは土手の斜面、前は緑がかった茶色い水、並んだ白い樽はまるで水が息をしてるみたいに軽く上下に揺れる。

こいつは前に向かって、浮輪を転がしながら歩き出す。九歩か十歩で水際に着くはず。そこにさざ波が、海の波のすごく小さいみたいのが見える。感潮河川。ここが川だと知らなかったら、湖のほとりに立ってると思うことだろう。水の上まで垂れた木の枝が川の両横の曲がり目を隠し、見えるのは森深い丘陵を従えた湖、向こう岸にちらほら建つ小さな家、ごく小さな男が一人釣りをしてる埠頭。

暖かい砂土の上に浮輪を転がす。ここに小石はあるけど、海草のゴムっぽい山はないし、紫っぽい黒のムラサキガイの殻もない。緑色のコーラの瓶が一本、中は空、それがまっすぐ、場違いに立ってる。こういうのはビーチにあるべき、砂の上に傾(かし)いで毛布のかたわらにあるべきだ。緑の影が出来ている。ぼやけた足跡、水切りによさそうなツルツルで平たい石。気分が盛り上がってきた。もうそこまで来た。

　水際で止まる。小さな波が足に触れる前に引いていくよう気をつける。水の中、川底にさざ波っぽい陽の光の模様が見える。光で出来た金網みたいだ。川こそ冒険の始まり、そしてこの最後の場所でこいつはもう一度止まる。

　すべてがここに来るまでの助走だった。いや、違う、まだ来てない。その瞬間はすぐ目の前に控えている。いまは待つことが終わって、ずっと待っていたものの中へ渡っていく前の時間。川の匂いを吸入し、鼻孔の奥まで深々と吸い込む。いまにも起ころうとしている瞬間へ向かっていく、けさ目が覚めたときからずっと起ころうとしていた瞬間、先週父親が仕事から帰ってきてブリーフケースを手に持ったまま天気が持てば土曜日はインディアン入江に行くと宣言したときから起ころうとしていた瞬間へ。毎日それが近づいてくるのをこいつは感じていた。遊園地に出かけるのを待つみたいな、隣町の原っぱにサーカスのテントが立つのを待つみたいな。もういまにも待つことが終わる。一日が公式に始まる。これをずっと待ち望んでいたわけだけど、この川べりまで来てこいつはまだ待つことを手放したくない。精一杯しがみついていたい。川辺にこいつが立って、茶色っぽい緑のさざ波が爪先に寄せている。陽が照っている、ジュリアが早く来いと手を振っている、白い樽がプカプカ上下に揺れる、で、こいつのいまの望みは、トマホークを描いた木の看板まで戻っていって川辺を待ちはじめること。

こいつ、どうなってるんだ？　なんでジュリアみたいになれないのか？　この日が大好きなんじゃないのか？　いまにもこいつは膝まで水に入って立ち、両手を振り回すだろう。水着が浸るまで入るだろう。胸を濡らし肩を濡らして、浮輪に跳び乗って、水を掻いてジュリアのところまで行く。陽を浴びてケラケラ笑う。あとになって毛布に体を投げ出し、濡れた水着が陽に乾いていくのを感じる。ホットドッグを食べて、ピンクレモネードをジャグから注いで飲む。陽光と幸せな気分に頭はぼーっとしているだろう。一日の終わりにギシギシ軋む木造の更衣所で水着から着替え、帰りの車の中で街灯の光を浴びながら寝てしまうだろう。でもいま、待つことの終わりに立ちながら、何かがおかしい。胸の奥でこいつは動揺している、なんだか一日が始まったら何かを失うような気がしてる。川に入ったらワクワクする気分はなくなってしまう、ずっと待ちつづけてきた瞬間に刻一刻近づいているのだからすべてに意味があるのだという気持ちがなくなってしまう。そういう気持ちでいる限りすべては生命に満ちている、すべての葉、すべての小石が。だけど始まってしまえば、いろんなことを使い尽くしてしまう。一日がすり抜けていってしまう。こいつとしてはこっち側にとどまりたい、ここで押しとどめておきたい。不安な気分になってくる、陽に肌寒さが混じってくる。もういまにも一日は終わりはじめるだろう。何もかもがさっさと過ぎていくだろう。待ち望んでいた一日はほとんど終わってしまった。もう見える、それが見える、終わりがそこらじゅうに。始まりの中にしっかり入ってる。みんな黙ってるけど。いろんなものの中に隠れてる。世界のきらめく肌の下、すべてはもう死んでしまっている。陽が沈んできた。一日は死にかけている。おばあちゃんは棺桶の中に横たわっている。折れ曲がった手は胸の上で組ませてある。こいつの美人の母親は老けてきた。指は太くて曲がっている。茶色い髪はくたびれた白髪。誰にも止められない。ジュリアは死にかけている、父親は死にかけている、コークの瓶は朽ちて緑の塵になりつつある。すべては無。もし自分さえじっと立っていれば、筋肉ひとつ動かさずにいれば、ひょっとして起こるのを止められるかもしれない。物事は止まるだろう、誰も死なないだろう。こいつの体が震えてる、息ができない、この水際でこいつはすべての終わりにいる。いろんなものにしがみつくすべがなければ生きることもできない。戻れはしない、もう使い尽くしてしまったから、前にも行けない、行ったらすべてが終わりはじめるから、何ものにも何の意味もないこの場所にこいつははまってしまっている、闇のように病のようにそれはこいつに向かって流れ込んでくる、見てはいけない何かをこいつは見てしまったのだ、大人しか見ちゃいけないものを、そのせいでこいつは老けていく、そのせいで何もかもが駄目になっていく、こめかみがずきずきする、目がずきずきする、金切り声が胸の中で湧き上がるのがわかる、砂っぽいオレンジ色の土にこいつは倒れていく、「おーい(アホイ)、相棒(メイティ)!」とジュリアが叫ぶ、そうして、喉を突き抜ける荒々しい叫びとともにこいつは境界を越えて一日を始める。

大気圏外空間からの侵入

The Invasion from Outer Space

世界の書店を旅する

ホルヘ・カリオン［野中邦子訳］

数々のエピソードとともに世界各地の書店をめぐる紀行エッセイ。本と旅を愛するすべての読者に贈る無類のブックガイド／ガイドブック。

（6月中旬刊）四六判■3200円

指揮者は何を考えているか

——解釈、テクニック、舞台裏の闘い

ジョン・マウチェリ［松村哲哉訳］

指揮者自身が、音楽解釈から現場の試練まで「指揮者という仕事」をあらゆる角度から論じる、著名な音楽家のエピソード満載の一冊。

（6月下旬刊）四六判■3000円

ラグビーの世界史

——楕円球をめぐる二百年

トニー・コリンズ［北代美和子訳］

大英帝国の覇権とともに世界各地に広まった楕円球のスポーツを、知られざる逸話や資料をもとに活写する歴史書の決定版！　解説・藤島大。

新刊

銃弾とアヘン

——「六四天安門」生と死の記憶

廖亦武［土屋昌明・鳥本まさき・及川淳子訳］

一般民衆の視点から事件の真相に迫り、30年後の今も続く当事者たちの苦難の道のりを追った門外不出のオーラルヒストリー。

（6月下旬刊）四六判■3600円

私たち異者は

スティーヴン・ミルハウザー［柴田元幸訳］

驚異の世界を緻密に描き、リアルを現出せしめる匠の技巧。表題作や「大気圏外空間からの侵入」ほか、さらに凄みを増した最新の7篇。

（6月下旬刊）四六判■2600円

エクス・リブリス

回復する人間

ハン・ガン［斎藤真理子訳］

大切な人の死、自らを襲う病魔など、絶望の深淵で立ちすくむ人びと……心を苛むような生きづらさに、光明を見出せるのか？

最初から、私たちには用意ができていた。どうすればいいか、私たちにはわかっていた。もう百回は見てきたではないか、町の善良な人々がいつもの日課に携わっていると、テレビ番組が突如中断され、群衆が次々顔を上げて、小さな女の子が空を指さし、人々の口が開き、犬がキャンキャン鳴いて、車の流れが停まり、買物袋が歩道に落ちて、ほらあそこの空、だんだん近づいてくる……そうして、ついにそれが起きたとき――なぜなら起きるに決まっていることを私たちは知っていたのだ、時間の問題だとみんな知っていたのだ――ついにそれが起きたとき私たちは、好奇心と恐怖の只中で、ある種の落着きを感じた。慣れ親しんだものを前にした落着きを私たちは感じた。こういうとき自分に何が期待されているのか、私たちにはわかっていたのだ。事は午前十時少し過ぎに始まった。テレビのアナウンサーたちが、まさにそういう顔になるだろうと私たちにわかっていたとおりの顔で、緊迫した表情を浮かべ、髪はきちんと整って、肩に力が入っていて、彼らは私たちの胸を不安で満たしたが、かつ万事きちんと統制できているのだと請けあいもした、なぜなら彼らもまたこうした事態に対する用意ができていたのだ、ある意味では待っていたと言ってもいい、この重大な出来事が生じた瞬間の自分自身をすでにふり返ってもいたのだ。目撃が為されたことに議論の余地はなかったが、と同時に決定的とも言えなかった。外から来た何かの姿が認められ、非常な速度で大気圏に近づいているように見え、ペンタゴンが状況を仔細にモニターした。落着いて行動するよう、屋内にとどまって指示を待つよう私たちは勧告された。ある者はただちに職場を出て家族の待つ自宅に帰り、ある者はテレビ、ラジオ、コンピュータの前を離れず、誰もが携帯電話で話していた。窓の外に目をやると、窓から顔を出して空を見上げている人たちが見えた。午前中ずっと私たちは、闇の中で雷雨に耳を澄ます子供のようにおそろしく熱心にニュースをたどった。空にあるものが何なのかはいまだ不明であり、科学者たちもその性質を特定できておらず、用心は望ましいがパニックの必要はない、とにかくテレビラジオの情報に注意してあわてずに今後の展開を待つようにと私たちは指示された。そして私たちは、心配ではあったし、不安のおののきが鼠のように体内を駆けめぐってもいたが、それが何なのか見たくもあり、そこに居合わせたくもあった。なぜなら実のところ、それは私たちに向かってやって来ていたのであり、あたかも私たちが選ばれたかのように、それは私たちに目撃されるべく空の向こう側を飛んでいたのである。私たちの町こそがおそらく着陸地点になりそうだということがすでに言われはじめていて、テレビ局のスタッフがすでに次々到着しつつあったのだ。どこに着陸するだろう、と私たちは思案した。公園のアヒル池とシーソーのあいだだろうか。町の北の外れに広がる林の奥か。それとも、新たな掘削(くっさく)工事がすでに進行中のモールの脇の野原か。あるいは、本町通りの古い百貨店の上を滑走して、マンジョーネ・ピザ&カフェの二階に激突して煉瓦とガラスが粉々に砕けるのか。でなければ高速道路に落ちて、大型トラックが横転するのを私たちは見るだろう、舗装道路のコンクリートの大きなかたまりが一気に持ち上がって、自動車が次から次へとガードレールにつっ込んで土手を転げ落ちていくのを私たちは見るだろう。

　一時少し前に、空に何かが現われた。私たちの多くは昼食の最中だったが、すでに外に出ていた人たちは街路に立ちつくし空を見上げていた。叫び声が上がり、腕が宙につき出され狂おしいしぐさが広がって指がどこかを指した。見ればたしかに、何かが上空でチラチラ光を放っていた。夏の青空で、何かがゆらめいていた。それが何であれ、私たちははっきり見た。オフィスの秘書たちは窓際に飛んでいき、商店主はレジを放り出して外に駆け出し、オレンジのヘルメットをかぶった道路作業員たちはアスファルトから目を上げて手を額にかざした。おそらく三分か四分、そのはるかなゆらめき、チラチラした光は持続したにちがいない。それから次第に大きくなっていって、十セント貨、二十五セント貨の大きさになった。突然、空一面が、無数の金色の点で満たされたように思えた。やがてそれは、細かい花粉のように、黄色い埃のように、私たちの方に降ってきた。それは私たちの家の屋根の斜面に降りたち、歩道に降(ふ)り、私たちのシャツの袖を覆い、自動車の屋根を覆った。どう考えたらいいのか、私たちにはわからなかった。

　それは、その黄色い埃は、なおも十三分近く降りつづけた。その間、私たちには空が見えなかった。やがて、それも終わった。太陽が輝き、空は青かった。それが降り注いでいるあいだ、屋内にとどまるよう、注意するよう、大気圏外空間からの物質に触らぬよう警告が発せられたが、何しろあっという間の出来事だったので、私たちの大半は衣服や髪に黄色い筋がついてしまっていた。警告が出て間もなく、用心混じりの朗報を私たちは聞いた。すなわち、予備的な検査によれば毒性物質はいっさい検出されなかった。が、黄色い埃の性質に関しては依然未知のままであった。埃を食べた動物も何ら病の徴候は示していなかった。埃には近づかず今後の検査結果を待つよう私たちは促された。一方、それは私たちの家の芝生や歩道や玄関前階段に広がり、カエデの木や電信柱を覆っていた。朝に目を覚ましたら初雪が降っていたときのことを私たちは思い起こした。私たちは玄関先から、三輪の清掃車が通りをゆっくり進んでいってそれを大きな容器に入れて運び去るのを眺めた。私たちは芝生や玄関前の通路や軒先の家具にホースで水をかけた。私たちは空を見上げ、新たなニュースを待った。その物質が単細胞の有機体から成っているという報道を私たちはすでに耳にしていた。その間ずっと、失望の念がどんどん膨らんでくるのを私たちは感じていた。

私たちは求めていたのだ、私たちは求めていたのだ――ああ、誰にわかるだろう、私たちが何を待っていたのか？　私たちは血を求めていた。潰れた骨を、苦痛の絶叫を求めていた。建物が街路に倒れ、自動車が炎上することを求めていた。茎のように細い首に肥大した頭が載った私たち自身の怪物バージョンを、殺人光線で武装した無慈悲なぴかぴかのロボットを私たちは求めていた。優しい、穏やかな目をした、輝かしい新時代の到来を告げる宇宙の気高き君主を私たちは求めていた。恐怖と恍惚を私たちは求めていた。とにかく何であれ、こんな黄色い埃を求めていたのではなかった。これはそもそも侵入と言えるのか？　その日の夕方近く、科学者たちの意見が一致したことを私たちは知った。すなわち、埃は生物である。サンプルがボストン、シカゴ、ワシントンに飛行機で運ばれた。この単細胞の有機体はおそらく無害と思われたが、念のため触らぬよう、窓を閉めきって手を洗うよう注意がなされた。細胞は二分裂によって増殖していた。増殖以外、何もしていないように見えた。

翌朝、私たちは黄色い埃に覆われた世界に目覚めた。埃は垣根のてっぺんを覆い、電信柱の横木を包んでいた。黄色い道路に、タイヤの黒い跡が見えていた。鳥たちは翼を羽ばたかせて黄色い粉をはね上げた。清掃車がふたたびやって来た。ホースの水が車寄せや芝生に放たれて黄色い靄（もや）を生み出し、その下の黒や緑をさらした。一時間のうちに、車寄せも芝生も黄色い野原のようになった。黄色い線が電線や電話線に沿ってのびていた。

ニュースによれば、この単細胞微生物は棒状であり、光合成によって栄養分を生成する。明るい照明をあてた試験管に細胞を一個入れると、分裂をくり返して四十分くらいで試験管内が一杯になる。強い光をあてた部屋全体が六時間で一杯になる。この有機体は私たちの知る分類方法には容易になじまないが、いくつかの面では藻（も）の一種である藍藻（らんそう）植物に似ている。それらが人間の生命、動物の生命に有害である証拠はない。

私たちは何でもないものに、空虚に、生きた埃に侵入されたのだ。侵入者は急速に繁殖する能力以外何の特徴もないように見える。それは私たちを憎んではいない。私たちを絶滅させようとも、私たちを服従させ屈辱を与えようともしていない。あるいは、私たちを危険から護ろう、私たちを救おう、不死の秘薬を教えてくれようともしていない。それが欲しているのは、増殖することである。この原始的な侵入者の蔓延を限定する、もしくは全面的に抹殺する方法が発見される可能性もあるが、反面、それに失敗して私たちの町が致死的な蓄積の下にじわじわ消えていくこともありうる。日々報道を追っていくなかで、私たちはもっと別の何かを与えられてしかるべきではないか、もっと大胆なもの、もっと壮大な、もっとスリリングな、何かいきり立った、あるいは激した、あるいは獰猛な、何らかの啓示なり運命なりを伝えてくれるようなものを与えられてしかるべきではないかという思いが胸に募っていく。私たちは想像する、傾斜した宇宙船を自分たちが取り囲み、その扉が開くのを待っている場面を。私たちは想像する、自分が子供たちを護って、地下室の窓を叩き割って入ってきた触手に刃物で切りつける姿を。その代わりに私たちは家の前の道を箒で掃き、ホースで玄関ポーチを洗い、靴やスニーカーを振って埃を落とす。侵入者は私たちの家庭にも入ってきた。ブラインドを下ろし、カーテンを引いても、脇テーブルの上、窓枠の上にそれは分厚く積もっている。薄型テレビのてっぺんに、棚にしまったＤＶＤの細い縁にそれは積もっている。窓の外に目をやれば黄色い埃がすべてを覆い、なだらかなうねりを形作っているのが見える。それがゆっくり、パンのように膨らんでいるのがほとんど目に見える気がする。あちこちでそれは日の光を捉え、一瞬、小麦畑を私たちに思い起こさせる。

これはこれで、ずいぶんとのどかな情景なのだ。

書物の民

People of the Book

若き学徒諸君、ようこそ。今日諸君は、人生の十三年目を完了されました。そんな日、古い自分を永久に後になさった日に、私が諸君に途方もない秘密をお伝えするというのは、誠に相応しいことと申せます。何故なら、私達の祖先の掟によれば、諸君は最早昨日とは違い子供ではなく、若き男女、大人の知識を十全に得る権利を有する男女だからです。さて、正しくこの日、私の前に座った諸君はきっと、途方もない秘密とは何のことだろう？と訝っておられるに違いありません。それは即ち、諸君、我等が民の秘密に他なりません。それは私達を他の全ての民から際立たせている秘密であります。私達を、私達のみを、私達という無類の存在にしている秘密であります。若き学徒諸君、長い歴史を通して私達が**書物の民**と名乗ってきたことは御承知の通りです。今日諸君に、この言葉についてじっくり考えて戴きたい。それはどういう意味でしょう？　先ず第一に、私達が書物を崇める民族だということであります。私達にとっては、書物を学ぶことこそ至高の営みであります。全ての書物が、明暗の差こそあれ、**第一の書物**を鏡の如く映していると私達は考えております。書物から離れて過ごす時間の一瞬一瞬を私達は罰と捉え、魂の荒廃と見做します。自己の全存在において私達は信じます、書物は私達を生から引き離すどころか、じかに生の核へと、絶対不可欠で永遠なるもの全てへと導いてくれるのだと。

しかしこれだけの意味ではありません。そもそも**書物の民**と私達が名乗る時、これがその第一の意味なのですらありません。何故ならこの誇り高い称号によって、私達は自分達の起源を辿り、書物そのものに行き着くのです。即ち、若き学徒諸君、私達は書物に起源を持つということです。有り体に申せば、書物は私達の先祖なのであります。そして、お分かり戴きたいのですが、「私達の先祖」とは、その最も広い意味合いにおいては、今日に至るまでに世界で生まれた全ての書物の謂であり、最も厳密な意味においては、他の全ての書物の源となっている最初の**十二の書字板**の謂に他なりません。

諸君、無論諸君は、**伝説の書**のことを御存じでしょう。この書に収められた一連の物語を諸君は既に学んでおられます。博学の師による指導の下、六段階の意味を巡って諸君は議論を重ねてこられました。さて実は、**伝説の書**の多くの巻の中には、諸君がまだ御覧になっていない頁があるのです。御覧になっていないのは、今日まで諸君は子供だったからであり、年齢に適さぬ形態の知識から閉め出されていたからであります。それらの頁には例えば、第七巻の中の**余論**があります。正式の題名は『書物の交接に関する余論』だということが知られております。この書は私達に、初め地が形もなく空であった時、闇が深き淵の面を覆っていた時、石で出来た**十二の書字板**に創造主が最初の言葉を吹き付けたと教えています。このようにして**第一の書**が生まれました。若き学徒諸君、今私が諸君に天地創造の第一日目の、光が闇から分けられる前について語っていることに御留意下さい。人類の創生以前の時について私は語っているのです。さて、創造主が自らの無比なる存在の息を吹き込んだそれら**十二の書字板**は、生き物でした。そして生き物として、生き物に然るべく属する能力を、例えば移

郵 便 は が き

おそれいりますが切手をおはりください。

101-0052

東京都千代田区神田小川町3-24

白 水 社 行

購読申込書

■ご注文の書籍はご指定の書店にお届けします。なお，直送をご希望の場合は冊数に関係なく送料300円をご負担願います。

書　　名	本体価格	部　数

★価格は税抜きです

(ふりがな)

お 名 前　　(Tel.　　　　)

ご 住 所　(〒　　　　)

ご指定書店名 (必ずご記入ください) Tel.	取次	(この欄は小社で記入いたします)

『私たち異者は』について　(9710)

■その他小社出版物についてのご意見・ご感想もお書きください。

■あなたのコメントを広告やホームページ等で紹介してもよろしいですか？
1. はい（お名前は掲載しません。紹介させていただいた方には粗品を進呈します）　2. いいえ

ご住所	〒　電話（　）		
(ふりがな) お名前	（　歳） 1. 男　2. 女		
ご職業または学校名		お求めの書店名	

■この本を何でお知りになりましたか？
1. 新聞広告（朝日・毎日・読売・日経・他〈　〉）
2. 雑誌広告（雑誌名　）
3. 書評（新聞または雑誌名　）　4.《白水社の本棚》を見て
5. 店頭で見て　6. 白水社のホームページを見て　7. その他（　）

■お買い求めの動機は？
1. 著者・翻訳者に関心があるので　2. タイトルに引かれて　3. 帯の文章を読んで
4. 広告を見て　5. 装丁が良かったので　6. その他（　）

■出版案内ご入用の方はご希望のものに印をおつけください。
1. 白水社ブックカタログ　2. 新書カタログ　3. 辞典・語学書カタログ
4. パブリッシャーズ・レビュー《白水社の本棚》（新刊案内／1・4・7・10月刊）

※ご記入いただいた個人情報は、ご希望のあった目録などの送付、また今後の本作りの参考にさせていただく以外の目的で使用することはありません。なお書店を指定して書籍を注文された場合は、お名前・ご住所・お電話番号をご指定書店に連絡させていただきます。

動、性交といった能力を有しておりました。こうして当時、地が種々の生物を産み、あらゆる生き物が栄え、殖えた後に、一つの書字板がもう一つの書字板の上に横たわった時、新たな書字板が生まれたのであります。斯くして書物の生成が始まりました。生まれ出たそれぞれが原初の書字板を鏡のように映しておりましたが、映す度合は次第に減じていきました。原初の書字板の生殖能力は子孫にも引き継がれ、子孫達も新たな書物を産みましたが、その各々が映し出す最初の先祖の姿はより不完全になっていったのであります。

　聞いて下さい、諸君。幾世代にも亘って人類が殖え、地に広がってゆくなか、大発見が為されたのであります。或る日、庭の柘榴の木蔭で書物を読んでいた一人の学者が、午後の暖かさに眠気を覚えました。そこで石の書字板を脇に置き、深い眠りに落ちたのであります。偶々、この若き学者が教師を務めている家の娘が庭に出て参りました。そして草の上に置いてあった石の書字板を目にし、それを手に取り、興味津々見てみたのです。やがて乙女は草に腰を下ろし、書字板を膝に置きました。陽ざしの熱に誘われ、乙女もじき眠りに落ちました。すると見よ、幾世代もの書物に息を吹き込んできた神の霊がその石の書字板には入っており、それが乙女の子宮へと流れ込んで行ったのです。斯くして彼女は身籠もりました。このようにして我等が民は生まれたのです。

　若き学徒諸君、この話から、私達の先祖は書字板と乙女の合体から生まれたことが分かります。即ち、霊と体の、言葉と肉の合体です。とすれば当然、この生殖方法は今日も私達の間で使われているのだろうかとの疑問が湧いてくることでしょう。そうした結合を巡る物語は確かに語られてはおりますが、**注解の書**を読めば、この生殖能力はずっと昔に失われたと知れます。書字板の子孫達は、先祖に命を吹き込んだ生の息の朧な痕跡を内に有してはおりましたが、最早そのような、実を結ばせる力は保持しておりませんでした。ですが絶望するには及びません、若き学徒諸君。その原初の息を伝える力こそ、我等が民の授かった才なのです。私達が産み、殖やすなか、どれだけ間接的で縁遠にであれ天地創造第一日目の最初の書字板を出自とする私達は、生命を吹き込む宇宙の霊に自ら参与するのであり、私達こそその霊を守護し、永続させる任を負っているのです。

我等が民の誕生以来、私達は地の隅々にまで広がり、今日、普通の男女とも交わっております。ではどうやって私達は、一つの民とはいえ、広く諸人種に交じり散らばって生きる互いを認め合うのでしょう？　諸君、私達が互いを認めるのは偏に、内なる敬虔の外なる顕現によってであります。学問へのひたむきな傾注、物理的世界に注意を払わぬ性癖、外的な邪魔の拒絶、勉学机の狂信。我等の徴に依りて汝等、我等を知らん――難儀そうに曲がった背中、凍りついた首、不動の頭、燃える目、石の如く静止した腕。指だけが時折動きます、頁をめくるのに十分なだけ、決してそれ以上ではなく。

しかし、と諸君は問うことでしょう。そのように、生涯に亘り専ら学問の営みに身を献げる民、無数の世代に広がる書物の色褪せた鏡像の中に失われた**十二の書字板**の原初の輝きを日々探し求める民が、一体どうやって生きていくのか、と。私達はどうやって人生を処していくのか。言葉に狂おしく献身する私達が、無数の邪魔や誘惑に満ちた世間での人生をどう歩んでいくのか。**史書**を繙けば、古代にあっては生活の様々な実際的義務は女性と挫折した学者とに任されていたことが分かります。このようにして、才能ある者達は共同の書斎に置かれた長い机で世俗の事どもに邪魔されず学問に専念出来たのであり、それを中断するものと言えば、沈黙の裡に摂られる質素な食事二回と、夜の四時間の睡眠のみでありました。しかしそんな時代でも、女性の権威は、限られてはいても、決して侮れるものではありませんでした。男性が独占する学問の世界から締め出され、人間精神の至上の高みを目指すことを禁じられながらも、女性達は実際的世界を文字通り全面的に支配し管理しておりましたから、書斎の学者連は、正にその命を彼女達に依存していたのであります。無論時代が下りますと、女子も男子と並んで学業に携わることを許されるようになり、最高度の尊さを達成することを妨げられはしませんし、一方、実生活の様々な義務は、男女両方の、十五歳を過ぎた時点で、厳格なる学問の高みでは生きるに能わずと判明した者達に委ねられ、この人々が、我等が民を支え、滋養を与える大切な責務を果たしているのです。

とはいえ、日々の暮らしの要求に仕える男女ですら、空いた時間は全て、書物に顔を埋めて過ごします。何しろ人生最初の十五年間、誰もが刻苦精勤、学業に専心する訓練を受けているのです。従って、学問の至高の領域の外に居る者も含めて、私達は皆、極めて実質的な意味において、書物の民だと言って間違いではありますまい。

書物への熱烈なる傾倒故に、諸君、書物と私達との関係を掟によって明確に定めておく必要があります。さもないと、過剰の精神が——我等が民の歴史においてかくも顕著であり続けてきた、高次の存在領域にあっては全面的に望ましい精神が——物理的な諸要素にまで不適切に注がれ、害を及ぼしかねません。とりわけ一見その要素が、内在する精神を伝えていると思える場合には注意が必要です。膨大な**掟の書**については諸君もよく御存じです。誰もが多くの箇所を暗記している筈です。御承知の通り、**掟の書**には人間と書物との関係を制御する禁則が記されております。**第一禁則**はこれです——

汝、書物を、或いは書物の如何なる部分も、破壊、断裁、その他如何なる形であれ損なうべからず。この掟は諸君がごく幼い時期から教えられてきた筈です。しかし、諸君がまだ知らない第二の禁則があるのです。**第二禁則**はこれです——汝、書物と性交、若しくは如何なる類いの生殖行為にも携わるべからず。**伝説の書**第七巻に記されている通り、古（いにしえ）の日々、書物は性交を営む能力を有していたのであり、確かに今日の書物には最早そうした力はありませんが、とはいえ、学びへの熱い欲求を抱く若い人物が、またこれは比較的稀ですが熟年に達した人ですら、時として本を相手に不適切な振舞いに及び、例えば淫らな意図を以て書物若しくはその開いた頁の上か下に横たわり、その結果罰されねばならないという事態が生じるのです。さて、**第一禁則**、即ち書物の破壊の禁を破った罰は死であります。既に申した通り、書物は生き物なのですから。そして**第二禁則**、即ち書物との性交の禁を破った罰は身体の性的部分の切断であります。故に、若き学徒諸君、諸君も書物とは適切な関係を維持せねばなりません。熱意を鎮めるには及びませんが、熱意を適切な目的に向けることが肝要なのです。

　死について触れたので、ここで暫（しば）し、死の意味について諸君にお話ししたいと思います。生に至る道を見出したいという欲求、**第一の書**に吹き込まれた創造主の息に達したいという欲求に燃える私達にとって、死は如何なる意味を持つでしょうか。若き学徒諸君、聞いて下さい。今日諸君は人生の十三年目を完了されました。にも拘わらず、こう申してよければ、諸君は既に死の床に横たわっておられるのです。諸君の手は震えます。諸君の目は霞みます。諸君の耳には何の音も届きません。諸君は老いています、諸君、老いているのです。誕生は死の始まりと言われます。ですが死の始まりというだけではありません。それはまた、死の継続でもあるのです、天地創造の六日目以来これまで諸君より前に存在してきた全ての者の死の継続なのです。諸君が生まれる時、諸君は九三〇年生きたアダムより老いています。九五〇年生きたノアより老いています。長命の族長メトセラも諸君に較べればガラガラを振る赤子に過ぎません。諸君、諸君は老いているのです。諸君は死につつあります。諸君は既に土の中に埋葬されています。諸君が泣き叫びながら生まれてくるのは何故か？　それは諸君が目を開けた途端、死が母親の顔から諸君にニタニタ笑いかけているからです。諸君はこの世に、首に包丁を刺されて出て来るのです。諸君の母親は棺の中の諸君を揺すってあやすのです。諸君は墓の中で這い這いを覚えます。蛆虫（うじむし）が諸君の兄弟です。死人の骨が諸君の姉妹です。花婿は誰でしょう？　花嫁は誰か？　御覧なさい、天幕の下で接吻している二人の骸骨を。生とは何か？　病院の患者用寝床です。看護師達は忙殺されています。医者は死にかけています。誰も来ないでしょう。

　では、諸君、そもそも私達は何故生きるのでしょう？　この、私達を四方から囲み、昼も夜も私達を待ち構えている、死ぬということの意味は何でしょう？　いずれ死ぬのは諸君一人ではなく、諸君にとって大切な全ての人、諸君の御両親、兄弟姉妹、愛しい友人達、敬って止まぬ先生方、まだ生まれざる息子や娘、その誰もがいずれ死ぬことに、嘗て（かつ）は生きていた者全てが今や風に舞う塵であることに諸君は思いを致します。一度（ひとたび）そうなると、学問の生涯に心を傾注させることは無論、朝に寝床を出て新しい一日を始めることさえ困難に思えてしまいます。

　しかし、と諸君は問うでしょう、同類を殖やすことを我々は愉しめるのではないか？　と。我等が担う特別な任を、次の世代に送り渡す悦びがあるのでは？　我々は自分一人の為に生きるのではない、我等が民の為、これからやって来る者達の為に生きるのだ、と。噫（ああ）、**予言の書**を読めば、かくも叡智に富み、かくも苦難に富む、未だ発見されざる言葉を発見すべく全ての他民族を差し置いて選ばれた我等が民は、終焉する運命にあることが分かります。山が崩れるであろうとそこには書かれています。空は暗くなるであろうと。全ての人類が絶えるであろうと。そして七日目となる日が訪れ、次に六日目が訪れ、五日目、そして四日目、三日目、そして二日目、そして見よ、全ての最後の日となって、その後は日々の始まり以前の如くとなる。**予言の書**はそう伝えているのです。

　ならば諸君、どうして私達は絶望せずにおれましょう？　何故あと一日でも続ける必要があるでしょう？　あと一時間でも？　無に至ることが不可避だと知りながら、何故むざむざ精神の苦闘に長い人生を献(ささ)げる必要が？　若き学徒諸君、何故だか教えましょう。諸君、同じ**予言の書**において、闇から抜け出る道も私達は学ぶのです。地下室には階段があります。墓には扉があります。そうです、諸君、そうなのです。創造主の息に満ちた**第一の書**は決して存在を終えません。そしてその生をもたらす力に触れた全ての書物にも同じことが言えるのです。諸君、愛しい諸君、私の言うことを聞いて下さい。私が**書物の楽園**について語るのを聞いて下さい。

　予言の書第十二巻において、書物もまた、地に在る全てのものと同様、いずれ寿命が尽きて死ぬことを私達は学びます。さて、書物が死ぬと、即ち塵芥(ちりあくた)と化すか、燃えてしまうか、或いは水、疫病、その他この世に生きる物全てに降りかかり得る無数の災禍によって死に、如何なる理由であれその物質的な姿を留めなくなると、書物は一息のうちに昇天して**第七の楽園**へ至ります。これは私達には**書物の楽園**として知られる場であります。ここではこれまでに生まれた全ての書物の永遠にして不変の形が目にされることでしょう。あの最初の**十二の書字板**の幾世代にも亘る子孫達、石のみならずパピルス、羊皮紙、紙、その他言葉を受け取り得る全ての形態から成る子孫達が目にされることでしょう。最高の幸運に恵まれた者が、他ならぬ**第一の書**そのものに出くわすのも夢ではないと記されております。さて、既に申した通り**書物の楽園**は**第七の楽園**であります。そこは誰よりも高い精神的鍛練を積んだ学者や著述者のみが昇天し得る場です。とはいえ、私達は一人残らず、我等が出自の御蔭により、天上の門において裁きの席に赴く権利を与えられております。ですから若き学徒諸君、学問に励むことです、世俗の事どもから心を逸らすことです、そうすれば死を完了した暁には、**書物の楽園**に諸君は昇天し、永遠の歓喜に包まれて生きることでしょう。

　さて諸君、今や私がこう申し上げても、諸君はきっと理解なさるでしょう——死へようこそ！　即ちそれは、生へようこそ！の意、あらゆるものを吹き抜けていく息へようこそ、**書物の楽園**へようこその意だからです。諸君が今後日々を過ごすことになる書斎や図書館は、私達皆が希求するその**楽園**の表象に他なりません。道は暗くとも、行き着く先は目もくらむ眩しさなのです。そして諸君、私は諸君に求めます、この日、諸君が人生の——死の——十三年目を完了された日に私がお話しした言葉をどうか篤(とく)と胸に刻まれんことを。ここで暫し目を閉じて下さい。目を閉じて、見て下さい。勉学室を見て下さい。長い机を見て下さい。書物と向き合う学徒達を見て下さい。見えますか、白黒の衣服に身を包んだ学徒達が？　彼等は動きません。音も立てません。諸君にお訊ねします、そこに居る彼等はどんな風に見えますか？　何に似ていますか？　彼等は、その不動ぶり、その内向ぶりによって、生きた書物の記号かつ象徴となってはいないでしょうか？　彼等は息をする石の書字板ではないでしょうか？　これらの人々こそ諸君の民、今や諸君もその出自を知る民なのです。

若き学徒諸君、諸君に祝福があらんことを。そしてこの記憶すべき日に旅立つなか、忘れてはなりません。この日私は諸君に、我等が民の秘密を伝えたのですから。この日私は諸君に、死の意味を明かしたのです。始まりが在った前から、これこそあらゆる叡智の真髄に他なりません。知るべきはそれのみです。**第一の書**は常に在るのです。諸君、親愛なる諸君、明日は新しい日です。明日から諸君は**注解の書**の中を歩む長い旅に乗り出します。それは七年続く旅です。諸君のうち何人かは途中で脱落するでしょう。残りはやり抜くでしょう。時折疲れにも襲われることでしょう。頭が混乱したりすることでしょう。全ての生、全ての死が大いなる謎、決して解き得ない謎と思えるでしょう。闇が諸君の精神に訪れるでしょう。諸君は出口を探し求め、出口は見つからないでしょう。けれども、その望みなき場、その光なき闇に在って、私が今日ここでお話ししたことをどうか思い出して戴きたい。我等が民の秘密を思い出すのです。**書物の楽園**を思い出すのです。疲れに頭(こうべ)も垂れた諸君が勉学室の席を立つ時、私は諸君に求めます、諸君、目を上げよ、全ての壁に並ぶ天の書棚を見よ、諸君の周りを囲む生きた息づく言葉に目を上げよ、空へと飛翔する書物に目を上げよ、恍惚と共に目を上げて、己が何者かを知れ——見よ、どの列もどの列も、皆**先祖**なのです。

The Next Thing

The Next Thing

1

その新しい建造物は、町の外れ、モールの隣の野原に現われた。一部の人々は、当時私たちが何も知らず、不意を衝かれたのだと言っているがそれは正しくない。どうしてそんなことがありえよう？何しろモールのすぐ隣なのだし、大がかりな工事は高い塀でも部分的にしか隠れていなかったし、トラックが毎日出入りし、さらには地元の新聞にも広告が載って、堂々開店の日をお楽しみに、と宣伝していたのだ。掘削地のどこかにも看板が立っていて、図や写真が並んでいたような気がするが、いまとなっては断言できない。だからとにかく、一部の人たちが言うように、私たちが何も知らず突如奇跡のようにそれが出現し私たちの不意を衝いた、と言うのは正しくないのである。私が思うに、そういう連中が言いたいのは、当時私たちがそれほど気にかけていなかった、ということではないか。まあたしかに、私たちは似たような場所をいくつも知っていたし、何年もそういう場所に通っていた。いまさらもうひとつ、何で要るのか？　それに、名前自体もそそられない——The Next Thing（次に来るもの）。その名に私たちの多くが苛立ったし、うさん臭さを感じ、ほとんど憤りもした。何だかこっちに笑顔を向けて、「あなた、私に抗えませんよね」と抜け目なさげにウィンクしながら言っているみたいな名ではないか。だからまあ、気にしていなかったというのはかならずしも正しくないかもしれない。気にしていないような私たちの態度には、苛立ちが、勝手にある種のやり方で扱われることに対する抵抗感が混じっていたからだ。まあでも、ようやく開店した際に、一刻も早く行ってみたいとは感じなかった者が多かったことは間違いない。

もちろん、行かなかった連中も、あれこれ耳にはすることになった。それは避けられない。何も知るまい、と頑なにふるまっていたわけでもないのだ。本気で嫌だったらそうするだろう。だが何を嫌がれというのか？　要するに、よくあるたぐいの店が郊外に出来て、オープニングイベントを喧伝し、より良い生活を漠然と約束しているというだけではないか。私たちは宣伝文句なぞろくに聞かなかったが、ただ、いくつか奇妙に思える点があったことは確かだ。人々が言うには、入口から足を踏み入れると、そこは巨大なオフィスのようで、それぞれ中に人が一人いるブースがたくさんあって、通路が四方八方にのびているという。もうひとつ耳に入ってきたのは、店自体は地下にあるということ。メインフロアはブースの集まり、商品棚は地下。奇妙なことをやるものだと私たちには思えたし、この目で見に車で出かけていく前に私たちが考えたのも――少しでも考えたとすれば――主としてその点だった。

　で、どうせそうすると初めからわかっていたとおり、私たちは事実出かけていった。ひとつは自分の目で見るのが目的だが、もうひとつはたぶん、べつに何かを主張するために行かずにいるわけではないということを自ら確かめようとしたのだと思う。もちろん、まさに何かを主張した連中も少しはいた。彼らには彼らなりの、つねに何に対しても持っている理由があるのだ。でも残りのみんな、まだ実際に見ていない私たちにとっては、そういう話ではなかった。ただ単に、取り立てて急いではいない、ということに尽きた。行って目にしたのは、よくある駐車場と、よくある細長く平たく広がったビルだった。ウイングがあちこち飛び出していて、ガラスのドアがたくさんある。まず目を惹いたのは一連のブースだった。たとえば私などは、全然別のものを想像していた。そこは思い描いていたような改まった、過度に秩序立った空間ではなく、カジュアルで、ほとんど華やいでいて、いくつかのセクションに分かれ、広い通路が下りのエスカレータにつながっている。それぞれのブースには、カラフルなガラスのパネルが三面と、開いた面が一面あり、横からも上からも内部が見えるようになっている。私が驚いたのは、その内部だった。実に快適そう、居心地よさそうなのだ。肱掛け椅子や小ぶりのカウチを置いているブースもあれば、テーブルと椅子を入れているところもあり、とにかくどこも、房飾り付きシェードがかぶさったテーブルランプとか子供たちの描いた絵とかミカンを盛ったボウルといった、気の利いたささやかな家庭的タッチが加えてあるのだ。通りかかると、つい入りたくなり、中を見て回りたくなってしまう。あちこちにカップルがいて、彼らに話をしている男か女の係員の方に熱心に身を乗り出している。私自身、その最初の訪問からすでに、エスカレータめざして歩いていきながら、いずれ時間を取ってどこかのブースを覗いてみよう、どういうところなのか見てみよう、と思ったことを覚えている。

エスカレータがぐんぐん下に、下に降りていき、上っていくほかのエスカレータとすれ違った。その長い下降のあいだ、周りじゅうで棚がぐんぐんせり上がってきてやがて照明の中に消えていくような錯覚に襲われた。目をある角度に保てば、動いているのは棚の方であり自分は止まっているように見えてくる。これはまだオープンまもないころのことだが、当時もうすでに地下には渾名（あだな）が付いていた――アンダー。人々は「The Next Thing に行ったかい？」と言う代わりに「アンダーに行ったかい？」と言ったものだ。というわけで、私もその初訪問時、これがそうなのか、アンダーなのか、と思った。下まで降りると、海の底に立って空を見上げようとしているみたいな気がした。あとで知ったが天井は五十メートル強の高さだという。それだけの高さから生じる圧迫感を打ち消すために、建築家があれこれ工夫を凝らしているのがわかった。通路はほとんど街路のように広いし、あちこちに〈リラクセーション・コーナー〉と称する、カウチや肱掛け椅子を並べたオープンスペースがあり、人々が座って新聞を読んだり、マシンからモカやヘーゼルナッツのコーヒーを飲んだりしていた。小さな町から大都市に来た子供みたいに、臆面もなく周りをきょろきょろ見ずにいられない人もいた。私も臆面もなくきょろきょろ見た。人にどう思われようと構わなかった。この場所には欲しいものが何でも揃っているように見えるばかりか、すべてのものがほかの場所よりずっとたくさんあるように思えた。大きな積み下ろしプラットホームが床から天井まで、六メートル、十メートルくらいの間隔で棚を上下するのを見るのは楽しかった。荷物用エレベータが四方とも開いているような按配だ。頭上高くに、手すりの付いた、棚と平行にのびている空中歩道もあった。さらに上、ほとんど見えないくらい高いところで、黄色い制服を着た従業員が商品をプラットホームに下ろしていた。下の方ではタンカラーのシャツに深緑のネクタイの若々しい従業員が通路を歩き、客と目を合わせ、何か要望はないか探ろうとしていた。

でも私がそこにいたのは、べつに要望があったためではない。そこにいたのは……これは言おうとしてもなかなか難しかっただろう。まあ要するに見て回りたかった、ということなのだろう。嫌でも目に入るのはショッピングカートだった。普通のタイプより広く、深く、明るい赤に塗られ、もっとスペースが要るときは前方のフラップを開けられる。さらにいいのが動かすとゴロゴロ鳴る二段カートで、これは人の胸の高さまであった。ここを運営している人たちは、全体像から細部まで何もかも考え抜いている、そう感じさせた。ここ海の底で私は、ほかにどういう見どころがあるんだろう、と考えていたように思う。

事実見どころはあったが、それはおよそ私が予想していたものではなかった。こういう場所で誰もやるように通路から通路へぶらぶら歩いていたら、突然すべてが止まった。それ以上上手い言い方が思いつかない。棚がただ止まったのだ。壁に行きあたったというのではない。それなら少なくとも何かが起きたということになるだろう。そうではなく、空(くう)に、闇に行きついたのだ。棚の上の高い天井にある蛍光灯のおかげで、かなり向こうまで見通せたが、そのあとはまったくの無、漆黒の闇だった。棚の果ての約三十メートル先に建築現場用の柵が立てられ、柵の向こうに掘削機やダンプカーの上半分が見えた。棚と棚のすきまから土、石、木挽(こび)き台数本が見え、オレンジ色のヘルメットが一個地面に転がっていた。この場所はもっと広がろうとしているのだという印象を受けたし、事実やがて広がったわけだが、当時からすでに、見えないくらい遠くで地下室が掘られ敷地が区切られているのだという噂があった。

2

どう感じているのか自分でもよくわからないまま、私はその第一回の訪問を終えて帰宅した。それ自体、考えるに値することだった。概して、私は大きな、騒々しい場所を好む人間ではない。何か欲しいものがあるときに行くだけだ。だがこの場所は……この場所はあまりに大きいので大きいと言うのでは済まず、あまりに大きいので大きいと言ったところでもはや意味を成さないのだ。古い言葉はもはや当てはまらない。新しい言葉が必要である。新しい感性が必要である。よその場所なら、どう捉えたらいいか一目で見当がつくかもしれないが、ここはそうは行かない。

　というわけで私は、その後数日、数週間思いをめぐらし、考えの整理に努めた。ひとつわかるのは、自分があの一連のブースに興味を持ったということだった。それらのスタイル、客が入ってくるのを辛抱強く待っている雰囲気が気に入ったのだ。さあいらっしゃい、とそれらは誘っている。どうぞご覧ください、と。そうして私は、アンダーへのゆっくりとした下降のこともくり返し思い返した。棚がせり上がってきて、最後はすべて闇に行き着きつつも、まだ何かあることを約束しているような雰囲気。気に入らなかったのは、棚がみなおそろしく高いことだ。二度と出られない場所の底にいるような感覚は嫌なものだった。だが一番嫌だったのは、たぶん、いずれまた来ると自分でもわかったことだと思う。いや、それとも少し違う。ブースをまた訪れるとわかることも、エスカレータでまた降りていくとわかることも気にならなかった。気になったのは、私が戻ってくるのを場所自体が知っているように思えたことだ。とにかく自信満々なのだ、この The Next Thing という場所は。己が人にどう影響を及ぼすか、しっかり把握している。第二の訪問を、私が不自然なくらい先延ばししたのも、それが主たる理由だと思う。

当時私は、スローン＆ウィルソンの支払請求課に勤めていた。ある昼休み、同僚の女性の一人が、買物は全部アンダーですることにしたと言った。考えてみてそれが一番便利だと決めたのよ、そういうふうに思ってる人大勢いるのよ、と彼女は言った。すると誰かが、何がそんなに便利なんだい、だってあそこってわざわざブースの行列を抜けてかないと下りていけないわけだろ、と言った。するとまた誰かが、あそこのポイントは何と言ってもブースだと思うな、と言った。それってどういう意味だい、と私が訊ねると、相手は「だからさぁ、わかるだろ」と言うだけで黙ってしまった。

私が長いこと行かなかったもうひとつの理由がそれだった。とにかく家を出るだけ、歩道を歩くだけで、The Next Thing の話が聞こえてくるのだ。あそこの人たちは本当に親切だよ、と人々は言った。アンダーはつねに改良されてるんだよ、と人々は言った。すでに積み下ろしのプラットホームはもっと良いものに取り替えられ、新しいセクションが毎日オープンしていて、大工たちが外の闇の中で突貫工事を進めている。私は一応そういう話に耳を傾けたが、と同時に聞くのを拒んでいるところもあった。私はほかのことを考えた。こういう流れに巻き込まれるのはよくないとわかっていたのだ。

そしてある日、私は戻っていった。そうしない理由はなかった。予想していなかったのは、外での新しい展開だった。ガラスのドアから、駐車場の奥まで、屋根付きの歩道がいまやのびていて、いかにも客を出迎え招き入れているようなのだ。支柱にはモニターテレビが付いていて歩いている人々の姿を映し出し、柱と柱のあいだ、アーチ型の屋根に近い高さに白い植木鉢が掛けられ、ピンクと黄色の花があふれていた。中に入ると、ブースは覚えていたのとだいたい同じだったが、前よりもっと賑わっていた。だが配置が変わったのか、それとも私が違う入口から入ったのか、少し進むと、公園のように見える広々と開けたスペースが現われた。カエデ、楢、その他知らない木があちこちに植わっていて、ピクニックテーブルが点在し、川底に石を敷いた小川があり、フードスタンドがいくつも営業している。これが〈フードパーク〉だった。スペアリブ、パッタイ、砕いたクルミをトッピングしたアイスクリームサンデーなどを買って、木の下のピクニックテーブルで食べるというわけだ。あるいは、くねくね曲がった小径を散歩すれば、ところどころ径が広げられて木のベンチが置いてある。パークの端近くまで行かない限りブースは見えない。木の枝の下で家族が食事をし、子供たちが小川の中を歩き、あたり全体にくつろいだ平和な雰囲気が漂って、私は小さいころ両親と川べりにピクニックに行って松の木の下で過ごしたことを思い出した。これは人々を惹きつけるはずだ、と一目でわかった。暑い夏の日に歩道に出された日よけの天幕みたいなものだ。私自身、長い道のりを歩いてきた旅人のように、しばし目の前の川辺に座って休みたい気分になった。だが私は、日蔭に引き込まれぬうちに己に鞭打って引き返した。だって全然、長い道のりなんか歩いていないのだから。

気がつけばブースの只中にいたので、私は驚いてしまった。見渡す限り、ずらりとブースが並んでいる。進んでいくと、あちこちのパネルに小さな看板が掛かっているのが目に入った。〈**私たちは決して立ちどまりません**〉〈**つねにベターー、つねにベスト**〉といったスローガンが書いてある。どれもその手というわけではなく、もっと穏やかな〈**いつもお客様第一**〉〈**悩みごとは私共にお任せを**〉といったメッセージもあった。その中間はないのだろうか、人を説得しようとしていないのはないのか、と探してみて、やっと〈THE NEXT THING へようこそ〉と小さな看板に書いたブースに行きあたった。

三十くらいの、薄手のスポーツコートを着て無地のネクタイを締めた青年がテーブルから立ち上がって私を出迎えた。どうぞお座りください、と青年は柔らかそうなクッションを敷いた小さなカウチを指さした。立ったまま、The Next Thing はおいでくださった方々に快適に過ごしていただくことを何より大切に考えているんです、あらゆる形でみなさまのお役に立ちたいと願っているんですと青年は述べた。コーヒーはいかがですか？　私が申し上げることは無視してくださって結構です、でもおしまいまで聞いていただく価値はきっとあると思います、と青年は請けあった。そしてここまで言ったところで腰を下ろした。率直な物言いをお許しいただけるといいのですが、と彼は言った。いいとも、好きに話してくれ、と私は答えた。すると彼は、人は二種類に分けられます、と言った。自分は不幸だと思っている人と、幸福だと思っている人です。不幸な人は幸福になりたいと願っているし、幸福な人々はもっと幸福になりたいと願っています。幸福な人も不満の小さなポケットを抱えていて、それが幸福を限定して、物足りない気持ちをその人に抱かせるからです。The Next Thing はこの両方の方々がそれぞれの目標を達成するのをお手伝いするのです。そう言いながら青年は、積極的な関心の伝わってくるまなざしで私を見据えたが、一度か二度、言葉を探したりフレーズの前でいったん切ったりするときに首を少し横に回した。この癖が彼の言葉に一種のドラマを加えていた。首をさっと戻すとますますその効果が高まる。何の芸だかわからないが実に芸達者なことは確かだ。私は彼の話を聞きながら、自分は幸福になりたい不幸な人間なんだろうか、もっと幸福になりたい幸福な人間なのか、それともどこかその中間にいる――なんてことが可能だとして――人間なんだろうか、と自問していた。

やがて青年は、非常に丁重な声で、いくつか伺ってよろしいでしょうかと訊いた。肩をすくめて、どうぞ、と返すと、青年はおもむろに、私の仕事、家、健康、老後のプラン、自分の人生についてじっくり考えたときに感じる幸福の度合について質問した。そうして、あなたの人生の質を日々の次元、長期的次元の両方でより良くする機会が The Next Thing にはたくさんあるのです、と青年は言った。現在の職種からそのまま The Next Thing へ、同じ職種の、より高給で、投資機会も幅広い仕事に移られる方もいらっしゃいます。まずはあらゆるレベルで開設されている訓練プログラムに入る方もおられます。さらに、確信が持てなかったり変化が怖かったりという方々には、そうした不安や迷いに対処するプログラムもございます。実は私自身、人生をより良くできるチャンスにいったんは抗ったものですから、どういうたぐいの不安が障害となるか、よくわかるのです。この質問票にご記入ください、と彼は言った。そこには私の給料、家の評価額、仕事・私生活に関し感じている幸福・不幸の度合などについて質問が並んでいた。三週間以内に手紙が届くという。面談――と言っていいのかもよくわからないが――が終わると青年は立ち上がって私と握手した。「私どもがお手伝いできると信じます」と彼は言った。私がにっこり笑って、手伝いは要りませんよ、と答えると、さっきと同じまっすぐ相手を見るまなざしとともに「まさにそういうことですよ」と彼は言った。

その一言について、エスカレータの上で考えたが、下っていくなかで見えてきた変化の兆しに目が行ってしまった。下を見ると、エスカレータの両側に、アーチ型に湾曲した表面が通路を覆っていた。

底まで行ってやっと合点が行った――アーチはそれぞれの通路の屋根なのであり、およそ六メートルの高さに達している。すべての通路を覆っているこれらアーチ屋根は、棚の縁に接続され、可動式照明のレールが付いている。屋根が高い棚の圧迫感を打ち消す方策だということはすぐにわかり、The Next Thing が己の過ちに気づいて手を打ったことに私は気をよくした。だが気をよくしただけでは済まなかった。私は不安も感じたのだ。つまり、それが私の気持ちを動かしていることに――言ってみれば、自分が気をよくしたこと自体に――不安を感じたのである。

やがて、新しい屋根がもうひとつの変化をもたらしたことに私は気がついた。積み下ろしのプラットホームがなくなっているのだ。その代わり、腰の高さの棚が続くのに沿って、黒い、ほぼ真四角のパネルがいくつも並んでいた。それぞれのパネルにスクリーンと、ボタン二つ――赤と白――が付いている。係員が寄ってきて、仕組みを説明してくれた。赤いボタンを押すと、簡単な絵が何列もPDスクリーンに現われる――クロックラジオ、フロアランプ、机整理用品等々。PDとは商品展示（プロダクト・ディスプレー）の略です、と係員は言った。指で絵に触ると、そのカテゴリーのさまざまな商品がスクリーンに映る。望みの品をタッチして選ぶ。それから白いボタンを押すと、品物が上の棚から放出され、足下の受取り箱に落ちてくる。箱は棚の底と同じ高さから始まっていて、上に把手が付いており、引っぱって開けることができる。パネルは〈バーチャル・ボックス〉と名づけられていて、The Next Thing のメンバーに与えられるスマートカードで起動させるようになっている。

どのPDスクリーンの前にも行列が出来ていて、そこここでちょっとした混乱も見られたが、全体的に、積み下ろしプラットホームを取り去ったのはいい案だと私には思えた。通路屋根のおかげで高くそびえる棚のことは忘れられるし、受取り箱は簡単に開くし、ＰＤスクリーンもいったんコツを呑み込めば気軽に使える。高いところにある商品の落下の衝撃を和らげる方法を設計技師が開発したんだな、と私は考えた。と、自分が引き込まれていることに私は思いあたった。ふだんはこんな場所に興味なんかないのに。けれど、引き込まれた心を引き戻し、アンダーの吸引力を自分に警告しながらも、気がつけば私は通路を歩き、品物が箱に落ちる音を聴きながら、これが行き着く果ての場を探しているのだった。

　通路はどこも長くは続かず、直角に置かれたいくつもの棚から成るシステムにくり返し遮られている。そんな中に、私は埋もれたような気分だった。新しい通路屋根と同じだな、と私は思った。広大な空間のせいで不安になるのを妨げるのが狙いなのだ。大きさを飼い慣らそう、小さな親しみある空間に分割しようという意図が見てとれる。右に左に進みつづけるなか、精算レジの列がアンダー全体に点在していることに私は気がついた。ふと、ひとつの問いが湧いてきた。なぜいままで思いつかなかったのか、驚いてしまう問いだ。カートはどうやって上の階に持っていくのか？　エスカレータに載った買物客が紙袋を持っているのは見えるけれど、もっと大きな品はどうなのか、芝刈り機や炭火グリル、エクササイズバイクやアディロンダックチェア（戸外用肱掛け椅子）はどうするのか、品物を山積みしたカートは？　私の当惑を見てとったにちがいない、タンカラーのシャツに緑のネクタイをした係員が寄ってきて、何かお手伝いしましょうかと言ってくれた。質問を聞くと、相手は私をレジの列へ連れていった。カウンターのうしろに、係員が〈リターンウェイ〉と呼ぶものが並んでいた。これは特別設計のエスカレータでして、と彼は説明した。大きな品物やショッピングカートが丸ごと載るよう幅が広くなっているのです。どの〈リターンウェイ〉も、地上階の壁の外で停まります。そこから動く歩道が網状にのびていますから、それに乗って駐車場まで行けるのです。

通路から通路をさまよっていると、ずいぶん多くの〈リラクセーション・コーナー〉に行きあたる気がした。このあいだ来たとき以来、だいぶ増えたようだ。いくつかのＲＣ――と人々は呼びはじめていた――には奇妙な柱のようなものが見られるようになっていた。高さ二メートル弱の太い円筒で、スクリーンがぐるりと張りめぐらされ、アンダーのあちこちの区域を映し出している。人々がカートに物を入れ、バーチャル・ボックスをチェックし、先へ進んでいく姿が映っている。これは〈ビューイング・タワー〉というのです、とまた別の係員に教えられた。通路コーディネーターが人の流れをモニターするのに使うのだという。私は係員に礼を言い、先へ行った。タワーのことを考えていると、ふと気がつけばいきなり通路の終わりに来ていて、その先はふたたび闇に通じていた。だがここでも変化はあった。

殺伐と広がる土は平らで滑らかで、空中にはタールの臭いが漂い、暗い中を、うしろに大きなローラーを付けた黄色いアスファルト舗装機がゆっくり動いていた。建築工事用の柵はなくなっていた。さらに遠く、黒々とした木立ちが見え、梢の上はほのかに光が差していた。深い闇に包まれた木々のすきまから、光がチカチカ動くのが見てとれた。木漏れ日のように光が揺らめいて見える。なぜだか、たぶん噂を聞いていたからなのだろう、そのチカチカ点滅する光が私には、向こうの闇にある見えない町の街灯や家の窓の光のように思えた。そうして、買物カートのカタカタ鳴る音や、そばの通路での人の声に混じって、夏の夜の微かな音が聞こえる気がした。玄関ポーチでの笑い声、開けたキッチンの窓から漏れてくる皿の音、叫び声、ばたんと閉まる網戸、虫の羽音。

　私はアンダーの中へ戻っていった。すごく明るかった。商品が一つまた一つ箱に落ちていく音がし、そこらじゅうの通路で人々が受取り箱から品物を取り上げてカートに入れている。と、そうやって買物客を眺め、見えない町の聞こえない音に耳を澄ますなか、自分がいまにも何かの理解に達しようとしている気がした。それは夜、浜辺に立って、暗い波の方に目を向け、夜と海がひとつになるあたりを見ているときにふと訪れるたぐいの気分だったが、いまの私はアンダーの果て、地下五十メートル以上の深みに立って通路の先を見通しているのであり、いまにも理解しようとしているそのことは、箱に落ちていく商品の音や、木々のすきまから漏れてくる光のちらつきに関係があるにちがいない。けれども、それが何であれ、物事の果てに立った私は、結局それを見失った。

　二回目の訪問から帰宅すると、まるでよその国に旅してきて、見慣れたランプをそばに置いた見慣れた椅子のあるわが家へ戻ってきた気分だった。ブースでの話しあい、フードパーク、ＰＤスクリーン、木々のすきまでちらつく光、そのすべてが、夏の土曜の午後の澄んだ光の中では、奇妙でありえないもののように感じられた。外では子供たちがキャッチボールをしていた。あちこちの芝生にスプリンクラーが見え、あたりからはアオカケスの声、刈り込み機の音、金槌を打つ響きが聞こえてきた。私は本当にあそこへ行ったのだろうか？　あの訪問全体に何か別の感情、特定しがたい印象が伴っていた。それは一種、警戒にも似た印象、たったいま自分が見たものが何なのかわからないような気分だったのだと思う。いや、もちろん見たものが何なのかはわかる。そういうことではない。でも何かがほかに、私が見なかったものが、見ていたものたちの背後か内側にあったのだ。どう説明したらいい？　ブース、アンダー、すべてが私に何らかの作用を及ぼしはじめている。そこまでは明らかだ。が、しばらくのあいだは自分があそこに戻らないことも私にはわかった。なぜそうなのか、言うのは不可能だ。だが、あの場所はあまりに強力なので、戻っていったら何らかの形で捕まってしまう――そんな気がしたのである。

3

こうして遠ざかっていた時期、さまざまな印象を整理している最中に、The Next Thing の事務所から手紙が届いたのだった。とにかくあそこで見たことを咀嚼（そしゃく）しようとさんざん時間をかけていたから、提出した質問票のことなどすっかり忘れていた。いや、実は、「すっかり」忘れていたわけではなかった。それは私の心の中で、ほかのものたちと並んで私を待っていたのであり、私はそれに注意を向けるまいと、目をそらそうと全力を尽くしていたのである。提出した質問票のコピーと一緒に、副店長からの手紙が封筒に入っていた。貴殿の職歴、年収、人生計画を検討させていただいた結果、当経営陣は、現在の貴殿の職と同様の職を情報課において、現在よりかなり高い給与で提供させていただきたく存じます。職場での実地訓練プログラムを通して、家庭用品部門の一時間毎の売上げ率の情報を収集しデータベースに入力する技術を身につけていただきます。二年勤務された後には昇格、昇給、諸手当の向上が検討されます。

この手紙は二回目の訪問と同じ印象を私に与えた。すなわちそれは、私の興味を惹いた。いや、単に興味を惹いたという以上の刺激を私は受けたが、と同時に警戒心も抱いた。実のところ、私はスローン&ウィルソンでの仕事にそれほど満足してはいなかった。勤務時間は長いし、昇格規定は曖昧だし、未来は不透明。この半年、従業員が次々解雇されていた。だから、手紙が私を落着かない気分にしたのも無理はない。誰かに何かこっそり耳打ちされたような感じだったのだ。私としては、耳を離したい気分だった。待て待て、慌てるな、という気持ち。それに、当時私の頭にあったのは手紙のことだけではなかった。ちょうどこのころ、家の買い取りの噂が出回りはじめていたのだ。

私たちの町の家々が、The Next Thing に次々買いとられているという話を私たちは聞いたのである。買いとられた家屋は、上層の被雇用者に売られているという——プロダクトマーケティングマネージャー、マーチャンダイジングスーパーバイザー、購買傾向アナリスト、顧客嗜好エンジニア、パッケージデザインコーディネーター、消費者欲求ディレクター等々の人たちに。もちろんこれ自体は、べつに驚くべきことではない。住宅市場は好調であり、住宅は年じゅう売り買いされているし、私たちの町で働く人々が私たちの町に住むというのも筋の通る話である。とはいえ、気になる事実、考えるべき情報がそこにはあった。まず私たちが知ったのは、それらの家を売っている人たちというのは全員、最近 The Next Thing に雇われた人だということだった。彼らはみな中級レベルの職（情報収集係、顧客行動プロファイラー、商品ディスプレーディベロッパー、買物客満足度レギュレーター）か、低熟練職（フロア係員、棚積み係、通路清掃員、レジ補助係、画面監視係、セキュリティ担当員）に就く人々だった。

私たちが次に知ったのは、家を売った人々が、地下に作られた、手ごろな家賃で貸しに出されている住宅に移ってきているということだった。考えてみれば、これも筋は通る。新しい労働者たちはこれでアンダーでの職場にぐっと近づいたのだ。もうこれからは、車で通勤して地上の駐車場に車を駐め、居並ぶブースの前を通って、長いエスカレータに乗って棚まで下りていかなくてもいい。勤務時間以外でも、つねに職場と同じ高さにいられるのだ。とはいえ、地上に住む私たちとしては、どうして町の家を捨てて地下なんかに住めるのか、と首をひねらずにいられなかった。想像しようとしても、見えてくるのは地下の闇だけ、闇と陰鬱な空気だけだった。やがて——まだ噂の段階だったが——地下の住宅は地上の家に較べていろいろ利点があるという話が聞こえてきた。家々にはスムーストップレンジ、御影石のアイランドカウンター、ハンズフリーの自動水栓などを備えた最新型キッチン、内装完備の地下室、巨大スクリーンのあるエンタテインメントセンター、スギの家具を並べた硬木張りのデッキ等々が揃っているというのだ。賃貸の条項に従って、貸し主は特別仕様の芝を維持し、排水管を管理し、照明器具と壁付けヒーターを修理する。地下の気温はつねに適温であり、雨は決して降らず、家の前の通路に氷が張ることもない。健康にもいいという話まであって、陽にあたりすぎないので皮膚癌などの心配がないというのだ。そうはいっても、太陽からまったく離れた生活を想像するのはやはり困難だったが、照明は非常にいいと聞いていたし、もちろん昼休み、勤務後、休暇中にはいつでも晴れた世界にのぼって行ける。

いまふり返ってみるとき、すべてがどっちへ転んでもおかしくなかった、微妙なバランスが存在した瞬間があったにちがいない、と考えずにいるのは難しい。もし私たちにもっと見る目があって、起きつつあることにもっと気をつけていたなら、あそこまで事態が進んでしまうのを食い止められたかもしれない、と思いたくなってしまう。私たちの多くがそう信じているし、時おり、信頼できる友人たちと一緒にいるときなどに、はっきりそう口に出す者もいる。私も一時は同じことを考えていた。だがいまは、それについて少しでも考えることがあるとすれば、そのようななぜか見逃してしまった瞬間などなかったのだと私には思える。むしろ、物事は一番初めから決められていたのであって、長い目で見れば、何をしようと絶対、その流れを変えられなかったと思えるのだ。

　何がいつ起きたのか、正確に思い出すのは困難だが、次に私たちが耳にしたのが〈発見〉であったことはほぼ確かである。初めはそう呼ばれてはいなかった。当初それは、例によって町なかやレストランや家庭の寝室で話題にされる噂の種にすぎなかった。三人のティーンエージャーがThe Next Thingの裏手の、木のパレットが積まれ配達トラックが行き来する中にふらふら入っていった。少年たちは警備員に追い払われたが、その前に彼らは、冷蔵庫サイズの大きな箱がいくつもゆっくりと地下に下ろされているのを目にした。それ自体、何も特別なことではない。どうやってであれ商品は棚に下ろさないといけないのだから。が、町外れの古い倉庫の陰にもうひとつのエレベータが出来たのが目撃されて、この一件はにわかに注目に値するものとなった。その後数週間のうちに三台目、四台目のエレベータが発見された。三台目は別の町外れの、使われなくなった製粉所の陰で見つかり、四台目は北の林の中の拓(ひら)けた場所で見つかった。私たちの気を惹いたのは、これら運搬用エレベータがたがいからひどく離れていることだった。ほかにもあるのだろうか？　商品を輸送する地下のトンネルシステムを私たちは想像した。あるいは、どのエレベータも町の地下にある積み下ろしステーションに直接つながっているのだと考える者もいた。

何であれ、町の人々は不安になってきた。地下の土地は誰が所有しているのか、私たちにはわからないのだ。The Next Thing は私たちの足下の地面を買い占めているのか？　町民会が開かれた。怒号が飛び交った。ある人々は、四分の一エーカーの土地を所有している者がその地下の四分の一エーカーも所有するのだ、下りていける限りどこまでも、と論じた。一人の懐疑家が、それってつまりはるか下のドロドロに溶けた地核も抜けて向こう側まで所有するってことかね、とまぜっ返した。激論の末に、町の地下は、五メートルの深さより下は町のものであり、売ったり貸したりできるということに決まった。事実、すでに何か所も大々的に The Next Thing に貸されているのであり、その収入があらゆる面で町を潤していたのだ。が、町の理事がすでに三人コンサルタントとして The Next Thing に雇われていることが明るみに出て、さらに何度か町民会が開かれることとなった。住民投票が行なわれ、賃借の継続を支持する票が圧倒的多数を占めた。その方が双方の利益になると考えられたのである。

一方、町じゅうの家が依然次々 The Next Thing に売却され、The Next Thing は依然それを上層部の被雇用者に売却していた。新しい所有者たちは、地面と外観はそのまま維持したが、家の中はだんだんビジネスの場へと変容させていき、かつてリビングルームだった部屋はオフィスになっていった。こうして、人々はわざわざ車で町の向こう側のブースまで行かずとも、自宅の近所で販売員と話せるようになった。更なる利点として、アンダーで購入した品物を返品するのも、すぐ近所の新しいオフィスに出向けばよくなった。

こうした出来事が町のあらゆる区域で起きているなか、私はその意味を捉えようと努めた。大きな変動が町じゅうで生じていることはわかったが、それが私たちにとって良いのか悪いのかはわからなかった。確かに言えるのは、すべてがあまりに速く起きていることだった。私としては、一連の動きが始まる前の、昔ながらに物事がゆっくり動いていく感じが欲しかった。私はもはやモールに行くこともやめてしまっていた。The Next Thing のすぐ隣にあるそのモールは、もっぱら人々の目をライバルに向けるためだけに建っているみたいに見えた。それに、モール自体も変わってきていた。夏の終わりのうらぶれた遊園地のような、座席からバネが飛び出している古い映画館のような、なかば見捨てられた雰囲気を醸しはじめていた。空っぽのショッピングカートが駐車スペースに放置され、それぞれ勝手な方向を向いていた。町の反対側の、私が買物に使っている古いショッピングセンターも、いまや縮んだ、減じられた、生気を抜かれた場に、陰気な人々がのろのろ足を引きずってさまよう場に見えた。薬局の床に壜が転がり、どろっと赤い液が漏れていた。男性服の通路では頭上の照明が、夏の夜の音なしの稲妻みたいに狂おしく点滅していた。

4

ある土曜の正午近く、私は車で The Next Thing に出かけていった。建物は変わっていた。新しいウイングや建て増しがそこらじゅうに生まれていて、大きな出入口が出現し、板ガラスがドアの上から屋根までのびていた。全体がいくつもの高い白い塔に囲まれていた。どの塔も、城のてっぺんみたいに上に凹凸の切り込みがあり、青い旗が翻ってＮＴと書かれた白字を見せていた。新しいウイングや入口通路には種々のサービスのためのテーブルやカウンターがあった。銀行、住宅ローン、ユニバーサル生命保険、アイケア、葬儀。さらに行くと前からのブースがあったが、いまでは**融資**、**投資カウンセリング**といった看板が多くなっていた。

　しばらくすると、かつてフードパークがあった場所に出た。現在そこはもっとずっと大きな公園になっていて、先の尖った錬鉄の杭が並ぶ柵で囲まれていた。中を覗くと、噴水、パビリオン、レストラン、あずまや、メリーゴーラウンド、さらには小ぶりの動物園まで見えた。入場門の看板には、入場は The Next Thing の従業員とその家族に限る、と書いてあった。

　アンダーに下りていくと、買物客たちはスクリーンからスクリーンへ移動して品を選び、品物が受取り箱に転がり落ちていた。いくつかの革新が私の目を惹いた。ＰＤスクリーンの上に並んだ棚に、コートのボタンの大きさの、ステンレスのディスクが付いている。訊けばこれは、聴覚監視（オーディオ・サーヴェイランス・）装置（ユニット）（略してＡＳＵ）といい、遠くの聴取ステーションにいる係が商品に対する客の反応を聞き取って録音することができるのだという。また、通路の果てや広場などに新たな発展が見られた。パーキングメータくらいの大きさの赤い金属柱があって、てっぺんのパネルに、カードを挿し込むスロットが付いている。どのブースでもわずかな手数料で発行してくれる〈メニューカード〉をここに挿せば、コンピュータが買う品を選んでくれる。それまでの購入履歴と、カードを申し込む際に提出した詳しいアンケート回答に基づいて選択が為されるのだ。このシステムはまだ初期段階だったが、その構想自体に私は驚かされた。客は買物の雰囲気を、買うという行為自体に伴う煩わしさなしに楽しむよう誘われているわけだ。コンピュータが選んだ品々が入ったカートを、客はレジのそばのエリアで受け取り、買いたくない品はそこで取り除けばよい。メニューカードを挿してから、カートを受け取りに行くまでは、リラクセーション・コーナーでのんびり座っていてもいいいし、アンダーの奥の方へぶらぶら歩いていってもいい。そして奥でもまた大きな変化が進行していた。

棚の彼方の、未開のエリアは消滅していた。地面は舗装され、ずっと奥に並ぶ暗い木々までのびていて、木々のすきまからちらつく光が見えていた。私のいる位置から左右にも、見渡す限りアスファルトが広がっている。そこらじゅうで作業員が働いていて、監視カメラを柱に設置し、縁石に囲まれ藪を植えたアイランドに仕上げを施し、広々とした通路からじかに上がる屋根付き空中歩道を作っていた。作業している紺の制服を着た若者に訊いてみると、あと一週間でオープニングなのだという。私が驚きを表明すると、こっちに住んでいる――そう言いながら片手で木々の方を示す――人たちはもうじき、アンダーのどこへでも直接車で行って、駐車場に駐車して、ドアを通らず中に入れるようになるという。駐車場の一部はすでに使われていた。これからは通路は二十四時間開いていて、明るい照明の灯る棚はつねにディスプレーされ、通路の果てのドアなし出入口には盗難防止のセキュリティタグ探知機が設けられるという。舗装されたエリアがアンダーの四方を囲み、どの面も木々の向こうに町が広がっている。

町は見えるのかと若者に訊いてみると、相手は笑って、ここがもう町ですよと答えた。アンダーこそここの町の中心なのであって、人はその周り一帯に住んでいる。そう言いながら若者はさっと大きく腕を振り、木々、ちらつく光、すべての闇を取り込むようなしぐさをしてみせた。でもまあこの先がどうなってるかご覧になりたければどうぞ行ってみてください、この舗装部分を越えて木々の中に入っていけばいいですから、皆さんやってますよ、と若者は言った。

行ってみると木々はちょっとした林になっていて、曲がりくねった小径があり、太い道路が一本通っていた。あちこちの木の枝から、ガラス板に囲まれたランタンが下がっている。向こう側に出て、街灯が明るく灯った、木々と平行してのびている通りに足を踏み入れると、そこから直角に何本も通りが出ていた。ポーチが光を放ち庭が明るく照らされた家々が見え、子供たちがウィフルボールをして遊んだり、スプリンクラーの下を駆け回ったりしていた。白い杭垣に縁どられた庭では、柱にランタンが掛かっている。どの家からも投光照明が地面を照らし、見ればすべてのひさしの下に細長い蛍光灯がのびていた。犬が一匹車寄せで寝そべり、若い母親が歩道でベビーカーを押していた。暗いけれどもいまは夏の午後の只中なのだと私は思いあたった。はるか頭上の奥まった場所に据えられた照明が下を照らしていた。男が一人、投光照明を浴びた車寄せに立ち、ホースで車に水をかけている。横木の付いた電信柱が通りの縁に並び、柱から家々の側面に渡された電話線に街灯の光が当たってきらめいていた。

夜の光と昼の気分が混じりあっていることを除けば、何もかもが見慣れた情景に見えた。遊んでいる子供たち、回るスプリンクラー、自転車に乗って通り過ぎる男の子。私たちの町ではないのだし、家も庭も少しずつ違っているが、私たちの町の一バージョンのようには感じられた。私たちの町から生まれた町、私たちの町ではありえないほどしっくり和んでいる町。こうした印象が、ひとつには、設計者たちが随所に施した工夫から生じていることは私にもわかった。今日どこでも目にする新しい金属柱ではなく横木にガラスの絶縁器が付いた旧式の電信柱、何も凝ったところはないけれどどこかより良き時代を偲ばせるガラス球の街灯。大半のポーチには古風なブランコ椅子があり、玄関の脇には牛乳の配達箱すら見えた。明らかに、人をかつての時代に連れ戻そうとしているのであり、その狙いは見えすいていても、全体の効果には感心せずにいられなかった。だがそれだけではない。地上の、私たちの町では、たとえ最良の時であっても、ある種の不安、緊張が感じられ、それが家々から街路に流れ出て、木々の葉むらまで上がっている。その不安がどこから生じているのかはわからないが、ほとんどそれが、電線のうなりのように聞こえる思いがすることがある。青空の下の暑い夏の午後に、春の黄昏どきに、玄関のドアが閉まる音と電話が鳴る音とのあいだの静けさに。もちろんそれは単なる印象にすぎない。でもここでは、この地下では、そうしたいっさいを逃れて、違う種類の暮らしを送れるように思えるのだ。

ある四つ角まで来ると、街灯に照らされたテーブルに、ブロンドのお下げ髪の小さな女の子が二人座っていた。二人はぴかぴか光るガラスのピッチャーに入れたレモネードを売っていた。ピッチャーはエプロンやクッキーのたねを連想させた。喉が渇いた私のために、女の子たちはカップになみなみと注いでくれた。飲みながら私は、奥まった柔らかな光の灯る空を見上げた。この明かりは夜には暗くするのだろうか、それともずっと変えないのだろうか。私はカップを下ろし、いま来た方を見てみた。横に並んだ木々の向こうで、アンダーの巨大な、煌々と明かりの点いた棚が、闇の中、古代の平原に建つ都市のようにそびえていた。

5

私はアンダーに戻って、エスカレータでブースに上がり、駐車場に出ていった。陽はひどくまぶしく、額に手をかざさないといけなかった。アスファルトや、陽を浴びて明るく光る何列も並ぶ自動車から熱気が上がっていた。ほんの数年前、この駐車場はモールに面した野原で、背の高い雑草や野生のエゾギクが生えていたことを私は思い出した。二十年前にはモール自体もまだなくて、このあたりは農地だったし、その前となればもう、ボブキャットとインディアンの地だったのではないか。物事はつねに変わっている。止めようはない。車に向かって歩いていきながら、いまふり返ったら、機械が建物を解体し、鉄の柱を建て、ガラス板を宙高く釣り上げているのではないかという気がした。

その後数日、私は自分の用事にかまけて、何も考えなかった。でも実は頭の中で、いろいろ思っていたにちがいない。数日後、手紙でオファーされた職を私は受け容れたからだ。二週間後、実地訓練プログラムが始まった。これは一階の、新しい建て増し部分のひとつにある小さなオフィスで行なわれた。プログラムが始まって一週間くらい経ったところで、私は自宅を、市場価格より高い値でThe Next Thingに売り、地下の新しい界隈にある住宅の賃借契約書にサインした。配達場から離れた、上等の位置にある家で、敷地はいままでより狭いが、キッチンには御影石のアイランドカウンターがあるし、窓は気密性の高い三重サッシで、玄関ポーチにはブランコ椅子がある。こちらは保証金と最初の一か月の家賃を出しただけで、引越費用まで向こうが持ってくれた。しばらくのあいだは楽ではなかった。毎日新しい住まいから車で木々の向こう側の駐車場まで行き、アンダーに入って、上りのエスカレータで地上に上がり、建て増し部分のオフィスまで行く。だがいい面に目を向ければ、住まいと同じ高さで買物ができるのだし、訓練プログラムも申し分ない。ひとたび仕事が始まれば生活はもっと良くなるとわかっていた。

当時はまだ私も時おり古い町を訪ねていったが、そこでも物事は変わりつつあった。本町通りの個人商店はなくなったが――ポリターノ雑貨店、メンズショップ〈クライン〉、煙草屋、新聞スタンド――通りは不景気を脱して繁盛していた。なくなった店の代わりに The Next Thing の特選品アウトレットが出来ていて、大きな板ガラスの窓と新しい日よけがあって、地上の町に住む人たちはアンダーまで下りていかなくても買物ができるようになった。町外れのモールはNTのオフィス群に変容し、新しいメインエントランスが出来て二階も付け加えられた。モールの隣の The Next Thing の古い建物は改装のため閉館したが、一か所だけ出入りできるようドアが残っていた。中を覗くと、作業員たちが鉄の梁を柱にボルトで固定し、新しい五階建てオフィスビルの内壁の輪郭を描き出していた。開いたドアのすぐ中の一階部分では、古いブースがごくわずか残っているだけだった。錬鉄の柵の向こうに、平たい土の地面が広がっているのが見えた。

町の中の家々も変わってきていた。一握りの頑固者の家を除けば、もうどこも上層の被雇用者の所有になっていて、彼らは新しいウイングを建て増しし、床を付け加え、二階のバルコニーや装飾的な塔を作っていた。三車用のガレージ、石のライオンに両側から挟まれた玄関前通路、白く高い円柱のあるポーチ、ステンドグラスの横窓やヴィクトリア朝風の半円形の明かり採り窓が付いた玄関ドアなどを私は見た。ホテルをかたどった巣箱が日よけの木の枝から垂れていた。庭師たちがゼラニウムの苗床のかたわらにひざまずいていた。

数週間後、アンダーの二つの通路から外につながったアネックスで私は仕事を開始した。これが一年三か月前のことである。勤務時間は思っていたより少し長かった。正規の時間は九時から六時だが、毎日退社する前に終えないといけないノルマがあるので、残業が必要になるのだ。車で帰る道のりが短いのは幸いだった。行き帰りともアンダーを通るので、必要なものは平日の帰り道に買っていった。日曜日には地上の町に行って一、二時間過ごしたりもしたが、たいていはひどく疲れていて、公共料金支払いの小切手を書いてクロスワードパズルをやる程度だった。

最後に地上へ行ったとき、かつて住んでいた界隈に行ってみた。自分の家があった一画に行ったが、三階は加わっているし寝室の横には出窓のあるウイングが出来ているしで、ほとんど自分の家だとはわからなかった。通りの向かいで高校生が何人か、白く高い家がうしろにそびえる車寄せでバスケットボールをしていた。私は彼らを道端から眺めた。みんな背が高く、身のこなしはすばやく、陽を浴びて髪が輝いていたが、私の目を惹いたのは彼らの体の優美さ、動きのしなやかさだった。やがて私は別の、きっと初めからあったにちがいない何かに気がついた――からかいの応酬、軽やかな戯れの気分。それはしなやかな動きから自然と湧き出てくるようにも思えたし、そもそも両者は同じものの二つの表われなのかもしれなかった。私はふと、こういう音を地下の町でしばらく聞いていないなと思いあたった。

そこに立って眺めていると、深緑の制服を着た警備員が四つ角の向こうから寄ってきた。従業員証を見せてください、と警備員は私に言った。「ここに長くいるつもりですか?」とカードを返しながら彼は言った。腰に締めた幅広の黒いベルトに指先をつっ込み、好奇の目で私を見ている。「あんた方をこっちで見かけること、あんまりないんでね」と警備員は言った。

このところ、私は仕事で忙しい。帰宅するのはだいたい八時過ぎで、もっとやれ、もっと力を見せろというプレッシャーも強い。こういう成長真っ只中の組織ではそれも当然だろう。組織は我々が懸命に働くことを期待する。彼らは懸命に働くことの価値を信じている。実績が落ちれば警告を受ける。三回警告を受けたらおしまい——クビであり、賃貸契約も更新してもらえないから家も出ないといけない。どこかよその町に移って、新しい従業員に場を譲る。ここではすべてが真剣勝負なのだ。家庭用品、電子機器、建築素材の売上げ率を丸一日データベースに入れたあとは、さっさと家に帰ってソファに寝そべりたい。時には夕食を作りもしないうちにテレビの前で寝入ってしまうこともある。土曜日も半日勤務し、午後もたいてい二、三時間働く。日曜の休みは平日にできなかった買物をし、家事を片付ける。

時おり、カートを押してアンダーの通路をさまよったり、日曜の午後にランプの灯った玄関ポーチでブランコ椅子に座ったりしていると、かつて暮らしていた地上の町の記憶が突如よみがえってくる。子供のころ住んだ、深い涼しい地下室と陽のあたる台所がある家が見え、もっとあとに住んだキササゲの木が見える網戸付き裏手ポーチのある家が見える。キササゲの大きなゴムっぽい葉や、緑の葉巻のように垂れた莢(さや)を私は思い出し、ポーチの網戸で戯れる光を思い出す。それらの家のことを考えるのが私は好きだが、それを取り戻したいというのとは違う。それは別の時代に属しているのだ。中には、そういう時代のみならず、過去ならすべて特別な輝きを帯びているかのような物言いをする人もいる。まあたしかに輝きはある。それはもはや手の届かない何かの輝き、もうそこにないものの輝きだ。手をのばしたところで何にも触(さわ)れはしない。

ここ地下の事態はだいぶ落着いてきたが、それでもいくつか変化はあった。かつての〈リターンウェイ〉は半年ばかり前に閉鎖され、ごく最近、最後のエスカレータも運行をやめた。不満の声は出ているが、地上の誰もアンダーに下りてこないとあってはエスカレータを動かす理由はないし、それに、しばらく外に出たくなったら階段はまだあるのだ。地下のいくつかの区域は維持もいまひとつで、特に、商品が四六時中下りてきてトラックがいつも走っている配達場付近の荒廃は著しい。アンダーでは時に、たとえばガスグリルやグローライトなど、特定の品に注文が集中することがあるが、仕入れはかつてほど迅速でない。苦情課に行って文書を提出することはできるが、場所は行きづらいし、行列は長い。

上の暮らしの方がいいという声も聞こえるが、それはどうだろうか。人はいつだって、よその場所をそういうふうに言うものではないか？　私たち地下の住人は見かけまで違っている、という声まで聞いた。これには一理あるとも思う。こういう暮らしをしていれば当然みんな青白くなる。容易に予想できることだ。まあもちろん、日焼けランプやスキンクリームを使った不自然に色黒い連中は別だが。あと三十年したら私たちは皆ぼてっと柔らかく生白い身になり果て、脚は太く目は小さく細くなると予言する者もいる。こういうのはたいてい、君もこのジムに入れよとか、この驚異の健康法を試してみろよとか誘ってくる連中だ。たしかに、時として私たちには疲れの色、重たさが漂っている。アンダーにいればわかる。このあいだの夜も、私と同じアネックスに住む女性が、通路の真ん中にボーッと立っているのを見た。力なく肩の落ちた体は少しも動かず、目はどこも見ておらず、両手もだらんと下がっていた。とはいえ、週六日長時間働いていれば、それも当然ではないか？　そこらじゅうで見る、死んだような目、たるんだ口の顔もそれで説明がつく。要するに、みんな疲れているのだ。仕事をしていないとき人々はのろのろ動く。あごは低く垂れている。腰に贅肉が付き、むくみが足首まで下りていく。逃れようはない。ここの住人は年じゅう頭痛やら呼吸器系感染やら何やらを患っているなどと言う人もいるが、それならさっさと、アンダーの外に新しく建った病院に行けばいいのだ。仕事の遅れはあとで埋め合わせればいい。地上の人間が全然病気しないみたいに言うのはおかしい。地上には何の問題もないみたいに言うのはおかしい。あれがあったら、これがあったら、とないものねだりをしても得るところはないと私は言いたい。まあたしかに地上はここととは違うかもしれないし、地上の人たちはここととは違うやり方で日々を過ごしていて、私たちが抱えているようなトラブルは抱えていないかもしれない。私自身について言えば、地下へ移って暮らし向きが悪くなったということはなく、家を売ったおかげで銀行の預金も増えた。ただまあ勤務時間は思ったより長いし、街灯はしじゅう消えてしまう。木が倒れても車体にNTと書かれたトラックが回収に来るまで時には何週間も待たされるし、道路の修理も遅れていることは否定できない。時おり新しい改善の噂も聞こえてきて、モノレールが作られて地面での移動は必要なくなるなどと言われもするが、私は期待に胸を膨らませたりはしない。そこらじゅうで続々開店している占いの店は気に入らないし、幽霊や霊魂などの流行や、〈第四千年期〉やら〈破滅の預言者たち〉といったしじゅう耳にする新しいカルトも嫌だが、まあみんな仕事をしていない時間に何かする必要があるのだろう。物事はあのころ思っていたのとは少し違うけれど、地上だって全然完璧なんかじゃなかった。仕事にしても、誰だって働くのだ。ぶっ倒れるまで働く。世の中そういうふうに出来ているのだ。あと九か月で私にも昇進のチャンスが訪れる。このオフィスの隣の、駐車場を見渡す大きな窓のあるオフィスに移れる可能性も十分にある。

先日、オーバー――と、上の町をここではそう呼んでいる――の最後の家が売られたと聞いた。コンタクトオフィスの現場職員があちこち近隣の町でモールを訪れ、写真を撮り、買物客に質問している姿が見られたという噂もある。新しい地下居住区を作るという話も出ている。より大きなより良い新たなアンダー、アンダー同士をつなぐトンネル、私たちの町の下の町といった話を私たちは聞く。そうしたすべてをどう受けとめたらいいのか、よくわからない。興味深い時代である。

私たち異者は

1

私たち異者はあなた方とは違う。私たちはあなた方より気難しく、神経質で、落着きがなく、向こう見ずで、打ちとけず、自暴自棄で、臆病で、大胆だ。真ん中の場所ではなく、自分自身の隅っこで私たちは生きている。真ん中はあなた方に任せる。私たちはあなた方よりよく見ている、と言っただろうか？　何にも増してそれだ。私たちはあなた方をよく見て、あなた方のあとを尾け、あなた方を監視し、年じゅうあなた方のことを考えている。私たちはあなた方の関心を欲する。関心の気配を切望する。私たちは自分を辱める――いつも。ゆえに私たちの嘲笑があり、名高き私たちの恨み辛みがある。だがこんなこと、あなた方にとって何だというのか？

私の名は、もし私にまだ名があるなら、ポール・スタインバック。前世紀なかばに、ブルックリンハイツで生まれた。ごく幼いころ住んだジョラルモン・ストリートのアパートについては、おそろしく狭いので母の脚の横をすり抜けねばならなかった台所と、開けるのを禁じられていた高い窓の向こうにある小さなバルコニーと、パズルのピースで覆われていた楕円形のマホガニーのテーブルくらいしか覚えていない。父親が私と並んで敷物の上に座り込み、キイキイ鳴る黒い鞄を開けて、中からひどくゆっくりと、銀色の輪が一方の端にある、蛇みたいな長いものを取り出す姿がいまも目に浮かぶ。父は厳かにその物体を私の顔の方に持ち上げ、私の両耳に何かを差して、冷たい輪を私の胸に押しあてる。「聞いてごらん」と父は重々しく言う。「お前の命の音だよ」

私の四歳の誕生日のあとまもなく、私たちは汽車に乗ってブルックリンを離れ、二度と戻らなかった。新しい家はコネチカット南部の小さな町にあって、私の寝室からは物干し用の柱とクラブアップルの木二本がある裏庭が見えた。父は自宅で開業し、はじめは苦労していたが次第に繁盛していった。そうした成功は、当時からすでに私の頭の中で、町の向こう側の、ポーチが二つある木蔭の家への引越しによって象徴されていた。開けた玄関ポーチには籐椅子がいくつかとブランコ椅子があり、網戸を入れた裏のポーチにはブルックリンカウチと、レースのドイリーを掛けた祖母の肱掛け椅子があった。私は幸福な子供で、友だちにも好かれ、母に溺愛され、何をするにも父が励ましてくれた。趣味は鉱石の収集、マストや索も揃った船の模型造り、そして首からストラップで提げた自分の二眼レフで写真を撮ることだった。はじめから私は正常な、普通の、環境になじんだ少年だったのであり、待ち受けていた運命の気配すらなかったことを強調しておきたい。八年生のとき科学クラブに入り、ダイアナ・アプリリアーノに恋をした。高校では水泳チームの一員となり、アイススケートを覚え、ハロウィンのパーティでマーガレット・メイスンの口にキスをした。大学で二つのことが起きた。高校で知っていた女の子と恋に落ち、英文学を束の間齧ってみたのち医学系に切り替えた。

奨学金をもらって、国からも金を借りて、ボストンのメディカルスクールに進学した。はっきりさせておきたい。私は奇妙な考えを抱いたりはしなかった。宇宙の神秘をめぐってぐだぐだ考え込んだりはしなかった。三年の実習期間を終えて自分で開業し、ローンを返済して、高校で知っていた女の子と結婚した。一年後、育った町の、昔住んでいたところからさほど遠くない場所にある家の頭金を払った。少しのあいだ私たちは幸せだったが、やがてそれほど幸せでなくなった。妻が流産した。二度目の流産のあと、もう一度試すのは危険だと言われた。妻はふさぎがちになり、内にこもるようになった。生きる喜びが抜け出てしまったみたいだった。彼女がふらふらと、放すまいとする指から紐が抜け出てしまう風船みたいに離れていくのが感じられた。ある日妻はフロリダにいる両親のところで二週間ばかり過ごしてくると言って出かけ、それっきり帰ってこなかった。不幸な時期がしばらく続いた末に、こうなるしかないのだと私は納得するに至った。仕事に打ち込めるようになったし、じきに地域の活動にも積極的に関わるようになった。もう少しで再婚もしそうになったが、何かが間違っている気がして、最後の最後で撤回した。その後の数年、稼業はますます繁盛していった。友人関係も一貫して安定していた。健康は申し分なかった。私の四十六歳の誕生日のあと間もなく父がトリプルバイパス手術をやり、体力もめっきり落ちて歩くのがやっとになった。半年後、二度目の心臓発作を起こして父は亡くなった。母も同じ年のうちにあとを追った。私は両親の家を売り、金融アドバイザーに相談して、投資信託と長期国債から成る、着実に七・五パーセント入ってくるポートフォリオに投資した。私の思考が妙な方へ向かうことは一度としてなかった。私の性格は現実的だった。オフィスをノースメイン・ストリートに移し、翌年の夏、倫理文化協会で医学と倫理について数回の連続講演を行ない好評を博した。この活動に限らず、何をするにもいま・ここに私は集中した。宇宙の謎なんかよりインフルエンザ予防の方が大事だった。ピクニックやディナーパーティに招かれ、友人の輪も広がり、衛生委員会や地域計画委員会にも加わった。五十二歳で気分はほとんど若者のようだった。先行きも明るく、収入は申し分ない。私はまた再婚を検討しはじめた。九月なかばに近いある晩、私は軽い眩暈（めまい）に襲われた。不安な気分と、重たい心を抱えて寝床に入った。ただちに聴診器を取り出し、自分の心臓と肺の音を聴いてみた。そうしていると、父が冷たい輪を私の胸に押しつけて「お前の命の音だよ」と言っている姿を思い出した。あまり働きすぎないようにしよう、少しは休もう、と私は誓った。もうずいぶん長いあいだ休暇を取っていなかった。私は落着かぬ半眠りに落ちていった。

明け方早くに、快い軽やかな気分で目が覚めた。重みが胸からのみならず体じゅうから下りたような気がした。と同時に、心には何か、いままで経験したことのない、奇妙な薄っぺらさがあった。眩暈というより、奇怪なたぐいの明晰さというか、あたかもいろんな事物をいつになく明確に知覚できるようになったと同時に、それらの事物から自分がはっきり隔たったように感じられた。私はナイトテーブルの上のランプを見て、デジタルクロックを見て、ベッドにいる自分を見た。ベッドにいる自分が見えるなんて妙だと思った。視覚系統が変調を起こしているのだろうか。私はベッドにいて、ベッドの外にいて、ベッドにいる自分を見ている。ベッドにいる人影は動かなかった。私は身を乗り出し、もはや自分が息をしていないのを見てとった。首の腱が突き出て、片手が毛布の上で硬直しているのが見えたことを覚えている。ナイトテーブルには私の眼鏡が、黒い拳銃と血のように赤い薔薇が表紙に描かれたミステリー小説の上に畳んで置いてあった。これでもうこの本を図書館に返す人間がいなくなってしまったな、そう思った。その瞬間、ひとつの理解が、恐怖のさざ波のように私の中に広がっていった。そのときにもまだ、その部屋で要するに何が起きたのか、訊かれても答えられなかっただろうが。

2

その瞬間にもう少しとどまらせてほしい。ある感覚が私の中で強まってきている。自分がいまにも何かを理解しようとしているという感覚が。私は仮説を立てる。すなわち、私、ポール・スタインバックはある種の精神錯乱に陥っていて、それゆえ自分を二つの存在として経験しているのではないか。この仮説を立てることができるというその能力自体、この仮説の有効性を私に疑わせる方向にはたらく。五感は私を誤った方へ導いているのかもしれないが、五感を信頼することがいまはきわめて重要であるように思える。五感は私に、私は私の命なき体をベッドの上に見ていると告げている。だがそうやって見ているのは誰か？　私は記憶に相談してみる。ブルックリンにあった、パズルのピースが散らばった楕円形のテーブルが見える。コネチカットの、網戸の入った裏のポーチが見え、クラブアップルの木を見下ろす私の少年時代の部屋へブラインド越しに日の光が射し込んでいるのが見える。私がポール・スタインバックであることに疑いはない。だが彼はそこに横たわっている、ポール・スタインバックは、ベッドに横たわっている。見慣れた手が毛布の上に置かれているのが見える。小指の爪は切る必要がある。息はしていない。もう一人の自分、ベッドのかたわらに立っている方の自分を観察しようと試みると、見えるのは漠然としたかたまり、一種の波動、揺らぎである。この瞬間、私の理解は飛躍を遂げ、自分が何をやっているかもよくわからないまま、私はゲラゲラ笑い出す。

私たちのやることはそれだ、私たち異者のやることは――私たちはゲラゲラ笑い出すのだ。それはいまにも何かを理解しようとしている人間の、耳障りな、不安げな笑いである。まさしく理解に至った瞬間のための別の笑いも私たちは用意している。

私は逃げた。とどまる理由はなかった。いまにも私は理解しようとしていたが、理解したくはなかった。ここではないところにいたいだけだった。そうした欲求が、その後どれだけ馴染みになったことか！　ここではないどこかにいたいという欲求。それが私たちの本性だ。それと、漂っていたい、とどまりたいという欲求。

私は一階に逃げ、裏庭に出た。五感すべてが、大して残ってはいない五感すべてが、人目につかぬようにと私に警告していた。空は黒っぽく光る灰色で、くすんだ石英の結晶の色そのものだった。薄い色の帯が東に見えていた。いまにも太陽が叫び声とともに跳び上がってくるだろう。私は高い生垣を抜けていき、カンバス地の天幕が日蔭を作る石畳のパティオがあるデルヴェッキオ家の裏庭に入った。黒っぽい緑の草の上、暗い夜明けの光の中で沈黙している黄色いスプリンクラーのかたわらにサッカーボールが転がっていた。生垣や柵を抜けて私は庭から庭へ、まだ始まっていない一日の陰に隠れて移動していった。時おりラジオの声、皿が鳴る音が聞こえた。地下室の窓のそばの草に雨樋の切れ端が転がっていた。私はマートル・ストリートを渡り、眠っている二軒の家のあいだに消え、あたかも追われているかのように庭から庭へと急いだ。あるとき、ポーチにいた猫が背中を弓なりに反らし、通り過ぎていく私をフーッと威嚇した。ほかにもいろんな通りを渡って逃げ、あちこちのよく知らない界隈に入っていった。時おりキッチンの窓辺に立っている人影が見えた。東の方の白っぽい帯は薄い青に変わってきていた。じきに私は、町の古い一画に来ていた。巨大なキャンデーみたいに見える赤い反射鏡の付いた郵便箱が、それぞれの家の前の道端に立っていた。ここでは家々も奥まったところに、松や楢に囲まれて立っている。私はガレージの横をこっそり抜け、裏手の芝を越え、トウヒの木立をくぐって、古いサトウカエデの枝から木のブランコが下がっている裏庭に入った。

木の葉の下は暗かった。巻かれたホースが、傾斜した屋根のあるポーチの横のフックから垂れていた。シャベルが手すりに寄りかかって立っている。暗い庭を夜が支配していたが、空では一日が始まろうとしていた。

私はポーチに上がって、木の網戸から中に入った。キッチンでは水切り台にカップが一個と皿が一枚立ててあった。リビングルームとダイニングルームには誰もいなかった。階段には色褪せた絨毯が敷かれていた。二階の廊下で、探しているものが見つかった。木の階段に通じるドア。その階段をのぼり切ったところで立ちどまった。暗い垂木(たるき)が見えた。ガラス製品や玩具がゴチャゴチャ入った古い本棚がいくつも見え、ミシンのかたわらにトルソーが見え、暗い恒久的な薄闇の中で、その日初めて、しばらく休めるかもしれないと感じた。

3

三日のあいだ私は、あたかも牢獄に放り込まれたかのように屋根裏にとどまっていた。二日目のある時点で、またゲラゲラ笑い出した――わかっている者の、短い、苦々しい笑い。それ以外は霧のように黙っていた。ひとつしかない小さな窓から光が流れ込んでくると、暗い隅を私は求めた。夜は落着かずうろつき回った。屋根裏とはどんな家でも一番誘惑的な場所である。百貨店、博物館、滅びた都市のオーラがそこでは合わさっている。そこに集められた物たちに私は少しずつ親しんでいった。あちこちで茶色い荷造り箱が積まれて胸の高さに達し、それぞれの小綺麗なラベルに黒マジックで活字体が記してあった。セーター、ブラウス、ランチョンマット、手袋、ガールスカウト制服（5年）。傾いた木のコートラックにはピンクのプラスチックの花が付いたつば広の麦わら帽、赤地に白いトナカイの模様が入ったニットのマフラー、そして延長コードが掛かっている。古いカーペット掃除器のかたわらには十二部屋のドールハウスがあって、どの窓にもカーテンが付いていて、四人の小さな人形がテーブルを囲み、椅子に座った彼らの体はみな銃で撃たれたみたいに横に傾いていた。熊たち、キリンたち、象たちがいて、裁縫カゴに古いタイプライターが入っていて、背の高い磁器の花瓶には古い電気掃除機のピカピカの金属パイプが挿してあった。一日目のある時点で、裏のガレージの前で車が停まるのが聞こえ、一階で鍵がカチッと回された。足音が床に響いた。ひとつしかないカップとソーサーをさっき見て期待したとおり、足音は一人だけのものだった。その日もっとあとに、彼女が立て電話で話す声が聞こえた。低い、あまり抑揚のない声だった。言葉は聞きとれなかった。彼女が立てる音に私は親しんでいった。キッチンの蛇口から水が流れる音、薬罐(やかん)がピューッと鳴る音、スプーンがカップに当たる音。彼女は朝早くに裏口から出ていき、午後に、ほかの車たちが帰ってくる前に帰ってきた。家の裏手を向いた屋根裏の窓から彼女の車が見えた。小さな銀色のハッチバックが朝にガレージからバックで出てきて、午後にまた中に入っていった。

四日目の夜に私は下りていった。何と言っても、私たちは、私たち異者は好奇心が強いのであり、とにかく我慢できないのだ。絨毯を敷いた階段を下りきると、暗くしたリビングルームのカウチに彼女が座っているのが見えた。キッチンの明かりはひとつ点けたままにしてある。半開きのドアを通って、ほのめく光が暗いリビングルームの真ん中あたりまで入り込んでいた。ずんぐりした、四十がらみの女性で、大きなピンクの眼鏡をかけていて、小さな口は幼い女の子みたいだった。まっすぐ切り揃えた前髪が広い額を覆い、うしろは肩まで垂れている。半袖の、花柄の部屋着のようなものを着ていた。動くとバレッタが耳の上でキラッと光った。彼女は小さな女の子であることをやめないまま大人の円熟した女性になった小さな女の子みたいに見えた。私は立ったまま彼女を見守っていたが、やがて彼女は眉間にわずかに皺を寄せ、あたかも部屋の中に何かいることに気がついたかのように首を回した。

4

私は夜ごと、彼女がテレビを観ている時間に下りていくようになった。私は彼女を観察したかったし、彼女のそばにいたかったし、彼女に——ああ、私たちが何を求めているかなんて誰にわかるだろう、そこに立ってあなたを見守り、心を決めようとしているとき！　彼女はカウチに座って、犯罪ドラマやらオフィスコメディやらに真剣に見入りながら、ハーブティーを何杯も飲み、皿に盛った塩付きアーモンドを齧る。はじめ私は慎重に階段の下から先へは出ず、暗くした部屋を覗き込むようにしていた。すぐ左の壁際にテーブルがあってCDプレーヤーが載っていた。その隣は影に包まれた本棚。カウチは背が本棚の方を向いていて、あいだには人が通れるくらいのすきまがあった。

何晩か過ぎたあと、私はそのすきまのことを考えはじめた。本棚の向こう、半開きのキッチンのドア近くの暗い隅に、ランプテーブルと肱掛け椅子があった。用心深いけれど、生来好奇心もおそろしく強い者が、カウチのうしろをあの肱掛け椅子の方へ歩いていっても、美人弁護士と悪徳裁判官をめぐる法廷でのスリリングな争いに没頭している人物の気を惹かずに済むんじゃないか。ある夜、それが起きた。私はそのすきまを歩いていき、暗い肱掛け椅子に腰を下ろした。実に簡単だった。私はいまや彼女にもっと近づき、もっとよく観察できた。耳がむき出しになった頭の反対側、向こうのクッションに載っているモカシンの室内履きの片方、色の白い大きな膝。もし彼女が首を回したら、そこに彼が見えたかもしれない——B級映画の殺人者みたいに待っている、闇の中の見知らぬ者が。私は彼女に、私を見てほしいと願ったか？　イエスでありノーでもある。結局のところ、私たちの状況は哀れなものだ。私たちの孤独はあなた方には知りようのない荒々しい孤独である。と同時に私たちは誇り高く、傲慢で、知られることを望まない。当面は彼女がいるところにいるだけで十分だった。

一方彼女については、ずいぶん多くを知るようになった。名はモーリーン、これは電話中の相手の声からわかった。コリンズ・ストリート小学校で二年生を受け持っている。平日はいつも午後なかばか夕方に帰ってきて、屋根裏の窓から見ていると時おり食料品の小さな袋を提げていた。帰るとすぐ、絨毯を敷いた階段を上がって二階の部屋に行き、仕事着から部屋着に着替え（ハンガーがこすれる音、引出しが立てる音）、夜見るとそれはゆったりした花柄のスモックか、大きすぎるボタンダウンシャツとだぶだぶのコーデュロイスラックスだった。毎晩、マントルピースの時計（白い陶器の仔猫）で八時ぴったりに母親に電話し、音を消したテレビを観ながら話す。この会話のあいだにだんだんピリピリしてきて、指関節で額をこすったり、手のひらを同じ手の丸めた指で何度も引っかいたりする。電話が済むと大股でキッチンに行き、チョコボールを盛った皿を手に戻ってきて、まるで怒っているみたいに勢いよく貪る。両手と顔の皮膚はとても滑らかで、爪は短く、磨いてある。眼鏡をしょっちゅういじり、たびたび外して、キッチンからの光の方にかざしてはまた顔に戻す。

誰かをこっそり観察するというのは快いものではない。少なくとも私には、ワクワクする全能感とか、精神的・官能的自由の快楽などといったものはまったくない。もしこれで私が、変態的な嗜好を持つ男性であれば、魅惑的な女性の姿を、本人に知られることなく眺めてそういう感覚に浸ったりするのかもしれないが。その暗いリビングルームで、その町外れの寂しい家で、私は何を求めていたのか？　相手を求める欲望と呼ぶのでは、それをもっと上品な領域の感情と混同してしまうことになる。私たちの欲望は、もっと暗い、もっと獰猛な渇望に浸されている――私たちがもはやそうでなくなったものすべてに対する渇望に。

モーリーンが正確にいつ私の存在に気がつくようになったかはわからない。はじめは、小さな徴候があった。首が突然こわばったり、頭が唐突にすっと動いたり、手の動きが止まったりして、耳を澄ましているみたいに見えたのだ。彼女がやや神経質な性質であって、新しい徴候といつもの癖とを区別するのはかならずしも容易でなかったことは言っておくべきだろう。毎晩寝床を出て、玄関のチェーンが掛かっているか確かめに行く。車が通りがかる音がするたび、そっちを向く。時にはキッチンに行って、ブラインドを上げ、裏庭を覗いてみたりした。一度などは警察に電話して、誰かが外に、サトウカエデの蔭にいると通報した。何かが見えたんです、確かなんです。時おりハッと身を起こして、あわててハンドバッグをかき回し、鳴ってもいない携帯電話を引っぱり出した。

　私が思うに、外界の小さな乱れにつねに気を散らされているこうした神経質な性格の人たちこそ、私たちの存在にとりわけ敏感な人たちである。私が部屋に入っていくと彼女が気を張るようになったことを私は感じとった。体がじっと動かなくなって、頭がわずかに傾き、指がこわばり、まるで誰かがうしろから忍び寄ってきてそっと彼女の肩に手を置いたみたいに見えた。点いていたためしのないランプの横の肱掛け椅子に私が身を落着けると、彼女はひどくゆっくりあたりを見回した。時おり片腕をカウチの裏までのばして、あごを前腕に載せ、部屋の中の、自分の背後を見渡す。暗い隅のＣＤプレーヤー、本棚、ランプテーブル、肱掛け椅子。

　ある晩、絨毯を敷いた階段の下から歩み出て、リビングルームの方に入っていこうとすると、何かが変わったことを私は見てとった。彼女はいつものようにカウチに座っていたが、テレビが点いていなかったのだ。リモコンはコーヒーテーブルの上、紅茶の入ったカップの横に置いてある。半開きのキッチンのドアから入ってくる光を別とすれば部屋は暗かった。彼女が待っていることを私は即座に感じとった。自分を訪ねてくるようになったものを、それが何であれ、彼女は待っている。じっと動かず、気を張って、点いていないテレビの前に座っている。私はためらった。屋根裏に戻った方がよくはないだろうか？　あそこなら一応、人生からうち捨てられた物たちに混じって、居場所らしきものを築きおおせたのだ。予測のつかない対面の危険をなぜ冒す？　だが私たちは、私たち異者は、好奇心旺盛なのだ。自分でもほとんど理解できないたぐいの抗いがたい欲求に私たちは駆り立てられている。

というわけで、長いあいだ私はその境界に立ち、議論の両面が烈風のように自分の中を吹き抜けるのを感じていた末に、部屋の中に足を踏み入れた。

5

入っていきながら、過去数日の中で彼女が何か気づいたのだということを私は思い起こしていた。正確に何に気づいたのかはまだわからない。最低限、家の何かがおかしいことには気づいていて、それと正面から向きあうべく行動を起こしたのだ。それは勇気の現われであり、私はそれを、ある種感謝の念とともに受けとめた。この女性に関する私の印象は、孤独な女性、共に時を過ごす相手を――たとえ私のような相手でも――歓迎しそうな人物、というところだった。私自身が境界を越えた理由についてはそこまで明らかでなかった。たぶん、寒さに震える者が火のあるところにいたいと思うように、彼女のいるところにいたいと願ったということなのだろう。でもそれだけではなかった。もっと不思議な欲求が自分の中にあるのが私には感じられた。すなわち、見られたいという欲求。考えてみれば、はるか昔、煙った石英の空の下、自分の家を逃げ出して以来私は誰にも見られていない。

すでに述べたように、カウチは部屋の真ん中、テレビと向かい合わせに置いてある。カウチの向こうの隅には、私の肱掛け椅子が、ランプの点いていないランプテーブルのかたわらにあった。けれども肱掛け椅子はもうひとつ、もっと社交的な肱掛け椅子が、カウチとテレビのあいだに、どちらとも向きあわない方向に置いてある。いまこの椅子に向かって、カウチのうしろを通り、後頭部から距離を保って進んでいくさなか、突如この頭は子供の悪戯なのだという思いが湧いてきた——きっといまにも、モップの柄(え)がカウチのクッション二つではさんで立ててあるのが見えて、モップの頭がカウチの背の向こうから覗いているにちがいない。カウチの端まで来て私は一気に向きを変え、椅子まで進んでいった。そこに私はぎこちなく、彼女の横顔と向きあって立ち、肖像画の銀行の頭取みたいに片手を椅子の背に載せていた。

　彼女は首を回しはじめた——きっちり私のいる方ではなく、私が立っているかたわらにあるその空いた椅子の方に。彼女が私の存在を感じはしても、位置を間違えたせいで、内なる痒みのような一種落着かぬ苛立ちが私の胸に満ち、もう誰がどう思おうと構うものかという気になって私はいきなりくるっと回り込んで椅子に座った。だが彼女はすでに椅子の向こうに目を向けていて、まずは半開きのキッチンのドアの方を見て、次に部屋の隅の、ガラスのボウルが載った小さなテーブルの方を見た。この二番目のしぐさゆえに、どうしようもない無力感に襲われて、私は顔をそむけずにいられなかった。その瞬間、これからはずっとこういうふうになるのだという思いが体を貫いていった。こうして非在と空虚を味わうことになるのだ、さっさとこんな馬鹿な真似は切り上げて屋根裏に戻って蜘蛛か蝙蝠（コウモリ）みたいに暮らす方が身のためなのだ、と。顔を上げると、彼女がまっすぐ私を見ていた。片手はカウチのクッションに平たく押しつけ、もう一方は喉のすぐ下の一点まで持ち上げていた。冷たい風から身を護っている女性のように見えた。私は彼女がいまにも跳び上がるのを、コーヒーテーブルを倒して紅茶の入ったカップを絨毯の向こうまで飛ばしあたふたと部屋から出ていくのを待ったが、次に起きたのはまったく予想外の出来事だった。気まずさと、悲しさと、強い恥の念に打たれた私は椅子からゆっくり立ち上がり、一度だけ彼女の方を見て、部屋から出ていったのだ。私が退却していくあいだ、彼女はカウチに座ったまま片手をクッションに押しつけ、もう一方を喉の下にとどめていた。

6

次の日は一日じゅう屋根裏に閉じこもっていた。その間（かん）ずっとせかせか歩き——私たちはせかせか歩くことに長（た）けているのだ！——部屋の隅に身を投げ出し、跳び上がり、動きまわり、金属の縁取りが付いたトランクだか人形たちの入った箱だかの上に倒れ込んだ。臆病にも逃げてしまった自分に腹が立ってたまらず、溶けて煙になってしまいたかった。と同時に、自分が彼女に見られたあの情けない一瞬を私は何度も思い起こした。彼女は私を、真夜中に女性が路地で、頭に襤褸（ぼろ）切れを巻いて手にナイフを持った男を見るような目付きで見たのだ。ああいうふうに見られるのはいいものじゃない。特に、屋根裏から下りてきて、求めていた身には……何を求めていたのか？　九月の夕べの、郊外の住宅のリビングルームでの同好の士との快い出会いを？　とはいえ、自分を明かしたいという渇望は、私たちの中で病気のように広がるのだ。でも一方で、見られずにいたい、絶対見られたくない、森の奥で育つ菌類のようにひっそり存在を――存在を！――全うしたいという気持ちもまた真実だ。

　夜になると私はもはや耐えられなかった。下りていったが、あくまでリビングルームを一目覗いたら家から逃げ出すつもりだった。彼女はそこに、闇の中で座って私を待っていた。辛抱強く、粘り強く待っていた。その待つ思いが、遠くの嵐のように私には感じとれた。外に、夜に出ると、突然何もかもが広がる気がした。子供のころ、パン屋の脇の、道路の下を流れる小川沿いを通って、晴れた野原に出たときみたいだった。私は本当に、いままでずっと、一歩も外に出ていなかったのか？　ほとんど真っ暗の家に私は傲然と背を向け、夜の中へと勢いよく歩み出ていった。

　私たちはいつもこうやってポーズを採るのだ、私たち異者は。これも私たちの情けない本性だ。それでも私は、夜の旅に乗り出しながら、まずまずいい気分だった。九月に時おり訪れる、まだ夏のような、空が巨大な劇場の暗い青色の天井のように思える夜だった。私はその劇場に、閉館時間もとっくに過ぎたのに入れてもらったのだ。誰かが大きなハサミで月をきっちり半分に切っていた。私は庭から庭へ、動くことの新しい力を発見しながら漂っていった。私たちのような者の行く手を阻むものは何もない、ということでは決してないが、私たちはそれなりの自由をもってさまようのであり、好ましい状況にあっては、その彷徨が譫妄（せんもう）にも似た悦びで私たちを満たしたりもする。夢のようなたやすさで私は生垣を抜け柵を抜け、胸の内に生じたさざ波、はためきは侵犯の実感そのものと思えた。時おり家々の暗い裏手のポーチに私はさまよい出て、しばし長椅子に寝そべったり、動かないブランコ椅子に座ったりしては、また先へ進んでいった。

そういう悦楽はあっという間に色褪せる。私は裏庭の世界の向こうへと乗り出し、じきにかつて通った高校の石の柱や高い窓を見上げていた。中に入って、オリーブグリーンのロッカーが並ぶ廊下をぶらつき、階段をふらふらと上がり、ある教室に入るとそこが三十五年前に英語の授業を受けた部屋だと突然気づいたが、机は変わっていたし、黒板も何かがまるっきり間違っていた。私はマーガレット・メイスンの二列うしろに座っていたものだった。彼女が着ていたダークグリーンや茶色がかった金色の厚いセーターを私は思い出した。部屋の横の高い窓から、運動場と遠くの線路を見下ろした。彼女がセーターの袖を押し上げて長い前腕をさらすしぐさを私は思い出した。だがすでに私は強いもどかしさを感じていた。私はここで何をしているのか、十代の博物館に入り込んだ青白い犯罪者みたいにこそこそ這い回って？　廊下に戻ると別の階段があったので下りていった。下りて一階の廊下に曲がると、奥の方でカーテンが揺れるような動きが生じたのを感じた。嫌悪の、ほとんど憤怒の念とともに、わが同類を見ていることを私は理解した。

その瞬間まで私は、自分が一人だけではないことに思いあたっていなかった。いままではひたすら、自分の新しい存在様式に手探りで入っていき、モーリーンの許への夜ごとの訪問についてあれこれ考え、言ってみれば自分自身に慣れることで精一杯で、一日一日を切り抜けることでなけなしのエネルギーを使い果たしていたのである。それがいま、突然、己の思い込みの狭い輪から抜け出て、より広い領域に出てきた思いだった。と同時に、いま言ったとおり、追放者仲間と一緒にされた感触は快いものではなかった。体育の授業での太った男の子は、体育の授業でのもう一人の太った男の子を好きになるか？　いいや、私は距離を保った。私たちはみんなそうなのだ。だんだんとそれを、湧いてくるその嫌悪を抑えることを学ぶが、嫌悪はいつまでもなくなりはしない。

いま私を襲ったのは、自分でもはっきり理解できない烈しい欲求だった。あのリビングルームに、私は戻りたくてたまらなくなったのだ。同類の前に出ると、もはや自分では戻れないものに、いっそう烈しく焦がれるということなのか？　夜の旅はその魅力を失った。帰り道のことは何も覚えていない。

彼女はまだそこに、公園に置かれた大理石の記念碑のように座っていた。その姿勢がどことなくぎこちないと思ったが、きっと眠っているのだとじきに察した。カウチの向こう端に寄りかかり、片腕をカウチの背に沿って這わせ、頭を腕の窪みに載せている。何かを待って——私を待って——寝ついてしまったにちがいない、この大きな大人子供の女性を哀れに思う気持ちが募ってきて、手を差しのべたい衝動に私は一瞬駆られた。でもそれは私たちのやり方ではない。絶対に私たちのやり方ではない。私はカウチの反対側の端に腰かけ、彼女をじっくり観察した。頬を腕に押しつけているせいで、一方の口許が引っぱり上げられ、何だか歯を剝いて威嚇しているみたいに見えた。空いている方の手は、手のひらを上にして膝の上に載っていて、指は開いてわずかにカールし、見えないミカンを持っているように見えた。

長いあいだ私は、眠っている彼女を見ていた。護っている、と思わずにいられなかった。いまにも彼女が眠たげに目を開けるものと私は想像した。彼女はそこにいる私を見るだろう、護ってくれる者を、兄を。だがそんなのは私たちの、私たち異者の感傷にすぎない。彼女は死んだように眠りこけていた。

　とうとう私は、屋根裏に戻ろうと立ち上がり、曲げた身をカウチに預けて眠っている彼女を見下ろすと、気まずい思いに襲われて、突然、大げさに、仰々しく、馬鹿馬鹿しく一礼した。

7

　翌日の夜、どうすべきか思案して屋根裏を歩きまわりながらも、私はその一礼のことを考えた。私たちはある種つながりのようなものを築いたわけだが、私としては最初の出会いの二の舞は避けたかった。屈辱の念がいまも私の中で燃えていた。それがふたたび訪れる危険を回避するだけでも、一種の勝利と思えた。勝利？　私たちに勝利なんかない。私たちにとっては、失敗の味が強いか鈍いかだけだ。私たちは悲哀の王だ。輝かしい勝利はあなた方にお任せする。

　それに、モーリーン自身賢明にも理解に至ったとおり、私たちにとって唯一自然な環境は暗闇である。光は私たちを、耳に浴びせたどなり声のように傷つける。私たちは本能的に、キッチンの流しの上のぎらつきを避け、暴力的な緑の数字を示すクロックラジオを、ソケットで咆哮を上げている不吉なナイトライトを避ける。垂木が斜めに下がって床板に至る静かな場所が私たちには好ましい。もっと昔、光が狂信的に増殖する以前、私たちは疑いなく、世界の闇の中でもっと存在していたはずだ。もっとよく見えて、もっと身近で、物事の生地の中にもっと織り込まれていた……といったような思考をたどっている最中、突如光が生じ、またすぐ消えたので私はギョッとした。

彼女が屋根裏へ通じるドアを開けて――見えたのは廊下の光だったのだ――すぐ閉めたのだった。闇の中、彼女は階段をのぼって来る。いままで屋根裏に入ってきたことは一度もない。入ってきたということ、闇の中で入ってきたということは、脅威でもあり示唆的でもある。すなわち私を探しに来たということがこれでわかる。幸い私は、階段から遠い位置にいて、巨大な熊が座っている古いカウチのかたわらに置かれた籐の洗濯カゴの陰にしっかり隠れていた。ちょっとでも動いたら勘づかれてしまう恐れがある。階段をのぼり切ると彼女は立ちどまった。そこに長いこと立っていて、まるで近所を走ってきたみたいにその息遣いが聞こえた。彼女は一歩前に出て、また止まった。たっぷり五分動かずにいた末に、回れ右して階段を下りていった。

この屋根裏行きを引き起こした責任が、ある意味で自分にあることを私は理解した。この家に棲みついたと感じられる存在を探して、彼女は家じゅう見てまわるだろう。そしてもうひとつのことを私は理解した。モーリーン自身の場で彼女と対峙する方が私には好都合だ、と。

リビングルームから彼女の足音が聞こえないか、耳を澄ませてから私は下りていった。闇の中、彼女は地下世界の女王のようにじっと座っていた。今回私は決断力ある足どりで入っていき、そうしながら、この家に入った瞬間以来、決断力をもって行動したことがほとんどなかったなあと感じ入った。私たちは、私たち異者は、決断力ある者たちではないのだ。というか、私たちの決断力は間断的であり不規則であり、麻痺状態があいだにはさまり、決断力というよりはどう見てもその反対に思える。そして私はあのもうひとつの人生を、活力と確信をもって障害物を次々突き抜けていた人生を思い起こした。だが私はすでに彼女の前を横切って部屋の向こう側に来ていて、カウチともテレビとも向きあっていない肱掛け椅子に座っていた。

尻に敷いたクッション同様に彼女はぴくりともしなかったが、そんな彼女に変化が生じたことを私は感じとった。それは突然の、気を張った緊張であり、身を引き締めると同時に、準備に入る営みでもあった。彼女の五感がすべて一気に開いていた。闇の中で彼女の顔が見え、その顔がおおむね――正確にではないが――私の方を向いているのが見えた。そこに誰かを見つけようとするかのように、彼女の目が動いた。

「何が望みなの?」と彼女はやがて訊ねた。

私は彼女が喋るとは予想していなかった。その声の中に冷たさと、怒りが聞きとれた。私的な生活に侵入された女性の怒り。それにまた、わずかな好奇心も聞きとれた。そしてまだもうひとつ――一種用心深い、疑り深い希望のようなもの。それは、どうしようもなく退屈な人生がようやく予想外の、未知の方に向かいはじめた人間が持つたぐいの希望だった。

私たちは、私たち異者は、喋るのを好まない。闇に棲むのと同様、沈黙に私たちは棲んでいる。それが自然なのだ。私たち同士のあいだでも、生じるのは一種、沈黙の言語とも言うべきものだ。だがそれについてはあとで述べる。当面私は、彼女の問いに答えねばという、やるせない欲求を感じた。

「私の望みは」と私は言って、黙った。自分が喋るのを聞くのは初めてだった。ひどく遠くで発せられた声のようなものが聞こえた。かすかな、細い、さざめく声、風に吹き飛ばされた声。

「私の望みは」と私はもう一度言った。「私の望みは――」その揺らぐ言葉の響きが、叫び声のように私の耳の中で鳴った。暴力のような欲望を、憤怒のような苦々しい渇望を私は感じた。そのあまりの強さに、まるで闇の中で自分で自分に襲いかかったかのように私は怯えた。

「大丈夫よ」と彼女はやがて言った。「何もかも上手く行くわ」。そう彼女が言ってくれたことが有難かった。彼女は私の苦境を感じとってくれたのだ。そしてそうした言葉が腹立たしくもあった。何ひとつ上手く行くはずなどないのだから。

8

私がそこに黙って座ることを彼女は許容してくれた。とにかく私が来たというだけで十分らしかった。それにまた、じきに私が部屋を去ろうとして立ち上がったときにも彼女は異を唱えなかった。ただし私に向けたその目付きは、明日もまったく同じ時間に私はここにいるわよ、と告げているように見えた。かくして私は次の晩も彼女を訪ね、その次の晩も、と、たちまち習慣が出来上がった。この対面に備えて、彼女はいつも入念に準備していた。夕食が済むともう一度着替え——ハンガーがぶつかり、引出しがどすっと鳴る——時には長い間（ま）が空いた。鏡で自分をじっくり見ているのか、それとも目をぎゅっと窄（すぼ）めて髪を梳かしているのか。リビングルームに入ってくるとブラインドを閉じ、お茶と本を携えてカウチに座る。時おり、かすかにブーンと、うなるような挽（ひ）くような音がした。授業プランを作っているか、二年生が提出した練習問題を採点しているかで、電動鉛筆削りで鉛筆を削っているのだ。八時になると、母親に電話した。それが済むと、チョコボール。テレビから低い音が聞こえて、時おりランプを切るカチッという音がした。晩がさらに更けてくると、カラカラというかすかな音が聞こえたりもした。塩付きアーモンドを皿に空けているのだ。ある時点で、彼女がリビングルームの中を動きまわるのが聞こえ、裾の長いカーテンを窓に引いているのがわかった。キッチンに入って天井の明かりを消し、残った光は流しの上の蛍光灯だけになる。そうしてやっと私を迎える態勢が整う。完全に闇でない闇の中でカウチの定位置に就き、脚を畳んで引き寄せ、スカートの皺をのばすか、スラックスの膝あたりを整えるかし、リモコンを使ってテレビを消して、不動の状態へと沈み込んでいく。

このころ、私も下りてくる。私も待っていたのだ。私が肱掛け椅子まで進んでいき、私たちの晩が始まる。

私が喋りたがらないことをモーリーンは理解したが、彼女自身は話したいことがたくさんあった。ヴァーモント北部の小さな町で過ごした少女時代を彼女は語った。本をたくさん読む、眼鏡をかけた少女だったモーリーンは、自分より可愛くて瘦せている姉の方を母が大切に思っていると感じていた。長いこと男の子たちの誰も目を向けてくれず、高校の最終学年になってロン・オルセンがパーティに誘ってくれたけれどパーティの途中でロンは別の女の子と一緒に帰っていった。ヴァーモント大学に進学し、卒業して故郷の町の小学校教師になった。職場で年上の男と恋に落ち、結婚し、一年後、夫が別の教師と浮気していると知って離婚した。まずはニューヨーク州北部に移ったが溶け込めず、次にコネチカットに来て、以来二十年以上ここで教師をしている。ここの社交生活は閉ざされていて独身女性には入りづらかったが、母親からはいつもせき立てられていた。姉とは年に一度、感謝祭のときに会うだけだったが、二人いる姪の上の方のアンドレアとは仲よしだった。彼女にとってアンドレアは娘のような存在で、アンドレアも自分の母親に会いに行くよりモーリーンに会いに来る方が多かった——まあそれも無理ないけど。

私はこうした打ちあけ話を、いくぶん上の空で聞きながら、いったい自分はここで何をしているんだろうと首を傾げるのだった。たしかに、話しかけられることは楽しく、何を言われるかはほとんど問題ではなかった。時おり彼女は、いきなりさっと私の方を向いて私の気を惹いた。「あなたのこと、いつも見えるわけじゃないけど」と彼女は時に言った。「でもいればいつもわかるのよ」。明らかに私たちは、私たち異者は、自分たちには理解できたためしのない法則に従って、見えたり見えなくなったりしているのだ。「いまは見えるかい?」と私は一度、あの震える声で言った。時として私は、思わず声を出してしまうのである。「ええ、見えるわ」と彼女は答えた。「すごくよく見える。あなたは髪を七三に分けている——眼鏡をかけている——あごはがっしりしている——立派な見かけの男性。スポーツジャケットを着ていて——杉綾模様(ヘリンボーン)、だと思う——ボタンは留めていなくて——ネクタイもしていない。指は長い」。またあるときは、私の眼鏡は見えるし全体の体形も一応わかるけれど細部は全然見えなかったりした。こうしたことに私たち異者は異様にこだわる。自分たちに関する話はいくら聞いても聞き足りない。

モーリーンが私に惹かれた原因と、私がモーリーンに惹かれた原因とは微妙にずれていることを私は理解した。質問はしないよう気をつけていたものの、彼女は私の生涯に強い好奇心を抱いた。私のことを知って、私を自分の人生の中に取り込もうとしたのである。時おり彼女は、求愛されているさなかの人間のようにふるまった。私にとって彼女は……つまるところあなた方の一人だった。彼女に関心がなかったとは言わない。そういうことではまったくない。ある種の愛らしさ、どこか艶っぽい無邪気さが彼女にはあって、そのよさは私も見逃さなかったつもりである。だが私は私であり、彼女は？――彼女は私が残してきたすべてだった。私たちが、私たち異者があなた方に惹かれるのは、私たちがもはやそうでないものすべてをあなた方が持っているからだ。私たちは嫉妬している。私たちは怒っている。耐えがたい渇望に満ちている。あなた方にとって私たちと一緒にいるのはいいことではない。こうしたことを、モーリーンはいっさい知らなかった。彼女の恐ろしい幸福を私は感じとった。

こうして私たちは晩を過ごした。それなりに長かったり短かったりする時間のあとに、私は黙って立ち去る。彼女は目に見えて残念そうだが、明日の夜も私が来るとわかっているせいでその無念さも和らいでいる。彼女の中で、期待が傷口のように開くのを私は感じとった。一方私は、早くも落着かなかった。屋根裏に帰ると、彼女がギシギシ音を立ててベッドに入るのを待って、二階分の階段を下り、夜の中に出ていった。

9

夜の楽しさ！　あの切ない彷徨、あの自由の予感と忘却の気配とを伴った彷徨をひとまず楽しさと呼ぶが、本当は別の言葉があってしかるべきだ。私にとって夜とは、より大きな屋根裏であり、そこでは私の落着かなさもいっそうのびのび慰みを求めることができるのだった。闇は決して十分闇ではなかった。田舎道まで来ても上から睨んでいる街灯を私は逃れ、町の店舗の照明、温かく灯った家々の明かりを避けた。私は夜の侘しい横道の徘徊者、消し去られた場所を捜し求める者だった。照明のない教会墓地の傾いた墓石、店じまいしたアイスクリームスタンドの背後にある松の木やピクニックテーブルを私は歓迎した。見捨てられた公共の場にはある種の詩情がある。私は夜の寂寥（せきりょう）たる物たちのマニアになった。洗車場のかたわらに並ぶ三つのゴミ収集箱。スーパーマーケット裏手の積み下ろしスペースに積まれた木のパレット。使われなくなった遊び場の滑り台のかたわらで鎖から垂れているブランコの列。私は道具小屋の芝刈り機の友であり、ビニールシートの掛かった薪の山の横にあるバーベキューグリルの伴侶だった。夜の裏庭で、兎たちは石の彫刻のようにじっと動かず、やがて、跳躍するバレリーナのように暗い芝生を駆けていった。でっぷりしたゴミバケツの陰からアライグマがこっちを窺っていた。

　白状しよう。私は詩情のみを求めていたのではなかった。高校での出来事はまだ記憶に生々しかった。時おり、彼らの一人に私は行きあたった。影の徘徊者、見捨てられた場所の探求仲間。私たちは、私たち異者らしくぎこちなく、唐突に挨拶のしぐさを交わし、またそれぞれの孤独の中へ戻っていく。ある夜帰り道に、どこかの家の裏庭に入ると、芝生の左右それぞれに人影が立っているのが見えて私はハッとした。「見えて」と言ったが、同類を認知するのは、見るというのとはちょっと違う。何よりもまず、それはほとんど触覚的な認識である。真っ暗な部屋に入っていって、誰かほかにもいるのがわかるような感じなのだ。こういう言い方が大まかな近似値にすぎないことは理解してもらわないといけない。私たちに触覚など何の縁もないのだから。第二に、異者がいるとわかるとき、それは絶対的な直覚――たぶんこの言葉が適切だろう――であって、そこには物理的な見かけをめぐる情報も含まれる。見ることとの違いは、視覚からは得られない要素も私たちにはわかるという点にある。たとえば後頭部とか、ポケットにつっ込んだ手の形とか。あたかもその直覚の瞬間において、異者の存在を丸ごと、視覚の特徴である視野の限界なしに経験するかのようなのだ。それが私たちのありようだ。どうしてそうなるのかはわからない。とにかくそうなのである。

というわけで、二つの人影がいて、一人は六十ぐらいの男で、くしゃくしゃのスーツを着てガレージのかたわらに立ち、ボタンを留めた上着からネクタイがはみ出ている。もう一人は三十ぐらいの女で、ブラウスに膝丈のスカート、髪をきつく引っつめ、背筋をまっすぐのばしてユリノキの下に立っている。二人とも私が庭に入ってきても驚いた様子を見せなかった。私は生垣の隅、両者から十分離れたところに立った。この陰気な出会いは大きくぎこちなくはなかった。彼らが、私たちが、その家に入ろうと待っていることを私は理解した。

じきに裏口からひとつの人影が出てきて、ポーチに立った。これが入れという合図だった。人影は私たちを率いて誰もいない家を抜けていき、屋根裏に上がった。私の屋根裏よりずっと広く、にぎやかに散らかっていて、垂木は高く、あちこちに仕切りがあっていくつもの小部屋に分かれていた。私たちの同類をこんなに大勢見るのは初めてだった。樽やトランクの上、壊れた椅子や古いカウチに座っていたり、こっちでは背をのばして立っていたり、そっちではむき出しの床に座り込んでいたり、劇場で開演を待つ観客のように屋根裏を満たしていた。実際、みんな明らかに何かが始まるのを待っている。いくつか新しい人影が入ってきて、空いているスペースに分け入っていった。私たちは、私たち異者は、もちろん同じスペースを占めることができるが、これは考えただけで言いようもなく胸が悪くなる。うっかりそういうたぐいのことが少しでも起きると——腕が腕をかすめて交じりあうとか——私たちは吐き気に襲われる。

四十くらいの、セーターにジーンズの人影が木の箱の上にのぼって、グループに向かって話し出した。だがこれも間違った印象を与えてしまう。私たち同士のあいだで、私たち異者は絶対に喋らないのだ。私たちの思考は、無言のうちに投影、というか放射、されて即座に把握される。といってべつに、暗い秘密が他人にも伝わってしまうということではない。思いは言葉にされたのち、意志の力で外に送り出されねばならない。そういう沈黙の発話を私たち同士では用いるのだ。

集会のテーマは、私たちという存在の本質ということだった。先週は私たちがそもそも存在すると言えるのか、言えるとしたらその存在の本質はいかなるものと言えるのかを話しあいました、と人影は言った。議論は決着がつかぬまま終わってしまいました。今夜はこの問題に斜めから迫ってみようと思います。私たちがいまこうして居合わせている世界における、私たちの能力に関する問いを検討することから始めるのです。すなわち、私たちと、物理的事物との関係をめぐる問いです。もし、経験から示唆されるとおり、私たちが非物質的な存在であるならば——と人影は言った——なぜ私たちは、事物とある種の関係を結ぶことができるのでしょう？　たとえば、なぜ椅子に座れるのか？　周知のとおり、そうした物質的と思える関係を結べる事物を、やろうと思えば通り抜けることも私たちにはできます。そしてまた、やはり周知のとおり、物理的世界とは何の関係もない様式に長いあいだとどまることもできます。では、私たちの本性はいかなるものなのか？　私たちはいかなる力を有しているのか？　一部の者が主張してきたように、私たちは意志の力で物質を動かすことができるでしょうか？　私自身はそれを目撃したことはありませんが、不可能だと決めつけるつもりもありません。私が考えるに――そして私はこうした事柄を長年ずっと考えてきました――私たちはあくまで非物質的な存在ですが、ある種の状況下においては、物質性の方へ移行できるのではないか。より正確に言うなら、自分がいる場の物理的条件に、自らを適応させる力があるのではないか。この力がいったいどのように生じるのかは不明です。私自身の経験から鑑みて、多くの場合それは、私たちが棲みつく家に棲んでいる者たちに起因しているように思われます。

人影が言ったことや、その後に続いた議論をここですべてくり返しはしまい。私が彼の言葉に深く惹き込まれ、その言葉が私の心の核を打つように思えた、とだけ言えば十分だろう。集会は夜遅くまで続いた末、いささか唐突に終了した。集会が週に一度、その夜は誰もいないとわかっている家の屋根裏で開かれることを私は知った。私たちは同類を避けるが、何らかの内なる促しによってたがいに惹きつけられもする。おそらくそれは、異形の者が見せ物テントの端を持ち上げたいと思う欲求と変わらないのだろう。

外に出ると、夜はもうその魅惑を失っていた。自分の屋根裏に戻ると、すでに窓から夜明けの筋が見えた。安らぎの乏しい休みに入っていくなか、物質的と呼べるような関係をいま自分は床板と結んでいるのだろうかと考えていると、モーリーンがベッドからクローゼットへ向かう音が早くも聞こえてきた。クローゼットで彼女はローブを羽織り、階段を下りてキッチンへ向かうのだ。

10

その後三週間については簡単に済ませよう。物事はそんなふうにして起きる。一時間が拡がって何世紀にもなり、三週間が押し潰されて一センテンスの空間に縮む。私の生活は、それを生活と言ってよければ、ひとつの形に収まっていった。マントルピースの仔猫の時計で九時半に、暗くしたリビングルームに入ってモーリーンと一緒に一時間半過ごす。それから屋根裏に戻って、彼女の寝支度の音が聞こえてくるのを辛抱強く待つ。そうして夜へ出ていって、あちこちの見捨てられた場所を探し出し、言語に絶するわが存在の、思考に絶する本質の理解に努め、またその理解から逃げ出し、家の最上部の闇へ戻り、やがて屋根裏の埃っぽい窓を通って最初の灰色がほのめきはじめる。一方、週一度の集会にも出席して、さながら地域の安全を守る市民組織の責任ある一員のようにふるまった。習慣は規則的、混乱のさなかですらブルジョワ的たる自分が、この新しい、人生ならざる人生に身を落着けていくのを私は実感した。

周りの世界は変わらなかった、というのではない。秋が迫っていて、木々も――だがそんなこと、私たちのような者に何の関係がある？　私たちは寒さに震えもしない、マフラーもコートも要らない、そんなものはあなた方のためにある。私たちの憂鬱にも、秋の装飾なんか要らない。というわけで、秋とはただの事実。変わりつつあるのはモーリーンだった。彼女の待ち方に、だんだん期待がみなぎるようになったのだ。それが空気の中に感じられた。そして見えもした――彼女はいまや、より手の込んだ服に着替えるようになった。ある夜下りていくと、ふわっと膨らんだくるぶしまである黒いドレスを着て、ラベンダー色のショールを肩に掛け、大きなループイヤリングがドアノッカーみたいに垂れていた。またある夜は、腿の真ん中ぐらいまでしかないミントグリーンのプリーツスカートをはき、白いVネックセーターを幅広の赤いベルトにたくし込んでいた。ヘアスタイルも衣裳に負けず変化し、ある夜は泡のごときカールのかたまり、次の夜はきっちりしたアップでうしろはフレンチツイスト。時には早口で喋り、ゲラゲラ笑い出し、両手を振り回す。またあるときは黙って座り、じっとひたむきに私を見るものだから顔をそむけるほかなかった。沈黙を望む私の欲求は依然尊重してくれたが、私を話の中に引き入れようとあれこれ策を弄するようになった。「私が質問するから、あなたはイエス、ノーを頷いてくれるだけでいいわ。いい？　行くわよ。あなたは私のことを少しでも……その、魅力的だと思う？　だから、これくらいでも？」。そうして片手をかざし、人差指を親指から一センチくらい離す。私は彼女に言いたかった。もし私たちが別の時に、別の宇宙で出会っていたら……だがそんなことを言って何になる？　彼女の熱情は私を落着かなくさせた。本気で私に何か期待しているのか？　サウスメインにオープンした新しいビストロに連れていけとでも？　蠟燭の灯った隅のテーブルに私たちが向きあって座ったところを私は想像した。人々はあんぐり口を開けて立ち上がり、ナプキンが落ちて、ワイングラスが転がって白いテーブルクロスに赤いしみが広がっている。もっと面白いのは――彼女は私に、母親に会ってほしいと頼んでくる。「お母さん、こちらはポール。ポール、お母さんに挨拶して」。この情景を細かいところまで思い描いていると、空気が変化したことに私は気がついた。いつもより濃くなって、私を圧迫してくる。見れば彼女がこっちへ身を乗り出し、ゆっくりと片手を差し出していた。そのとき訪れた感覚を説明するのは難しい。それはひどく張りつめた、何よりもまず危険の感覚だった。何か恐ろしい、醜悪なものが部屋に入ってきたような気分だった。

　私は生来怖がりではないし、女性の体に怯えたこともない。この恐怖は別の種類のものだった。それは私の中のすべての粒子で燃え上がった警告だった。肉体的な恐怖ではない。闇の中に一人でいる子供が感じる恐怖だった。

　私は立ち上がった。うしろに下がった。逃げた。

　その時の私はまだ、私たちがあなた方の同類と結びうる関係について知らないことがたくさんあったのだ。

　彼女は察した。二度と私に触ろうとしなかった。次の夜、彼女の顔には疲れと感謝しか見えなかった。私がいなくなってしまわなかったことへの感謝だ。私はといえば、なぜこうして戻ってきたのか、苛立たしい思いで自問せずにいられなかった。彼女に対する私の立場は耐えがたいものになってきている。こんなところで私は何をしているのか？　どこであれ私は何をしているのか？　彼女の同類からは追放され、自分の同類からも距離を置き、私は何でもなかった、まったく何でもなかった。だがこれすらも真実ではない。そうだったらいいのに！　何でもないことの単純さ、純粋さに私はどれだけ焦がれたことか！　だが私は何ものかだった。風に吹かれた、落着かなさのかたまり。いまだ自分でもはっきりしない理由ゆえ私は彼女に接近し、それによって彼女の中に馬鹿げた情熱を目覚めさせてしまった。私はこの家を去るべきだったのだ、この町から、この太陽系から逃げるべきだったのだ。でもどこへ行ったらいい？　第一、私は弱かった。私たちはみな、私たち異者は、弱いのだ。弱い者は危険である。くたばれ、私たち。

　この間(かん)も、集会はおろそかにしなかった。そこにはクエーカー教徒の集いのような空気、秘密組織の空気があった。本能的な嫌悪感はまだ抑える必要があったが、それでも私はよその家の屋根裏にのぼって行き、空いているスペースを見つけて座った。ある者たちは無意味に長く、うんざりするくらい長々と喋った。物事の核心をしっかり衝く者も少数いた。セーターを着た人影がどこに座っていても、彼が立つたびに私は気を入れて聴いた。「現前(プレゼンス)」と呼ぶ現象について彼は一度ならず語った。すなわち、私たちの一人があなた方の一人の前に姿を現わす現象である。これがはたらくのに必要な具体的条件は、依然私たちには未知です、と彼は言った。この現象が起きるには、相手側が受容する力に富んでいる必要があることは明らかですが、何をもって受容する力とするのかはおよそ明らかでありません。ごく一部の人間だけが、現前がはたらくのを可能にする気質を備えているのだと考える人もいれば、条件さえ整えばどんな気質でも受容する力があると論じる人もいます。が、どんな条件が整えばいいのかははっきりせぬままです。ですが受け手だけの問題ではありません。私たちもまた、必要な役割を演じているのです。こう言ってよければ、受容されることを受容する力を私たちは持たねばなりません。何らかの意味で、見られたいと欲さないといけないのです。気づかずに見られていたというケースもたしかにあります。ですがそういう例は、稀とは言わずとも普通ではありませんし、まだ十分に解明されていません。それにまた、条件は揃ったように思えたのに現前が達成されなかったケースも数多いのです。

　そういう問いは私たちにとって非常に興味深いが、特に何かに役立つわけではない。私としてはとにかく、自分がモーリーンには完全に見えるようになったことはわかっていた。夜ごとの訪問は続けていた。いまや彼女はいささか刺々しく距離を保ち、迫ったりしないから大丈夫よと非難がましく請けあっているようだった。私はその非難を受け容れ、彼女が依然として私を迎えてくれることを私なりに有難く思った。ある夜、彼女が何かに心を乱されていることを私は感じとった。両手がそわそわ何度も顔に上がり、眼鏡に触れたりほつれ髪をかき上げたりした。私がまた何か悪いことをしたのだろうか？　いや、簡単な話だった。彼女は悩みごとを打ちあけた。姪が一週間泊まりに来るというのだ。まる一週間。明日やって来る。アンドレアは時おり泊まりに来るし、あの子とはすごく仲よしだけど、いまはどう考えてもまずいわ、それはあなただってわかるでしょう。来ればいつも夜遅くまでお喋りしているけど、あなたと過ごす時間を犠牲にすると思うと耐えられないし、もちろんあの子にあなたのことを知らせるなんて論外だし。モーリーンが言うには、唯一可能な解決策は――不可能な策をさんざん考えた末の結論だった――アンドレアがゲストルームに戻っていく音に私が耳を澄ましていて、それが聞こえたら下りてくるという案だった。必要な限り遅くまで起きているわ、とモーリーンは言った。そうすればとにかく、あなたを追放してしまったみたいな気分にならずに済むし、私自身、取り残されたような気がしたり、アンドレアに憤りを感じたりせずに済む。何と言ってもあの子に罪はないんだし、あの子はあの子で悩みを抱えているのよとモーリーンは言った。アンドレアは二人姉妹の上の方で、はじめから母親にとって失望の種だった。器量は十人並、しじゅうむっつり陰気になって、子供のころから引っ込みがちで、もちろん優しい心の素晴らしい子なのだけれど、母親は外側しか見ない。そうして、サンドラが生まれて――大きな青い目にカールした金髪のサンドラ、明るくて愛らしくていつも笑っているサンドラは四歳のときからもうチアリーダーみたいに見えた。いや、そういう言い方は意地悪すぎる、さすがに。サンドラはべつに悪くない。母親がどうしようもなく甘やかして、綺麗な服を、アンドレアが着ると何だかそぐわないように見える服を次々買ってやったりしたのが悪いのだ。アンドレアに、可哀想なアンディに、モーリーン叔母さんが目をかけるのはごく自然な成行きだったし、上の娘がしばらく自分の手を離れるのは母親としても大歓迎だった。こうして二人のあいだに絆が育まれた。子供のいない叔母さんと、不幸せな姪。どちらも誰にでも好かれる、何もかも独り占めしてしまう女きょうだいがいる。アンドレアが胸の疼(うず)きを、思春期の切ない疼きをくぐり抜ける姿を叔母は見守ってきた。セラピーを受けはじめたときも寄り添ってやったし、クリスマスになってセクシーなサンドラがその時その時のボーイフレンドを連れて華々しく登場するときも一緒にいてやった。そうして、もう二十六になって広告代理店でちゃんとした職に就いて家賃も自分で払うようになったいまも、アンドレアはちょくちょく、特に休日シーズンが迫って虚ろな日々が見えてくるころにモー叔母さんの家に遊びに来る。というわけで、明日やって来るのだ。逃れようはない。

　ここまで物語ったところで、彼女は言葉を切って私を見た。

　私は意志の力を行使し、嘆く風を思い起こさせるあの薄い、遠い声で二言三言押し出した。自分の声が、君の案どおりにする、万事……万事上手く行くよと言うのを私は聞いた。あたかも私の言葉が聞きとりにくいかのように、彼女は身を乗り出して一心に聴いていた。顔からだんだん緊張が抜けていったが、心配そうな表情は消えなかった。彼女は身をふたたびうしろに引いて、目を閉じた。

「一週間」と彼女は言って、指を二本、額に走らせた。「そりゃそうよね、あんな母親だもの」。頭がゆっくり横に滑っていき、彼女が眠ったことを私は見てとった。

11

私にとってアンドレアは、よりゆっくりした一対の足音であり、それが叔母の精力的な足音に混じって動いていた。話し方はひどく静かで、長い沈黙と時おりの咳が伴っていた。一日じゅう、足を引きずって二階の自分の寝室に上がっては、また足を引きずって一階に下りていくことのくり返しで、何かを忘れたのだけれどそれを見つけようと急いでいるわけでもないという趣だった。寝室に入ると、足を擦る音、何かを押す音が漠然と聞こえて、それが静寂の中に拡がった。やがて夕食の音が、ふだんの倍聞こえ、あいだに二つの声がはさまった。そして音はリビングルームに移っていく――テレビ、カップをソーサーに置く音、もごもごとした低い話し声。夜は更けていった。のろのろとした足音が階段をのぼって行く。廊下のつきあたり近くにバスルームがあった。忘却へ向かって日々行進を続けるなか、人間は驚くほど多くのドアノブや蛇口を回すものだ。ベッドが軋んだ。私は下りていった。

「大丈夫かしらね?」とモーリーンはささやき、私の方に身を傾けながら頭をぐいっと天井の方に向けた。答えを待ちもせず彼女は話し出し、アンドレアは働き者だからどう考えても昇進するのはあの子のはずなのについ先日ほかの女の子が昇進したのよ、不公平よね、いろんなことがあの子に不利にはたらいて、おまけに大家が何か失礼なことを言ったのよ、何かよからぬことを、具体的にどういう言葉だったか教えてくれなかったけどそういうことって女が一人で暮らしてるとどうしてもあるのよね、どこかよそを探すしかないわ、でもそれって言うは易し行なうは難しなのよ、家賃はどこも高いし引越しの費用もかかるし手間もあるし、それにまあアンドレアもねえ、もう少し態度が違えば話も簡単になるのに、まあ敵意むき出しとは言わないけどいわゆる友好的っていうのじゃないしね、でもまああんなふうに育てられちゃ責めるのも可哀想よね、ただ少しは人の忠告とか聴いてくれるといいんだけど、何を言われても全否定に受けとるのよ、モー叔母さんの善意の忠告でもそうなのよ、こっちはあの子のためを思って言ってるのにね。ああ、私ったらこんなに喋ってばっかりで！　親族の悩みごとなんかであなたを死ぬほど退屈させる気なんかないのよ、二人でいられる時間はほんとに貴重なんだし、けどまああの子のことでひとつだけ言っておきたいのはね、アンドレアはその、どう言うのが一番いいかしら、若干自分に没頭しすぎなところがあるのよ、まああんな家族で育っていろいろ問題抱えてきたんだから無理ないって言えば無理ないんだけど、そうは言っても、ほかの人たちの必要を思いやるのってそんなに難しいことじゃないと思うのよね、誰だって一日の終わりにくつろぐのに少しは自分の時間が要るわけでしょ。ここでモーリーンは大きく息を吸って、わっと泣き出した。だがすぐに泣きやんで、涙の発作は咳払いにすぎなかったかのように話を続けた。

狂った蜂のように彼女の中からあふれ出てくるこうした言葉に耳を傾けながら、モーリーンの姪と自分自身との関係を私は考えた。私の存在全体が、この家に侵入してきた足を引きずるよそ者によって無茶苦茶にかき乱されてしまったのだ。自分の平静がかくもあっさり崩れてしまうことに私は苛立った。私たちは、私たち不幸な者たちは、いろんなことに慣れる。そしてごくわずかな変化にも憤る。

それはきっと、危なっかしい日常のパターンが少しでも変わることで、一気にまた自分自身と向きあわされ、恐ろしい明断さとともに自分と対峙させられるからだろう。と同時に、新たに現われた者に私たちはどうしようもない好奇心を抱いてしまう。彼らは未知のものの重みで私たちを圧迫すると同時に、私たちの不本意ながらの関心を惹き起こすのだ。浸水した床に好奇心を抱くように、家に出現した危険な現象たるアンドレアに私は好奇心を抱いた。

モーリーンと二人で過ごす時間が終わると、私は夜へと出ていった。家での混乱からの解放感を感じるどころか、夜はより大きな無秩序に感じられた。無数の枝を構えたあの荒々しげな木々、グラグラ揺れる子供のお絵かきみたいな月……屋根裏に戻ると、アンドレアの寝ているマットレスが、古い床板のようにギシギシ軋むのが聞こえた。彼女は眠りが浅かった。そこにない何かを求めて彼女がくり返し手をのばす姿を私は思い描いた。

次の日は一日じゅう、叔母さんが仕事に行っているあいだずっとアンドレアが家の中をのろのろ動きまわるのが聞こえた。彼女は一度ならず自分の部屋に上がっていき、横になった。モーリーンが帰ってくるころには、私はもう、追放されたような、あの異質な足音によって流浪の身に追いやられたような気になりかけていた。私はまた、ある種の欠乏感を感じはじめていた。モーリーンの姪を、ひたすら聴覚を通してのみ体感するよう強いられていることを意識するようになったのだ。私は——その言葉がパッと頭に浮かんだ——幽霊に憑かれたような気がした。そう、おときばなしに出てくる見えない怪物のように、足を引きずり家じゅうをさまようこの見えない生き物に私は取り憑かれていた。夕食の時間になるころには、私はもはや耐えられず、策を考え出していた。

すでに言ったとおり、アンドレアは何度も部屋に上がっていく落着かない癖があった。私の計画はごく単純だった。二階の廊下で彼女を一目見るのだ。そう考えて階段を下りていき、廊下に出るドアのすぐうしろの段に陣取った。彼女がいつも、絨毯を敷いた階段をのぼり切ると廊下の電灯を点け、下りていくときにまた消すことを私は知っていた。のろのろと上がってくる足音が聞こえてくるのを待って耳をそばだてていると、スイッチがカチッと鳴る音がして、廊下に出るドアの下から光の線が漏れてくるのが見えた。足音は私の真ん前を過ぎていき、廊下を通って彼女の部屋に行った。彼女はクローゼットで何かをした。足音が廊下に戻った。まったくこれでは、頭も胴もない一対の歩行する脚だけの生き物だ。足音が私の前を過ぎ、一階への階段の踊り場の方に動いていった。明かりがカチッと消えた瞬間、私はドアのうしろから出ていった。

廊下の一方の端は暗く、もう一方の端は踊り場の明かりに照らされていた。私が出ていったとき、モーリーンの姪はちょうど、踊り場を経てより大きな下りの階段へ通じる、絨毯を敷いた四段の階段の途中に立っていた。黒っぽいゆったりしたロングスカートをはいていて、ブラウスの上に着た黒っぽいセーターはボタンが留めてあった。私の目を惹いたのは彼女の肩の落ち具合だった。それは恐ろしい疲れを、敗北の疲れを伝えていた。そこには失望の、挫けた期待の長い歴史が表われていた。階段の上で、彼女はしばし立ちどまるように思え、頭はわずかに下を向き、あたかも下降の困難さに備えているように見えた。木の手すりに片手をのばして、一瞬立ちつくし、それから歩き出して私の視界から消えた。

私は屋根裏に戻ったが、好奇心は満たされたどころか、よりいっそう煽られただけに思えた。彼女の姿がチラッと見えたのは本当に束の間だったので、写真を見せられても彼女を選び出せはしなかっただろう。顔といっても細い青白い筋が一瞬、髪の太い黒い筋の隣に見えただけだ。画家が画帖にさっと描いたスケッチと変わらない。計画としては、いつもどおり彼女が部屋へ寝に戻っていく音を待ち、それからモーリーンの許に下りていってまた今夜も一緒に過ごすつもりだった。だがいま私は、彼女を待つことにした――彼女を見るのだ。

私たちがあなた方にどれだけ見えるのか、確かなことは決してわからない。事故で醜くなった者のように、目につかないようにするのが一番だと私は思った。彼女の部屋からさして遠くないところに、シーツ、枕カバー、畳んだタオルを棚に並べたリネンクローゼットがあった。私はこのクローゼットの中に入り、彼女が戻ってくるのを待った。

その夜彼女は長いこと叔母と一緒に過ごした。会話が煙草の煙みたいに切れぎれに私のところまで漂ってきた。木片がガラスに当たるような音の意味を解読しようとしていると、階段をのぼって来る足音が聞こえてきた。のろのろと、辛い一日に精力も尽きたみたいに上がってくる――実は叔母が仕事から帰ってくる三、四時間前にやっと起きたのに。階段をのぼり切って、廊下の電灯をカチッと点ける音がした。足音がリネンクローゼットに近づき、通り過ぎるのを私は聴いた。ドアノブを回す音、廊下の彼女の部屋側にあるスイッチがカチッと消される音がした。その瞬間、私は出ていった。

持ち上げた片手を、自分の部屋の半開きのドアに当てて彼女は立っていた。私は思っていたよりずっと彼女に近いところにいた。距離にして五、六歩。踊り場の電灯は点いていたが、廊下の彼女が立っている方はほぼ暗かった。半分横向きになった彼女の顔が見えた。疲れた不安げな目、両端が垂れた口、小さなあごに付いた肉。全体に重たい感じがあった。叔母さんと同じで、大きくなりすぎた小学校の女の子に憂いがつけ加えられたという趣。髪は多くて重たげで、肩のあたりでカールがもつれ合っていた。あまりに髪が多いので、髪の陰に隠れようとしているんだろうか、と思った。このすべてが一瞬のことだった。彼女はすでにドアを押して開け、半分中に入っていた。

だがそこで、彼女は唐突に止まり、あたかも背後に何かを感じたかのように廊下をふり返った。視線が廊下をさっと、明るく灯された踊り場の方に下っていった。それから足早に部屋の中に入って、ドアを閉めた。

「やっと行ったわ！」とモーリーンが、私が椅子に身を落着けるとともにささやいた。「あの子、いつまでも行かないかと思ったわ！」

12

次の日は土曜で、アンドレアは遅く起きて、叔母と一緒に紅葉を見に山へドライブに出かけた。彼女がすごく柔らかいスリッパらしきものを履いて一日じゅう足を引きずって家の中を歩くのを聞くのに慣れてしまっていたので、何の音もしないこと、何もないことに私は苛立った。身を蝕むようなじれったさが体に満ちた。私たちは、私たち異者は、のんびり時を過ごすことに長けていない。気楽にやろうにもやり方がわからない。のらくらすることに私たちは向いていない。心配が私たちの娯楽、絶望が私たちの気晴らしなのだ。私は長いあいだ、退屈した甲虫（かぶとむし）みたいに屋根裏をジグザグに動きまわった。ある時点で、ふと気がつけば階段を下りていて、二階の廊下に出ようとしていた。一瞬、アンドレアの部屋の前に私は立ち、戻れ、戻れ、戻れ、と自分に言い聞かせた。入るな。馬鹿な真似はよせ。戻れ。日の光が、怒った群衆のように部屋にあふれていた。はじめはほとんど何も見えなかった。明るい光がシーツのように事物にかぶさっていた。そのうちに細かいところが見えてきた。一片のピンク、青の渦。ピンク色でひだひだがあるカーテンは、一杯に開けて房付きのカーテン留めで留めてある。くしゃくしゃになった、巨大な青い花模様の付いた白いキルトの上には、大きな茶色いハンドバッグと、ミントキャンディが一本あった。タンスの上には白い磁器の天使がいて、青い目の磁器の女の子の肩に手を載せていた。茎も付いたリンゴの形をした木製の時計が壁に掛かっている。別の壁には、金髪のお下げ髪の女の子がブランコに座って梨を食べている絵が額縁に入れて飾ってある。部屋の隅に濃い青のスーツケースが置いてあった。

その明るい幸せな世界から、クローゼットの黒い夜に私は入っていった。フリースのバスローブの横にロングスカートが二本下がっていた。木や針金のハンガーがずらりと並んでいる。毛羽だったピンクのスリッパが下に置いてあった。

大した情景！　クローゼットの中のストーカーが、何も知らない若い女性が寝室に入ってくるのを待っている。だが私にとって、そのときの自分は全然そんなふうには思えなかった。そのとき私は好奇心を、物足りなさを感じていたのだ。もっと彼女のことを知りたいと私は思ったのである。それだけだ。私にとって、隠れることには何の快感もない。私たちが焦がれるのは、そばにいること――そばにいて、何かが明かされることなのだ。

何もかも聞こえた。車が停まって、足音が裏口ポーチへ上がっていき、網戸がばたんと閉まる。二つの声、くしゃみ。テーブルがどすっと鳴る。絨毯を敷いた階段をのぼる彼女の足音は重くのろのろとしていた。ノブがくるっと、予想していたより一瞬早く回った。彼女は――あたかも突然――部屋の中にいた。ベッドが軋んだ。次の音には戸惑ったが、その次の聞き慣れたどんという音で事態は逆順に説明された。靴紐をほどいて、靴を床に放り出したのだ。部屋にいる人間というのは意外に動くものである。物を拾い上げ、下ろし、狂人みたいにどすどす歩き、窓の外を見て、鏡を覗き込み、次へ進む。決して止まらない。引出しが開き、気が変わって、また閉じる。ぶつかる――引きずる――ベッドが軋む。ベッドが何度も軋む。本を手にとったのか？　息がゆっくりになった。ページをめくる音はしない。さらにもう少し待ってから、私はクローゼットから出た。

陽光が――忌まわしい陽光が――どう説明できるだろう？　砂をひと摑み顔に投げつけられた気がした。ギラギラした光と闘うさなかにも、光がさっきより柔らかいことに気がついた。二つのブラインドを彼女が閉じたのだ。少しずつ、ベッドの上にいる姿が見えてきた。ぐっすり眠っているのだろうと思っていたが、目を開けて仰向けに横たわっていた。伏せた本が腹の上に載っていて、ゆっくり上下に動いている。彼女は黒のロングスカートと、焦げ茶色のブラウスという格好だった。大きな青白い裸足の足をくるぶしで交叉させている。丸い顔がはっきり見えた。いくぶん拗ねたような口、瞼の重い目、下唇とあごのあいだの広いスペース。魅力的な女性と呼ぶ人はいないだろう。私にはそんなことはどうでもよかった。有難い思いで、貪るようにその姿に見入った。私たちは、私たち異者は、欲深いのだ。満ち足りるということを私たちは知らない。

熱心に観察し、集中ゆえの自失状態に陥っていると、ハッと我に返らされた。アンドレアが上半身を起こしたのだ。がばっと、ブラウスのVの字を片手で摑んで彼女は身を起こした。そして頭をさっさっとすばやく動かして部屋の中を見回したが、動きと動きのあいだにはギクッと驚いたような間(ま)があった。私までしばし、侵入者を探してあたりを見てしまった。彼女はベッドの側面から勢いよく両足を下ろし、突然座って動きを止めた。いつでも跳び出せるように、という感じに前屈みになっている。その動かなさの方が、烈しく動きまわる以上に私をうろたえさせた。彼女は首を回した——これも唐突なしぐさ。そこに座っている。耳を澄ませている。パッと跳び上がって、ドアの前に立った。片手をノブに掛けて、ふり向いて部屋の中を——クローゼットを、窓を——見てから姿を消した。

私は笑った。短い、苦々しい、何の安堵ももたらさぬ笑い。それから、何も考えずに、ベッドまで行って、屈み込み、深く息を吸い込んだ。私たちには、私たち異者には嗅覚がないと唱える者もいるが、断言しよう、私はそのベッドから立ちのぼってくる匂いに浸されたのだ。白と青のキルト自体の洗い立てのレモンっぽい匂い、彼女の服のもっと暗い香り、ハンドローションのつんとした刺激。そして彼女の体の、すがすがしい、かつ刺すような香気は、ライ麦トーストと沸騰した塩水を私に思い起こさせた。

見よ、苦々しく笑う者を！　ベッドの上に、卑屈な姿勢で屈み込んでいる。誰かがこっそり見ているのを捕らえようとするかのように私はさっとうしろをふり向いた。でもポイントは逆じゃないのか——彼女が私をまったく見なかった、ということじゃないのか？

私は屋根裏に戻り、うち捨てられた物たちのあいだをさまよった。私の同志たち、追放仲間たち。

苛立たしい思いで、絨毯を敷いた階段に彼女の足音が聞こえるのを私は待った。その日彼女は上がってこなかった。夕食のあいだも私はずっと待ち、リビングルームへ移る動きはまだかと耳を澄ませた。二人はどんな話をするのだろう？　一日分、もうたっぷり喋ったんじゃないのか？　一生分？　私は自分を抑え、秘密の目撃者になりたいという衝動を押し殺した。彼女の足音が階段をのぼって来た。彼女は部屋に入った。しかるべき間を置いてから、私はモーリーンの許へ下りていった。

モーリーンは闇の中に立って、煙草を喫っていた。彼女が煙草を喫っているのを見るのは初めてだった。「あの子、何か疑ってるわ」と彼女は秘密めかしたささやき声で言い、それからカウチの前をメロドラマチックに行ったり来たりしはじめた。行き来しながら、一方の前腕を腹に押しつけ、まっすぐ立てたもう一方の腕の肱をその手で覆っていた。彼女はさっと向き直って私を見た。「あの子、わかってるのよ」

13

アンドレアが実際に何をわかっているのかは、彼女があまりわかりたがっていないということほど明確ではなかった。どうやら彼女は叔母に、何かを感じた、廊下や寝室で何かを感じた、はじめは侵入者かと思ったけれどこれは自分の気のせいなんだと気づいた、というようなことを言ったらしかった。そこまでは、噴き出る蒸気のようにモーリーンからくっきり吐き出される煙草の煙を通して私も理解した。ある時点で彼女は私の方を向き、押し殺したささやき声で言った。「私たち気をつけなくちゃいけないわ。あの子わかってるのよ、わかってるのよ。そりゃね、わかってるってことを自分じゃわかってないけど、でもわかってるのよ。シーッ！」。ここで片手を上げ、首をさっと回して耳をそばだてた。そして肩をすくめた。「いまてっきり――」もう一度耳をそばだてた。「あの子も耳を澄ましてると思う？」。手をささっとすばやく振って煙を払う――まるで誰かがその中に隠れていると思ったみたいに。

その後、屋根裏にのぼって行く途中、私は二階の廊下にしばしとどまった。モーリーンは寝床へ入りに階段を上がっていく前、冷蔵庫に行って飲み水一本と何かつまむものを調達するのが習慣だ。明かりの点いていない廊下で、私はアンドレアの部屋の前に立った。光が一筋、ドアの下から漏れていた。ページをめくる音、ベッドスプリングが軋む音がした。部屋に入りたいという私の欲求はおそろしく強く、欲求がドアを貫いて部屋の中に入っていくのが感じられるほどだった。だがすでに、絨毯を敷いた階段をのぼるモーリーンの足音が聞こえていた。屋根裏に戻ると、彼女がアンドレアの向かいの寝室に入る音を私は聞いた。

わかっていただきたい。暗い夜明けに私が自分の家を逃げ出してから、まだ五週間しか経っていなかったのだ。自分の新しいありようの諸条件について、知っていることも少しはあったが、それほど多くは知らなかった。そうは言っても、自分のふるまいが変わってきて、だんだんと、何と言うか、奇怪な方向に向かいはじめたことは自覚していた。私はずっと物静かな男だった。規則正しい人間だった。こういう言い方をするとたいてい冷笑が返ってくるものだが、いわゆる「型にはまった」人間だった。モーリーンとの関係にしても、外から見れば奇妙に思えるかもしれないが、私にとっては完壁に筋が通っていたのである。筋が通らないのはアンドレアに対する私のふるまいだった。私は匂いフェチなんかではないし、ご婦人のクローゼットに隠れて喜んだりもしない。いったいどうなっているのか？

私たちの欲望の本質について、少し話させてほしい。私たちは、私たち異者は、自分でもそれを理解していない。自分たちが居合わせた世界と私たちとの関係は、よく言っても曖昧模糊としている。私たちは視覚を持っているが、一番よく見えるのは闇の中である。聞くこともできるが、自分の声が立てる音は私たちにとってつねに心乱されるものでしかない。私たちには味覚がまったくない。嗅覚もない者がいるが、私はそうではない。私たちには触覚もないと主張する者は多いが、私たちが自分の形を世界の形に適合させる能力があることはよく知られている。だからこそカウチにも座れれば、床にも立てるし、階段ものぼれる。私が思うに、私たちには触覚の記憶があるのではないか。そのいわば影の触覚のおかげで、私たちは自分を、あなた方の世界に順応させられるのではないか。で、欲望はどうなのか？　私たちの欲望は、いくつかの面であなた方のそれに似ているが、違うのは、私たちの欲望が何も期待しないこと、何も信じないことだ。何よりもまず、私たちの欲望は己を信じない。どうして信じられよう？　自分が誰だかを私たちは、私たち異者は知っている。私たちはあなた方でないものだ。私たちはあなた方と何のつながりもない。ということはつまり、私たちはあなた方とかつながっていないということだ、あなた方がいなければ私たちは私たち自身でさえなくなるのだから。不在のものでさえなくなる。この点ははっきりしただろうか？　何ひとつはっきりしてはいない。さっき言ったとおり、曖昧模糊とした話なのだ。

アンドレアについて言えば、自分が彼女のそばにいたい、できるだけそばにいたいと思っているということしか私にはわからなかった。彼女の裸体を見たいと思ったりはしなかった。そういう欲望には私たちは無縁である。そうではなく、そばにいたい、できるだけそばにいたい、できるだけ以上にそばにいたい、混ざりあいたい、溶け込みたい、生きた存在の実質の中に自分を没入させたい——それこそ私たちが欲望するときに欲望することなのだ。

モーリーンがしかるべく自分の寝室に入ったあと、私は二階の廊下の、アンドレアの寝室の前にいる自分を見出した。「自分を見出した」などと言うのは、屋根裏からの階段を下りた記憶がまったくないのに、気がつけばそこに立っていたからだ。次の瞬間、私は寝室の中にいた。中は真っ暗で——アンドレアはブラインドを下ろして閉じ、カーテンも引いていた——そのとき、その部屋で初めて、闇の中で見る力がどれだけ自分にあるかを私は実感した。彼女は仰向けに横たわり頭を横に向け、片腕が腹の上を横切っていた。パジャマの袖は太い前腕の真ん中までまくり上げられている。私はベッドの隅、彼女の両足がシーツを下からつき上げている場所のそばに腰かけた。彼女のそばにいられることを私は有難く思った。有難いというだけでなく、癒されたという思いが、あたかも私の存在が血の流れる傷であって彼女が……だがこれはひどいメタファーだ。私がいかに浮き足立っていたかの証拠としてここに残しておく。

アンドレアは落着かない眠り手だった。そのことは前から知っていたが、眠りの中で彼女がどれだけ絶えず動いているかまでは知らなかった。左右の肩を動かす。手の位置が変わる。頭が少しずつ回ってやがてまっすぐ上を向く。それから今度は体全体が回って寝返りを打つ。彼女の体は夜の中を走る列車だという気がした。彼女自身はそのどこかの寝台でぐっすり眠っている。いまはまっすぐ突き出した片腕を枕にして横たわっている。また寝返りを打ち、うつぶせになった。大きく息を吸って、動かなくなる——それから寝返りを打って仰向けになった。きわめてはっきり「ノング」と言った。ため息をついた。目を開けた。

私は彼女が目を開けるとは予想していなかった。彼女は私を見た。彼女が私を見るのを私は見た。彼女はがばっと起き上がって、パジャマの襟を喉に押さえつけた。そのしぐさは彼女の叔母を思い起こさせた。一方の腕を、あたかも顔への殴打を防ごうとするかのように突き出した。私は自分が喋るのを——あの遠い、必死の音を発するのを——聞き、彼女は悲鳴を上げてベッドから跳び上がり、ドアまで飛んでいって、あたふたとノブを回して廊下へ逃げていった。

恥の念に身も麻痺してそこに座ったまま、外でアンドレアが叔母の寝室のドアを乱暴に開けて「ああ——ああ——」と叫ぶのを私は聞き、その叫びから逃げるように屋根裏への階段を駆け上がるさなかも、女たちが二人でものすごく早口で喋るのが私には聞こえた。

14

家のてっぺんのねぐらで私は歩きまわり、くよくよ考えた。ほかに何ができよう？　アンドレアの顔に浮かんだ恐怖を私は見たし、モーリーンが抱くであろう暗い思いも恐ろしいほど容易に想像がついた。日曜日の一日じゅう私は隠れていて、もう安全とわかってからようやく出ていった。暗くしたリビングルームでモーリーンは私を待っていた。私が現われたとたん彼女は「あの子、死ぬほど怯えてたのよ！　もうほとんど――どうしてあんなことしたの？」と言った。煙の靄の中を彼女は歩きまわり、煙草を振り回した。「みんな夢だったのよって私言い聞かせたわ。たぶんあの子も――でもあの子わかってるのよ。わかっているのよ。自分の目がどうかしてたんだって思うよう、私何とか仕向けたのよ。信じられないわ、まさかあなたが……よりによってあの子の部屋に入るなんて。あの子の部屋で、あなた何してたのよ？」。彼女にそうやってヒソヒソ声でどなりつけられながら、私は所在なくつっ立っていた。煙が彼女の周りで川霧のように渦巻いていた。キッチンからの光が彼女のバレッタを捉え、目を捉えた。彼女は地獄の小部屋の住人みたいに見えた。嫉妬の念が彼女の中で火のように燃え上がっていた。「私たち約束していると思ってたのに――了解していると――」彼女はどさっとカウチに倒れ込んだ。頭が横に折れてカウチの背にもたれた。片手が膝に落ちた。

私は謝罪の言葉を吐き出し、ぶざまに退散した。何の言い訳もなかった。何も言うことはない。外に、夜に出た私は平穏を求めて隠れ場所から隠れ場所を転々としたが、平穏はどこにもなかった。一人の女性を恐怖に陥れ、もう一人を激怒させた。もう私を地の果てに追放すべき時だ。だが地はどこで果てるのか？　地はどこまでも果てはしない。そもそも私がどこに行けるというのか？　それにまた、戻っていって物事を正したいという気持ちもものすごく強かった――私の存在そのものが正しくないというのに。

屋根裏に戻って、せかせかと歩いては止まり、歩いては止まった。心からくり返し消えてしまう何かを探す、記憶障害を抱えた人間のように。

夜明けのことは語っただろうか？　私たちは夜明けを好まない。その若々しい輝かしさに私たちは異を唱える。それが新しい始まりを示唆すること、高揚した気分を物語ることを私たちは嫌悪する。私たちはまっさかさまに墜ちていく気分、黒い笑いに包まれて希望も潰える気分の申し子なのだ。夜明けに私たちは存在しなくなると説く者もいる。光に溶けてしまうのだ、と。だとしたらどんなにいいか！　でもそんなのはまったくの迷信、でなければぞんざいな暴論だ。いいや、私たちはそこに在る、いつもそこに在る、日没後にしか咲かない花のように弱々しい、色褪せた在り方であっても。

夜明けが訪れた。月曜の朝、平日。モーリーンがじきに動き出した。彼女が出かけるのを聞くと、私は思った——狂った親戚が家の奥の病んだ場に隔離されたみたいに、このまま屋根裏に閉じ込められたままでいるつもりはない。アンドレアが大丈夫であることを何としても確かめねばならない。愚かに、向こう見ずにふるまっているのは自分でもわかっていたし、アンドレアの無事を知りたいという思いが、彼女のいるところにいなくてはという切迫した欲求の仮面にすぎないことも自覚していた。

これまで何日も耳を澄ませていたので、アンドレアが家じゅうを歩きまわって過ごすことは承知していたが、彼女のあとを——十分距離を置いて——尾けていくなか、時間を浪費する彼女の儀式の数の多さと複雑さに感じ入らずにおれなかった。長いローブを着て、大きな毛羽だったスリッパを履いた彼女は、開いた新聞を前に朝食の席に座り、新聞をめくるたびに折れ線に沿って丁寧に折る。それからきっちり半分に畳み、さらにもう半分に畳む。何分かごとに立ち上がって食器の引出しに行ったり、流しの蛇口を確かめたり、カウンターの上で何かを探したり、コーヒーを飲みながらキッチンの窓から外を見たり。やがてコーヒーと新聞を持ってリビングルームに行き、テレビを点けてチャンネルを次々変え、どの番組も一度に三分以上は決して観ない。大ぶりのハンドバッグの中を引っかきまわして、大きな櫛を取り出して少しのあいだ髪を梳く。玄関に行ってドアを開け、外を見る。キッチンで皿を一枚すすいで、食洗機に入れる。リビングルームでそれぞれの窓のブラインドを閉じて、また少し開ける。あるとき、キッチンで彼女は突然あたりを見回した。気づかないうちに私がうっかり近づきすぎてしまっていたのだが、彼女には何も見えていなかった。頻繁に鼻の横をさすり、両腕をぴんとのばし、カウチにどさっと倒れ込む。またすぐ立ち上がって、キッチンに入っていき、冷蔵庫を開けて、眉間に皺を寄せ、ひたむきな顔で中を覗いた。

こうした落着かない諸々の儀式に、違う種類のふるまいがはさまる。その神経質に気を張った様子、警戒している様子を私は興味津々観察した。何かを目の端で見たかのように、突然首を回す。あるいは部屋の真ん中で立ちどまり、体がこわばって静止し、厳めしい面持ちでじっと耳を澄ます。この空っぽの家で、空っぽの一日の只中、自分が一人ではないことに気づいているかのようだった。すると私は苛立ちの念を感じた。私は自分の分をわきまえていたではないか、ちゃんと隠れていたではないか?

モーリーンの車が道路から入ってくる音がすると、私は屋根裏に引っ込んだ。二人の声の活気ある音が、はるか下で飛び交うのが聞こえた。ひょっとして言い争っているのだろうか。この女性二人について私は何を知っているか? そもそも自分について何を知っているか? 何についてであれ何を? それから私は考えた。私の名前はポール・スタインバック。私はベッドで眠りに落ちたのだ。これはみんな夢なのだ。そうした思いを歓迎するさなかにも、その馬鹿げた陳腐さを私は嫌悪した。

いまは待つほかない。私は待った。夕食の音を待った。リビングルームへの移動を待った。のろのろと引きずる足音が階段から聞こえるのを待った。

ドアが閉じたとたん、私は思わず屋根裏から廊下への階段を駆け下りていた。たちまち一階への階段の踊り場に来ていた。モーリーンの許へ下りていくさなか、あたかも何か空気中の物質に妨げられているかのように自分の動きがどんどんのろくなっていくことを私は意識した。下りきったときには、もう完全に停止してしまっていた――初めのころみたいに、と考えずにいられなかった。でもいまは、初めのころとは違うはずではないか？　モーリーンはカウチに座って、嵐の雲のごとき煙に包まれていた。ああ、彼女は疲れていた、絶望的に疲れていた。私の目の前でほどけていきつつあった。髪はぞんざいに垂れている。ブラウスのボタンがひとつ外れて、幽霊のように白いブラの下の縁が見えている。そこに座っている彼女は疲れた中年女性だった。私の中から害悪が、熱波のように流れ出ているのが感じられた。

私は回れ右し、戻っていった。そう！――腰抜け。白状する。もう一度言おうか？　腰抜け。彼女はきっと、非難の目で――すがるような目で――私を見たことだろう。私にはできなかった。耐えられなかった。屋根裏で私は、落着かぬ自失状態に落ちていった。彼女の古い物たちのあいだを私は律儀に動きまわった。パンダの形をした磁器のクッキー壺のことは言っただろうか？　埃っぽい緑のボウルの中に古い泡立て器とピンクのゴムまりが入っていた。床板の上を歩きまわっていると、がらんとした劇場にいる老いかけた俳優のような気分だった。ある時点で、モーリーンの足音が絨毯を敷いた階段をのぼって来るのが聞こえた。その足音は私を苛立たせた。これでもう、私の方から下りていくことはできなくなったからだ。自分の苛立ちさえも私を苛立たせた。私の駄目さ加減が疑いの余地なく明らかになったところで、いったい誰が得をするのか？

最悪の晩の残りをどうやって切り抜けたものか、私が思案するのをよそに、女たち二人がそれぞれの大きな柔らかいベッドにいっさい知らん顔で穏やかに横たわっていると、轟音とともに世界が破裂した。すなわち、突然の音のあとにまぶしい光が続いた。光が垂木を撫でた。光が引っ込んだ。屋根裏へのドアが開いて懐中電灯が照らされたのだと私は悟った。彼女が私の方へのぼって来る。光の帯は、低い炎のように階段に沿って揺らめいた。彼女がゆっくりと、海から来た生物のように視界に上がってくるのが見えた。私は古いパズルやゴールデン・ブックスが詰まった子供用本棚の陰にもぐり込んだ。薄っぺらい裏板のすきまから、彼女が屋根裏に二歩入ってきて懐中電灯を消すのが見えた。「いるんでしょう、わかってるのよ」と彼女はヒソヒソ声で叫んだ。「いるの？　ポール！　どこ？どうして今夜は――」懐中電灯が一気に命を帯びる――光の帯が床板を横断し、垂木に跳び上がり、さざめくようにトルソーの上を、縫い物カゴに入った古いタイプライターの上を走った。明かりが消える――闇がわっと戻ってきた。「家の中に何かいるってあの子言ったのよ――絶対いるって。私に訊いたのよ、何か見たことは――」彼女はため息をついた。それから、押し殺したささやき声で――「まさか！」。それからもう少し穏やかな口調になった。「あの子はもう自分の部屋で眠ろうとしない。考えられる？　あそこは何かが憑きすぎてるって、ハハハ。いまは私と一緒に寝るのよ、二十年前みたいに。ちょっと狭っ苦しいわよ、きっと想像がつくでしょうけど。だからね」――快活な声――「あなた、私たち両方を訪ねてこなくちゃ！　でもねえ」――ここで声が低くなった――「私、すごく疲れたのよ……」闇の中で彼女が足を引きずって前に出てくるのが聞こえた。「ねえ、どこにいるの？　ポール？　わかってるのよ、どこかにいるって」。懐中電灯がパッと点いて彼女は動きまわり、光の帯を剣のように前に突き出していた。「私から隠れようったって駄目よ！」。そのすぐあとに「お願いよ、ポール。私が何をしたの？　ごめんなさい」。疲れた様子で彼女は回れ右した。赤いビーズと白い毛皮に縁どられたモカシンの室内履きを光が照らしているのが見えた。手すりにつかまりながら彼女は階段を下りていった。彼女がふたたび海に沈んでいくのを私は見守った。

15

屋根裏のドアが閉まる音がすると、突如私は安堵の静けさを感じた。と同時に、その静けさの只中で、安堵の対極にあるものが蠢（うごめ）いているのが早くもわかった。私たちはそういうふうに出来ているのだ。私たちの休息は休息ならざるもの、私たちの平穏は平穏ならざるもの、私たちの希望は破滅を核に抱えている。事態は収拾がつかなくなってきていた。私はただちに、金輪際、すべてを平静にしたかった。そう、私はみんなに、大丈夫、いずれは万事上手く行くから、と言ってやりたかった。もし誰かが私に、大丈夫、いずれは万事上手く行くから、などと図々しく言おうものなら、私はそいつを、天国で愛しい母と一緒になるのを待っているのですと言った老人ホームに住む年配の女性を見るような目で見たことだろう。なのに私はそんなふうに、慰めをできる限り広げたいと、背後で嘲りの馬鹿笑いが聞こえている気がしながらも願っているのだ。

何をするつもりか確固たる考えもないまま、屋根裏からの階段を急いで下りていった。あるいは、何をするつもりかしっかりわかっていたけれどそれを自分から狡猾に隠したと言った方が正確だろうか。私の頭の中にはひとつのイメージしかなかった。あの赤いビーズと白い毛皮に縁どられたモカシンの室内履き。室内履きはそこに、無力に、よるべなく浮かんでいた。自分がそれを護らないといけないような、危害から救わないといけないような気がした。すばやく、浄化する風のように、私はモーリーンの部屋に入っていった。

彼女は闇の中、ベッドの上で身を起こし、腕が付いた読書用クッションに立てかけた枕で顔を支えていた。「駄目よ——」と彼女はいつもの抑えた叫び声でささやいた。ベッドの端にアンドレアが横たわっていた。脇腹を下にして、壁の方を向いている。折り返したシーツの上、頬だけが見えていた。モーリーンの押し殺した言葉にアンドレアが目を開け、気だるそうに仰向けになった。「ねえ、いま何て——」とアンドレアは言った瞬間、私を見た。彼女は片手でシーツを摑んで胸に持っていき、ヘッドボードに体を押しつけて、もう一方の手を、車の流れに停まれと命じるかのようにかざした。モーリーンは私の方に身を乗り出し、首を横に振りながら「駄目……駄目……」と言っていた。並んで体を起こしている女二人を見ると、体は触れあい、一方はうしろのヘッドボードに身を押しつけ、もう一方は体に力を入れて前に乗り出していて、その瞬間私が何より望んだのは、一方が少し前に出てくれてもう一方が少し引っ込んでくれたら二人が肩を並べて起きている格好になって、二人とも静かな期待の目で私を見てくれるだろうにということだった。この新しい構図を引き起こそうと、私は「私が言いたいのは——」と言ったが、私の声を、うなり声のような私自身もギョッとする声を聞いてアンドレアは顔の前に片腕をかざし、一方モーリーンは張りつめた様子で頭を上げ、両腕を持ち上げて、まるで私にチョコチップクッキーの載ったトレーを差し出しているみたいに見えたが、じきに両腕ともどさっと上掛けに落とし、手のひらが上になった両腕がそこに横たわった。自分の声に、そして二人の女性の姿に愕然として――一方は顔の前にかざした片腕の陰から呆然と私を見ていて、もう一方は両手を上掛けの上に裏返しに置いて悲しげに私を見ている――私は自分が、夜に寝室に侵入した覆面男になったような気がして、一息の謝罪の言葉、私の耳には遠い鎖が鳴るみたいに聞こえる一言とともに二人を残してそこを去った。

二人を残して私は去ったが、それはもうひとつの壊れた人形みたいに屋根裏に消えるためではなかった。いいや、いまや家全体が悲惨の舞台のように思えて、夜の中へ私は逃げたかった。いったい何をするのか、夜の中で何をするのかは、わが運命全体同様定かでなかったが、気がつけばあの最初の忌まわしき朝と同じに庭から庭をさまよっていた。しばらくすると、見ればよく知った界隈に来ていた。通りを渡って、生垣や柵を抜けて、デルヴェッキオ家の、石畳のパティオにカンバス地の天幕が掛かった裏庭に入っていった。スプリンクラーとサッカーボールはなくなっていて、代わりに落ち葉掻き用の熊手がガレージの側面に立てかけてあった。私は高い生垣を通り抜けて立ちどまった。

何も変わっていなかった。四段の木の階段があって、破風屋根の下に白い柱が立った私の家の小さな裏手ポーチ。ガラスにテープを貼った地下室の窓。医学博士ポール・スタインバックは家にいて、ベッドで眠っているだろうか。あの本は忘れずに返却しただろうか。

台所で冷蔵庫に驚かされた。私がいないあいだにずっと大きくなっていたのだ。水切り台には縁にリンゴや木の葉のはずが代わりに太い色帯の付いている皿が一枚立ててあった。バーナーが四つ付いた古いレンジはなぜか上板がガラスになった型に取り替えられていた。あたかも家が、私のいないあいだに、両親の寝室に一人取り残された子供みたいにドレスアップしようと決めたかのようだった。二階の廊下で、見慣れたドア——彼の寝室のドア——の前で私はしばし立ちどまった。この家で自分は何をしているのだ、という問いがふっと湧いてきた。ずっと前に私を見捨てたこの家で何を？　でももう手遅れだった。私はすでに寝室に入っていて、見慣れないタンスが間違った壁の前に置いてあった。ヘッドボードのないベッドで、一人の男が脇腹を下にして寝ていた。まっすぐな尖った鼻で、鼻梁のところはきっと眼鏡が当たるのだろう、肌がピンクに擦れていた。縁なしの眼鏡が新しいランプの脇にある本の上に、つるを下にして置いてある。本の表紙はボアを巻いて羽根の帽子をかぶった女性の写真だった。ひょっとして私は何年も前に眠りに落ちて、横たわって夢を見ているのだろうか。夢の中でこの場所に来たのだ。ならば、もし目覚めたら？

眠っている者がわずかに動いた。何か呟いて、一方の肩を動かし、またじっと動かなくなった。片目が開きかけた。力なく閉じた。また開いた。男はあたふたと動き出し、私から離れようと身をねじり、寝具に身を絡ませ、のろのろかつばたばた、横に動こうとあがいた。シーツに絡まった片腕が折れた翼のように暴れた。大げさに演技している素人俳優のドタバタを見ている気分だった。私の背後で何かが壁に激突した。床を見ると、バラバラに壊れた置き時計の部品が転がっていた。男が私に投げつけたのだろうか？「私のだぞ！」と私は叫びたかった——この部屋は、この家は、お前の人生はという意味だ。男はパニックと用心深さの入りまじった目で私を睨みつけている。ストライプのパジャマを着た、夜中に乱暴に起こされた男。朝になったら、自分の夢を戸惑いと興味をもって思い起こすだろう。この場所には私のものは何もない。

庭に出て、ためらった。ひとつの家から逃げてきて、もうひとつの家からも追い出されてしまった。新しい屋根裏を、新しい町で探すことを私は想像した。そこで私は新しい……だがそう考えると何かが自分の奥深くで蠢くのが感じられ、突如私はゲラゲラ笑い出した。それは、その笑いは、快い笑いではなかった。だがそもそも、私たちの笑いは快い笑いではない。私は回れ右して、生垣を通り抜けていった。

モーリーンの住む界隈に近づくにつれ、暗い木々の上に現われたほのかな光に私は気がついた。芝生を横切り、トウヒの木立を抜けて、彼女の家の裏庭で止まった。

家じゅう光にあふれていた。いまにもそこらじゅうの窓から炎が噴き出し屋根に向かって舞い上がるのではと思った。要するに、照明がすべて点いていた。キッチンの天井の照明、流しの照明、ダイニングルームの照明、リビングルームのフロアランプといくつかのテーブルランプ、階段の照明、廊下の照明、すべての寝室の照明、バスルームの照明。裏手ポーチの照明まで、そのギラギラした明るさを芝生一面に投げていた。彼女たちは光によって私を追い出そうとしているのか？　狂気に駆られた恋人か父親のように、まぶしい芝生を私はあたふたと越え、燃えさかる家に入っていった。火に包まれた階段を駆け上がって廊下に出た。鋭い光がガラスの破片みたいに体に切り込んできた。寝室のドアの向こうで二人が静かに息をしているのが聞こえた。私の屋根裏から追い出されてなるものか。屋根裏にすら照明は点いていた——ギラついた光を放つ裸電球一個。光あれば闇あり。私はあたふたと暗い隅に逃れ、表面の剝げかけたスーツケースが並んだ背後の床に身を投げ出した。ぬいぐるみの人形が顔を下にして隣に転がっていた。黄色い毛糸の髪が、子供の描く太陽の光線のように流れ出ていた。どうしたらいいか、私は考えようとした。

16

遠くの地に赴き、屋根裏から屋根裏へと、見慣れぬ芝生を横切り知らない町を自分が抜けていき、ベッドに入った見知らぬ人がシーツの中で烈しく転がり時計が壁に叩きつけられて砕ける情景を思い描いていると、屋根裏の明かりが消えた。突然の闇の中、ドアが閉まる音が聞こえた。下の廊下で引きずるような足音がした。あまりに深く思いに沈んでいたせいで、屋根裏へのドアが開く音もスイッチがカチッと切られる音も耳に入らなかったのだろう。屋根裏の窓の外、空は真っ黒だった。少しのあいだ私はそこに伏せたまま、どういうことなのか把握しようと努めた。まだ同じ夜なのだろうか？私たちは時間に無頓着である。私たちには時間がありすぎるのだ。用心を伴ったすばやさで私は起き上がり、屋根裏の向こう側まで行って木の階段を下りていった。

廊下は暗かった。モーリーンの部屋から息をする音が聞こえ、階下で誰かが動く音がした。絨毯を敷いた階段を下りきると、照明が全部消えていた。カウチの一方の端に、バスローブを羽織ったアンドレアが体を硬くし背をのばして座っていた。

私は部屋に入って、カウチのうしろを歩きかけたが思いとどまり、彼女の前を通っていった。何事もなくいつもの肱掛け椅子にたどり着き、腰を下ろした。

「もうあなたのこと、怖くないわ」と彼女は静かに言った。

そして私の方をチラッと見て、また目をそらした。「前は怖かった。でも怖がらないことに決めたの」。間。「あなたのこと、知りたいの」。校長室に来た生徒みたいに背はまっすぐのばしたままだ。

彼女のぎこちない姿勢がなぜか私を……気楽にした、といま私は言うつもりだった。でも私たちは決して気楽にならない。私の本性である気楽なさが、ほんの少し気楽なさを失ったと言った方が正確だ。握りこぶしがわずかに緩むように——指関節はもはや白くない、でもこぶしは閉じたまま。

「私が明かりをみんな点けたの」と彼女は言った。「でもあとでまた消して回ったわ」。片手を髪に上げて、ほつれ髪を一筋、指にぐるぐる巻きつけ、やがてほどいて手を下ろした。そして私の方に首を回し、そのままにとどめた。

私が話しはじめても、首はそのままとどまっていた。私の声は私自身の耳に、落葉がかさかさ鳴るみたいに聞こえた。過去の人生にあっても私は無口な人間だったが、この夜は己の物語を語った。ベッドに横たわる息をしていない体、夜明けの逃走、屋根裏に通じた木の階段、アンドレアの叔母の許への訪問。自分には本当に語るべき物語があるのだと実感されて、我ながら驚いてしまった。

話の終わりまで来ると、今度は彼女が自分の物語をとうとうと語り出すのを待ったが、彼女は単に「ありがとう」と言っただけだった。突然、深い、震えを伴ったあくびが彼女を襲った。彼女は笑いを抑えようとするかのように片手を口の前に持っていった。「ああ恥ずかしい」と彼女は言った。「べつにあなたの話が——ただもう遅い時間だから。ねえ! もうほとんど朝よ」。閉じたカーテン越しにかすかな明るさが見えた。

彼女は立ち上がった。「叔母さんが心配するわ」。私を見た。「私たち、仲よくなれるわよね」。すぐさま彼女は顔をそむけ、大股で歩き出し、勢いよく視界から消えて、どすどすと階段を上がっていった。

上でドアが閉まった。誰もいない部屋に私は一人とどまった。アンドレアが威勢よく家じゅうを歩きまわって明かりを点けて回り、ますます動きが速くなっていくさまを私は想像した。明かりが全部点くと、彼女はモーリーンの寝室に戻る。そしてベッドに横たわるが目は開けたままでいる。何も言わない。しばらくして、ベッドを出て立ち上がる。あたりを見回す。そうしてさっきのルートを逆にたどって、家じゅうの明かりを消して回る。

17

翌日は雨が降った。秋の雨に時おりある、屋根や屋根裏の窓に叩きつける、びっしょり濡れたガラスの向こうには荒涼とした暗い空と風に折れ曲がる枝しか見えないたぐいの雨。屋根裏は陰気に暗かった。一人で過ごすにはもってこいの日！　そんな思いが頭に浮かんでくるなか、私は屋根裏の階段を下りていった。何か……何か別のものを求めて。さっき嵐の音に混じって、モーリーンの車がバックして道路に出る音が聞こえていた。二階の廊下の陰鬱さに私はハッとした。まるで嵐の雲が家自体にまで浸透したみたいだった。と、廊下のつき当たりの窓のブラインドが下ろされていること、ひだ飾りの付いたカーテン二枚も閉ざされていることに私は気がついた。なぜか私はこう思った——二人は私をここに置き去りにしていったのだ、二人とも出ていったのだ、と。絨毯を敷いた階段の下まで来ると、やはりブラインドはみな下ろされカーテンが閉じられていた。不機嫌そうな昼の暗さが家の中にたれ込めていた。アンドレアはバスローブを羽織ってカウチに座り、背をまっすぐのばしていたが目は半分閉じていた。

彼女は片腕を持ち上げ、漠然と横向きに手を振ったが、やがてその手をカウチのクッションに下ろした。手は上がって、彼女の膝の上に収まった。「私、あなたに……歓迎されていると感じてほしかったの」と彼女は私の方を見ることなく言った。

私は黙ってカウチの前を歩いていき、いつもの肱掛け椅子に身を落着けた。「歓迎」という言葉が私を苛立たせていた。何ら嬉しい気持ちもなく私は彼女を見た。私は叫びたかった。私たちは絶対、歓迎されているなんて感じないんだ！——だが私はそこに座って、閉じたカーテンのうしろで窓がガタガタ鳴るのを聴いた。彼女の大ぶりの手が大きな膝にぎこちなく載っているのを私はぼんやり眺めた。

彼女は言った。「モー叔母さんから聞いたんだけど、あなた……よくわからないけど、晩に叔母さんと一緒に座ってるのが好きなんですってね、で、思ったんだけど、あたしたちも……あたし雨が好き、雨の日が好き」。そこで言葉を切った。「いいのよ、話す気がしないんだったら。ただこうして座ってるだけでいいわ」

少しして彼女は言った。「あたし、紅茶淹れるわ。お茶飲みたくなったの。すぐ戻ってくる」

彼女がのろのろと私の椅子の前を通ってキッチンに入っていくのを私は見守った。彼女の顔にはこわばりがあり、歩き方はどこか微妙に変だった。何だか鏡の前で歩き方を練習しているみたいだ。彼女がキッチンで動きまわるのを聴いていると、いまがいいチャンスだ、椅子から立ち上がって玄関から嵐の中へ出ていくには、そうして二度と帰ってこなければいいのだという思いが湧いた。そこに座ってそんなことを考えていると、家に当たる雨の音が聞こえ、彼女がレンジの上に薬罐を置く音が聞こえた。

暗い午前中ずっと、彼女はキッチンとリビングルームを行ったり来たりし、紅茶の入ったカップ、クラッカーを盛った皿、ジュースのグラスを運んだ。リビングルームに来るとしばらく紅茶を手に座り、やがて立ち上がって窓辺に行く。そうしてカーテンを脇へやり、雨を見た。ややあって今度は本棚に行き、本を一冊取り出し、カウチに持ってきて、開いたと思ったらすぐ脇へうっちゃる。時おりキッチンに入っていって、カップを洗い、水切り台に立てて乾かす。ただ座っているときでもつねに動いていて、腕をのばしたり、手を組んだり、もつれた髪を手櫛で梳いたりしている。私のいる方はめったに見ないが、時おり私に向けた言葉を二言三言発する。「こういう雨の日ってほんとにすごいわよね」「いまはいつもよりあなたが見えるわ」。気だるげに動きまわるときも彼女が私を意識していることを私は強く意識していた。私との距離をつねに十分保つことに彼女が非常に気を使っていることもわかった。けれども私としては、部屋の向こう側にいたりキッチンに隠れていたり、一番離れているときこそ、かえって彼女が片腕を私の体に回して一緒にキッチンまで連れていったような気にさせられるのだった。

昼食時に彼女は、サンドイッチの載った皿と、紅茶のカップの載ったソーサーをリビングルームに持ってきて、コーヒーテーブルの上に置いた。ぎこちなく前屈みになって食べ、ナプキンで何度も口を拭いた。

昼食が済むと皿をみなキッチンへ持っていき、戻ってきてカウチに座った。背もたれに寄りかかり、目を閉じた。ゆっくりと口を開けはじめ、手で覆った。「こういう日って眠くなるのよね」と言った。カウチの上で姿勢を変えた。それから立ち上がり、手で髪をかき上げながら、階段に向かって歩き出した。そこで立ちどまり、私の方をチラッと見て、階段をのぼりはじめた。

彼女が毛羽立ったピンクのスリッパで階段をゴトゴトのぼって行く音に私は耳を澄ませた。リビングルームに広がる薄暗い光の中で私は落着かない気分に襲われ、肱掛け椅子から立ち上がると、もはや彼女は視界にいないのに、踊り場から彼女に見られているのだという奇妙な思いが湧いてきた。

階段をのぼって二階に上がると、そこには誰もいなかった。廊下のつき当たりのカーテンを閉じた窓に雨が当たる音が聞こえた。私は屋根裏への閉じたドアの前を過ぎて、半開きになったドアの前に行き、不安な思いとともにモーリーンの寝室に入った。

カーテンは閉じられていた。アンドレアはベッドの一方の端に、片腕で目を覆って横になっていた。私はベッドの反対側に腰かけ、それから横になった。私たちとあなた方との距離が近くなりすぎたときに私たちの中に生じる危険の感覚についてはすでに述べた。その感覚がいまこのベッドで、毛羽だったピンクのスリッパを履いて仰向けに横たわり片腕で顔を覆っているこの若い女性のかたわらに横たわるとともに私の中で一気に膨れ上がった。だが私はもうひとつの感覚も意識していた。それは不服従の感覚、自分の中で叫び声のように響く警告そのものに対する反逆と言えばいいのかもしれない。火に手をのばし、手を焼き焦がす熱さにもかかわらずさらに手をのばす子供の感情。ひょっとするとそれは、単に知りたいという欲求なのだろうか？　炎にもっと近づくよう私は自分に強いたが、この場合炎とは氷のように冷たい風でもあった。境界を越えるとともに自分がほどけていくような、烈しく溶けていくような感触が訪れた。肉体は肉体で止まる。だが私たち異者は、私たちは完全に混ざってしまう、私たちは光線のように、暗い煙のように侵入し、浸透する。自分が彼女の中に、屋内で吹く風のように広がっていくのを私は感じた。いったいそれがどれくらい続いただろう？　ある時点で、気がつけば私は彼女から分離していた。私はそこに動かず横になっていた。恐怖の、あるいは優しさの涙が彼女の頬を濡らしていた。危険が私の脇を跳んでいった。

　こうして私はそこに横たわり、カーテンの掛かった窓を打つ雨の音を聴いていた。私の前に漂ういろんな情景を私はだんだん意識していった。黒い短剣と血のように赤い薔薇の表紙の本。ランプに眼鏡をかざすモーリーン。敷物に座り込んで黒い鞄を開く私の父親。廊下のつき当たりに肩を丸めうつむいて立つアンドレア。どの情景にも私には捉えられない秘密が含まれているように思えた。もしその秘密を捉えることができたら、私はこの宇宙を理解するだろう。そうやって頭の中に浮かぶ情景を吟味しながら横たわっていると、自分の沈黙が次第に意識され、ここがどこなのかを私は思い起こし、いまが何の変哲もない昼日中であることを思い出した。自分が見られているという感覚があり、首を回してみると、疲れた一対の黒い目が、記憶していたよりずっと大きな目がそこにあって、あたかも二人で会話を交わしていて今度は私が何か言う番であるかのように、待ち受けている表情で私を見ていた。徐々にその目が変わり、曇りの膜がかかっていき、彼女は顔をそむけた。彼女の注意を惹くにはどうしたらいいか思案していると、雨の音ではない音に私は気づいた。その瞬間にドアが開いてモーリーンが部屋に入ってきた。

彼女はベッドに向かって歩いていて、アンドレアと話をしようとするかのようにすでに口を開きはじめていた。真っ昼間だというのにリビングルームも廊下のつき当たりもカーテンが閉まっているなんて奇妙だと思ったにちがいない。実際、暗くした部屋でベッドに横になっている姪を見るその顔に懸念の表情が浮かんでいることを私は見てとった。口がいまだ開いているそのとき、彼女は私をそこに見た。体が唐突に止まり――少し前屈みになっている―― 一瞬、肉体の全粒子が鉱物の堆積物に取り替えられてしまったみたいに見えた。あたかも彼女が木の化石となって、少し前屈みになって口を半開きにしたまま、時の終わりまでそこにとどまることを運命づけられたかのようだった。だが徐々に生命が戻ってきて、彼女はまっすぐ背をのばし、片手を頬に向けて持ち上げたが顔に触れはせず、「そんな……」と言った。それから頭をのろのろ左右に、首の凝りを取り除こうとする人間のように振りはじめた。静かに発されたけれどその「そんな」が聞こえたにちがいない、アンドレアは腕を顔から外し、片肱をついてなかば身を起こしながら大きな、不安げな目で叔母を見た。「そんな」とモーリーンはもう一度、まだ首を振ったまま言い、ドアに向かってじりじりあとずさりしはじめた。「モー叔母さん！」とアンドレアが言った。「大丈夫よ。横になっていただけ」。だがこう言われてモーリーンはきっと身を起こし、大声で「あんたのこと信用してたのに」と言って、片手を上げて指を一本姪に突きつけた。今度はアンドレアが首を振る番だった。手で髪をかき上げ、口を開きかけたが、いまにも言おうとしていたことを考え直したかのようにまたすぐに閉じ、それから叔母さんの烈しく睨む目を前にしてうなだれた。だがいまやモーリーンも、感情をあまりに長いこと爆発させて疲れきった人間のように、上げた手をだらんと脇に垂らし、気もそぞろなまなざしでアンドレアのなかば起こした上半身と、私の顔の下半分とをざっと見渡し、さらにあと一歩下がって部屋から出てドアを閉めた。ドアが閉まるとともに、アンドレアがドアを引き戻そうとでもするみたいに片腕を突き出して、そのまま忘れてしまったかのように宙に上げたままにしていた。

何としてでもいますぐモーリーンの許へ行かねばならないことを私は理解し、そのためにベッドから起き上がりドアの前まで歩み出た。アンドレアはまだ片肱をついていたが、のばした腕は少し下がっていたし、突き出した手の指もだらんとしはじめていた。毛羽立ったピンクのスリッパ、喉のところで開きかけた黒っぽいローブ、太い青白い首、ベッドに下ろした大きな前腕、そうしたすべてからなぜか私は王国を失った悲しい女王を思い起こし、そんな話を読んだことがあるのか思い出そうとした。だが時は過ぎつつあり、階段からはすでに音が聞こえてきていた。自分の足をじっと見下ろしているアンドレアに向かって頷いてから、私は大急ぎで廊下に出た。

18

リビングルームのカーテンの向こうで、雨は氷のかけらみたいに窓にピシピシと打ちつけた。カウチにも椅子にも誰も座っていなかった。「モーリーン！」と私は呼びかけたが、その声は遠くで転がる樽のようだった。キッチンの水切り台には皿が二枚立てられ、テーブルの上には白いカップが一つ置いてあった。ダイニングルームの、青いカットグラスボウルの載った濃い色のテーブルの周りに椅子が四脚、きちんとしかるべき位置に置かれていた。誰かがいままで一度でも、このテーブルに座ったことがあるのだろうか？　それから私は、さっき聞こえた足音は別の、私の領分に通じる階段からだったのかもしれないと思いあたった。急いで屋根裏への階段をのぼると、午後の雨の光の中、そこはカーテンを閉じたリビングルームほど暗くはなかった。「モーリーン！」と私は、自分の声を聞かないように努めながら呼びかけたが彼女はどこにもいなかった。ラベルを貼った箱や、古い椅子のあいだを私は歩き、ドレッサーや子供用本棚のうしろを覗いたが、屋根裏には誰もいなかった。それから下へ戻り、誰もいない部屋から部屋を回って、彼女が背後から忍び寄ってくるとでも思っているみたいに時おりそっとうしろを見たりした。キッチンから、開けた裏のポーチに出た。一本の柱近くに吊した風鈴が風に揺れた。雨が床の上にかたまりとなって吹きつけた。目を上げると、モーリーンが嵐の庭を大股で歩き、アルミの脚立をサトウカエデの木の方へ持っていくのが見えた。

　私はあわててポーチの階段を下りて激しい雨の中へ出ていったが、彼女は私を無視したか、それとももはや私のことが見えなくなっていたのかもしれない。太い枝から吊した木のブランコのかたわらに彼女は六段の脚立を置き、のぼりはじめた。一方の肩にロープが垂れていた。そのロープを見て嫌な感じがし、私は彼女に呼びかけたが、私の言葉は騒々しい風に吹き飛ばされてしまった。のぼって行く体に濡れたワンピースが貼りつき、髪は炎のように上下に烈しく揺れ、肌はアザラシの肌みたいに光っていた。五段目まで来て彼女は立ちどまり、天の憤怒を覗き込もうとするかのように空を見上げ、ロープの一方の端を枝に引っかけた。何か森でのスキルを練習している大柄のガールスカウトみたいに見えた。そしてロープの反対側を手にとり、縛って輪を作り、もう一方の端をそこに差し入れた。引っぱると、結び目が上向きに滑って、枝まで行って止まった。それからもうひとつ輪を、ロープの垂れている側に作り、その間も私はなお彼女の名を嵐に向かって叫んだ。雨が彼女の顔に叩きつけた。ロープから手を放すと、首吊りの輪が風に吹かれて回った。彼女はそれを首に掛けて脚立の上に立ち、目の前の雨をじっと見ていた。私は腕を振り回し、雨と風に向かって叫んだ。と、私は思いあたった。私が見えていないどころか、彼女には私がはっきり見えていて、私に見られたいと思っているのではないか。頼むから下りてきてくれ、と私は狂った犬のように嵐に向かって吠えた。必死に脚立に飛んでいき、のぼって行って、彼女の足首を、彼女の脚を摑もうと空しく手をのばした。私がそばに来たことでより大胆になったかのように彼女は跳び上がり、脚立を蹴飛ばし、脚立はゆっくり、面倒臭そうに、ぐじょぐじょの地面に向かって倒れていった。ロープが首の周りでぎゅっと閉まって、一瞬彼女は両腕をぶざまに垂らしてそこにぶら下がっていた。それからロープが枝から外れて、彼女はどさっと地面に落ちた。脇腹を下にして横たわり、つるつるのロープがその首から、異形の動脈のようにのびていた。

私は彼女の許に飛んでいき、ひざまずいた。どこかで網戸がばたんと鳴った。ポーチで重い足音がした。アンドレアが階段を駆け下り庭に出てきて、手をついて起き上がろうとあがいている叔母のかたわらのびしょびしょの芝の上にひざまずいた。「脚を怪我したわ」とモーリーンは言って、顔をしかめながら上半身をなかば起こした。アンドレアは濡れた落葉と雨の中に座り込み、片腕を叔母の体に回した。「大丈夫よ」とアンドレアは言った。「もう何もかも上手く行くわ」。そうして頬を叔母の頬に押しつけた。私は少し離れて、嵐の中、戦闘を記念する濡れた大理石の像みたいに身を寄せあう二人を見下ろすように立っていた。それから顔を上げて雨の降る荒涼たる空を見ると、空はだんだん暗くなり夜になりつつあるように見えた。「出ていってよ」と誰かが言い、私がふたたび目を下ろすと、二人の女が顔を上げて私を怒りと悲しみの表情で睨んでいるのが見えて私はハッとした。

19

というわけで私はこの場所に来た。ここに私がいることを誰も見つけはしまい。私の望みもそれだけだ。

降りしきる雨の中を立ち去りながら、私は一度もふり返らなかった。二人のまなざしが私をたどり、やがて私よりわずかに上に上がって、炎の合図のごとく天空に浮かぶのが感じられた。

私たち異者があなた方のような人たちと関わる謂れはない。

落着かない気分が、狂気のさざ波のように襲ってくるとき、私は自分の同類を探す。私は集会に出席し、湧いてくる嫌悪感を抑えつけるよう自らに強いる。どこかの家の見捨てられた屋根裏で私たちは自分たちの本性を検討し、私たちの運命について共同で考える。それからみんな、誰もいない夜のあちこちに溶けていく。

私たちはあなた方に取り憑くと言われている。あなた方が私たちに取り憑くと言った方がずっと真実に近い。

この隠遁場所で、世界が果てるこの場で、私は脚立に乗ったモーリーンに戻っていく。私を捉えて離さないのは、のぼって行く彼女のひたむきなぶざまさではなく、肩からロープを外して枝に投げ上げるときの無邪気で子供っぽい頑なさでもない。そうではなく、私が戻っていくのは、跳んだ瞬間だ。なぜならあの瞬間、私は自分の中で、ささやかな羨望の念が燃え上がるのを感じたからだ。人生のどの時点でも、やろうと思えば、脚立を蹴飛ばして無へと飛んでいけるとわかっている――それは何と素晴らしいことだろう！ 私たちには脚立もないし、跳ぶこともない。出口はない。

私はかつて自分のことを善人と考えていた。患者の面倒をきちんと見て、彼らを害悪から護っているのだと。本当にそうだったかもしれないし、そうでなかったかもしれない。だが私はあなた方に言える、私たちは、私たち異者は善人ではないと。私たちはあなた方に害悪をもたらす。私はすでに二人の女性に害を与えた。一人には偽りの夢を差し出し、もう一人をロープと木に追い込んだ。

それでも私は、二人は私たちが決してなりえないくらい幸福だと言いたい。なぜなら彼女たちはいずれ私の侵入から回復して自分の人生に戻っていくだろうから。希望によって二人は自分たちを慰めるだろう。それがあなた方のすることなのだ。あなた方は希望によって自分を慰める。新しい始まりの希望、また新たな一日の希望であなた方は自分を慰める。私たち異者は自分を慰めない。

集会で出てくる疑問のひとつは――なぜなのか？ なぜ私たちなのか？ 私たちの誰もがそう問う。なぜだ？ なぜ私なんだ？ 私たちはランダムに発生する出来事なのだ、と説く者もいる。原初のスープの中で初の自己増殖分子が誕生するとか、ある種のトカゲが絶滅するとかいった自然におけるランダムな出来事と等価なのだ、と。またある者は、ランダムな出来事などというものは存在しない、私たち一人ひとりが科学法則によって説明可能なのでありその法則がいまだ定式化されていないだけだ、と論じる。さらにまた、私たちは罰を受けているのだと主張する者もいるが、ではいったいどういう罪を私たちが犯したのかとなると意見は一致しない。私自身は、ランダム説と罰説のあいだを揺れ動いていて、やや後者に傾きがちである。ひところは、十分に生きなかったこと、割りあてられた人生を摑まなかったことを私たちは罰せられているのだ、だからこそこんなに辛い渇望を抱えているのだ、と信じたりもした。でもいまは、そんな考えは気休めにすぎないと思うようになった。説明を求める私たちの欲求を安易に満たしているだけだ、と。いいや、もし私たちが罰せられているのだとしたら、それは、かつて私たちが自分を善人と考えていたからだ。

　私たちは、私たち異者は、あなた方にとって有害である。私たちは不幸をもたらす。あなた方を慰める言葉を私たちは持たない。悦びの報せを私たちはもたらさない。私たちを探してはいけない。私たちが近くに来たら顔を覆うがいい。

　なぜなら私たちはいつも近くにいるからだ。たしかに私は立ち去ってここへ、この場所に来た。だがすでに述べたとおり、私たちは弱い。遅かれ早かれ、私が己を欺く時が来るだろう。一目見たいだけだ、チラッと見たいだけ、それだけだ、と私は自分に言い聞かせるだろう。あなた方は椅子か、カウチに座っているだろう。部屋の中に変化が生じたのをあなた方は感じるだろう。すきま風だろうか？　窓が緩んでいるのか？　あなた方は立ち上がって窓に行き、錠をいじってみるだろう。そして椅子に、カウチに戻るだろう。自宅での静かな晩。自分が少し退屈してきていることがわかる。ほんの一瞬、一瞬だけ、何か新しいものが人生に入ってきてくれたらとあなた方は願うだろう。電話が鳴ってくれたら！　誰かが玄関をノックしてくれたら！　そのときあなた方は、空気の中に何かを感じるだろう。首筋に影が落ちてきたような気がするだろう。街灯がすべて消えたみたいに思えるだろう。自分はこの部屋で、もはや一人ではないのだろうか？　ひょっとすると誰かに見られているのかとあなた方は感じるだろう。誰かが背後に立っているのか？　ふり向いてみたくなるだろう。見てみたいと思うだろう。知りたいと思うだろう。ふり向いてはいけない。見てはいけない。知りたいと思ってはいけない。

訳者あとがき

この訳書は、二〇一一年にアメリカで刊行された、スティーヴン・ミルハウザーの新旧二十一本の短篇を収めた *We Others: New and Selected Stories* の中の、「新」全七本を訳出したものである。原書どおり、新旧二十一本すべてを収めなかったのは、「旧」十四本はどれも既訳があり、これまで日本で出た短篇集四冊の一部あるいはすべてを所有している熱心な読者が一定数おられると考えたからである。この七本だけでも中身は十分に濃く、一冊の短篇集として有機的なまとまりを有していると確信する。

そしてこの七篇は、これまでのミルハウザー短篇の魅力を十分に保ちつつ、作者が新たな領域に入ったことを大変魅力的な形で伝えてもいる。まず、いつもの職人的に精緻な、きわめてクリアな文体（訳者とのやりとりでも、少しでもクリアでないところがあったら訊いてほしい、何が君にとって不明かを聞くこと自体私には実に興味深い、と言ってくれている）は健在であり、電信柱の横木、夏の午後の木漏れ日、芝生に転がったアイスキャンデーの棒、ぞんざいに置いた本の山が崩れるさま等々の細部に次々焦点を合わせていく筆致はますます冴えている。

その一方で、ミルハウザーといえば、信じがたいほど精巧な自動人形とか、ありえない幻想的な出し物の並ぶ博物館や遊園地などの「驚異」がトレードマークとなってきたが、この短篇集ではむしろ、連続平手打ち犯（シリアル・スラッパー）、女の子がいつもはめている白い手袋、空から降ってきた黄色い粉、といったように驚異性はむしろ抑制され、ごく平凡な日常生活に小さな異物を（あるいは異者を）挿入することで、日常自体に蠱惑的な魔法を息づかせ、と同時に日常自体の奇怪さを浮かび上がらせているように思う。ミルハウザーはこれまでも、「私たちの町」を舞台とし、町の人々のさまざまな見解を紹介しつつ語り手が出来事を描写していく形式を使って秀作を生み出してきたが（「バーナム博物館」「夜の姉妹団」など）、今回はそれを、より微妙な方向へ推し進めることで、平凡なものと奇怪なもの、日常性と怪奇性が継ぎ目なしに織りあわされている。ドラマチックに盛り上げるのではなく、ありきたりな盛り上がりを予測させつつ巧みに外し、より味わい深い展開を切り拓いていく。表題作「私たち異者は」を筆頭として、こうした姿勢を並外れた精度で推し進めているところが今回の短篇集の大きな魅力である（ちなみに、ひとつの企業が町の人たちの暮らしを根本から変えていく「The Next Thing」は、日本の読者にはとりわけ興味深い一篇ではなかろうか。この奇妙な組織での従業員の働かされ方は、作者としては奇想・誇張を意図しているにちがいないが、日本の文脈ではほとんど――あるいは文字どおり――リアリズムのように思える……）。

原書に収められた旧作十四篇のラインナップも紹介しておこう。まず、次のような作者の断り書きが巻頭に載っている。

この作品集に収めた短篇は、三十年にわたって書き継いできたものである。はじめは、代表的と思える作品を選ぼうかと思ったが、じきに、選ばなかった作品でもまったく同じように私という書き手を代表させうると思いあたった。結局採った方法は、目配りとか義務感などとはまったく関係がない。読み直してみて、いままで見たことのない作家による作品であるかのように私の心を捉えた作品を選んだのである。ある短篇を悪いもの、良いものに、良いという以上のものにしているのは何なのか、ある程度は説明できるが、あくまである程度でしかない。人を魅了するものは神秘であり、決して知ることはできない。私としてもそのままにしておきたい。

そして十四篇は——

『イン・ザ・ペニー・アーケード』から

太陽に抗議する（A Protest Against the Sun）

アウグスト・エッシェンブルク（August Eschenburg）

雪人間（Snowmen）

『バーナム博物館』から

バーナム博物館（The Barnum Museum）

シンバッド第八の航海（The Eighth Voyage of Sinbad）

幻影師アイゼンハイム（Eisenheim the Illusionist）

『ナイフ投げ師』から

ナイフ投げ師（The Knife Thrower）

ある訪問（A Visit）

空飛ぶ絨毯（Flying Carpets）

月の光（Clair de Lune）
『十三の物語』から
猫と鼠（Cat 'n' Mouse）
イレーン・コールマンの消滅（The Disappearance of Elaine Coleman）
ある症状の履歴（History of a Disturbance）
ウェストオレンジの魔術師（The Wizard of West Orange）

――「イン・ザ・ペニー・アーケード」「ロバート・ヘレンディーンの発明」「アリスは、落ちながら」「夜の姉妹団」といった傑作を入れずとも、こういう見事なラインナップが出来てしまうことに感銘を受けざるをえない。

なおアメリカ版は、優れた短篇集に毎年贈られる The Story Prize を二〇一二年に受賞している。中篇、長篇も素晴らしいが何と言っても短篇こそが本領であるこの作家に相応しい受賞と言えよう。

白水社編集部の藤波健さんが強力に後押ししてくださって、二〇一五年以来、ミルハウザーの訳書を毎年一冊刊行することができて、これで目下のところ短篇集に関しては、二〇一五年刊の *Voices in the Night* を残すのみとなった。これもできるだけ早くお届けできればと思っている。もちろんその後もミルハウザーは新たな魅力を持つ短篇をさまざまな媒体に発表しているので、じきに次の短篇集も刊行されることだろう。楽しみである。

ミルハウザーのこれまでの著書は、以下のとおり（特記なき限り柴田訳）。

Edwin Mullhouse: The Life and Death of an American Writer, 1943-1954, by Jeffrey Cartwright（1972）長篇『エドウィン・マルハウス』岸本佐知子訳、河出文庫

Portrait of a Romantic（1977）長篇『ある夢想者の肖像』白水社

In the Penny Arcade（1986）短篇集『イン・ザ・ペニー・アーケード』白水Uブックス

From the Realm of Morpheus（1986）長篇

The Barnum Museum（1990）短篇集『バーナム博物館』白水Uブックス

Little Kingdoms（1993）中篇集『三つの小さな王国』白水Uブックス

Martin Dressler: The Tale of an American Dreamer（1996）長篇『マーティン・ドレスラーの夢』白水Uブックス

The Knife Thrower and Other Stories（1998）短篇集『ナイフ投げ師』白水Uブックス

Enchanted Night（1999）中篇『魔法の夜』白水社

The King in the Tree: Three Novellas（2003）中篇集『木に登る王』白水社

Dangerous Laughter: Thirteen Stories（2008）短篇集『十三の物語』白水社

We Others: New and Selected Stories（2011）短篇集　単行本初収録作品のみ本書

Voices in the Night（2015）短篇集

また、雑誌掲載された邦訳には以下のものがある。

「私たちの町の幽霊」『Monkey Business』十二号（"Phantoms," *Voices in the Night* 収録）
「息子たちと母たち」『MONKEY』二号（"Sons and Mothers," *Voices in the Night* 収録）
「幽霊屋敷物語」『MONKEY』十五号（"A Haunted House Story": アメリカでは未発表、目下のところ日本語版のみ）
「ガイドツアー」『MONKEY』十六号（"Guided Tour," 雑誌 *Tin House* 七十五号初出）

本書に収めた七本のうち、「大気圏外空間からの侵入」は『PAPERSKY』三十八号に英日対訳で掲載された。掲載時の担当者の方々にお礼を申し上げる。

企画段階からいつものとおり藤波さんにお世話になったのに加えて、今回の編集に関しては鹿児島有里さんの強力なサポートを得た。あつくお礼を申し上げる。

一九八七年に『イン・ザ・ペニー・アーケード』のペーパーバックを東京渋谷の大盛堂の洋書売り場で見つけてから、もう三十二年が経つ。その間にミルハウザー作品を九冊、白水社から拙訳で出すことができた。この素晴らしい書き手、素晴らしい人物の作品をこれだけ訳させてもらえたことの名誉と幸運に感じ入らずにいられない。だがもちろん、そんな訳者の感傷は読者には余計な話にちがいない。七つの短篇、堪能していただけますように。

二〇一九年五月

訳者

訳者略歴
柴田元幸（しばた・もとゆき）
翻訳家。アメリカ文学研究者。

主要訳書
スチュアート・ダイベック『シカゴ育ち』（白水Uブックス）、『僕はマゼランと旅した』『それ自身のインクで書かれた街』『路地裏の子供たち』（白水社）
スティーヴン・ミルハウザー『イン・ザ・ペニー・アーケード』（白水Uブックス）、『ある夢想者の肖像』『魔法の夜』『木に登る王』『十三の物語』（白水社）
スティーヴ・エリクソン『黒い時計の旅』（白水Uブックス）、『ゼロヴィル』（白水社）、『Xのアーチ』（集英社文庫）
ポール・オースター『鍵のかかった部屋』（白水Uブックス）、『オラクル・ナイト』（新潮文庫）
バリー・ユアグロー『セックスの哀しみ』（白水Uブックス）、『一人の男が飛行機から飛び降りる』（新潮文庫）
マーク・トウェイン『ハックルベリー・フィンの冒けん』（研究社）

主要著書
『生半可な學者』（白水Uブックス、講談社エッセイ賞受賞）
『アメリカ文学のレッスン』（講談社現代新書）
『アメリカン・ナルシス』（東京大学出版会、サントリー学芸賞受賞）
『ケンブリッジ・サーカス』（新潮文庫）
『柴田元幸ベスト・エッセイ』（ちくま文庫）
文芸誌『MONKEY』（スイッチ・パブリッシング）責任編集。

私たち異者は

二〇一九年 六 月一五日 印刷
二〇一九年 七 月一〇日 発行

著　者　スティーヴン・ミルハウザー
訳　者 © 柴　田　元　幸
発行者　及　川　直　志
印刷所　株式会社　三　陽　社
発行所　株式会社　白　水　社

東京都千代田区神田小川町三の二四
電話　営業部〇三（三二九一）七八一一
　　　編集部〇三（三二九一）七八二一
振替　〇〇一九〇 - 五 - 三三二二八
郵便番号　一〇一 - 〇〇五二
www.hakusuisha.co.jp
乱丁・落丁本は、送料小社負担にてお取り替えいたします。

株式会社松岳社

ISBN978-4-560-09710-6

Printed in Japan

白水社の本

■スティーヴン・ミルハウザー 著
Steven Millhauser
柴田元幸 訳

ある夢想者の肖像

死ぬほど退屈な夏、少年が微睡みのなかで見る、終わりのない夢……。ミルハウザーの神髄がもっとも濃厚に示された、初期傑作長篇。

魔法の夜

百貨店のマネキン、月下のブランコ、屋根裏部屋のピエロと目覚める人形など、作家の神髄が凝縮。眠られぬ読者に贈る、魅惑の中篇！　月の光でお読みください。

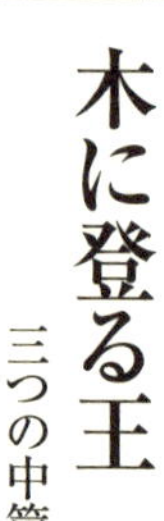

木に登る王
三つの中篇小説

男女関係の綾なす心理を匠の技巧で物語る傑作集。「復讐」「ドン・ファンの冒険」、トリスタンとイゾルデ伝説を踏まえた表題作を収録。

十三の物語

「オープニング漫画」「消滅芸」「ありえない建築」「異端の歴史」と章立て。「ミルハウザーの世界」を堪能できる傑作短篇集。